講談社文庫

すらすら読める源氏物語(上)

瀬戸内寂聴

講談社

源氏物語とは

「源氏物語」は、千年昔のわが国の王朝華やかなりし平安時代に、紫式部《むらさきしきぶ》というひとりの子持ちの寡婦《かふ》が、遺児を育てながら、宮仕《みやづか》えに出て、その傍《かたわ》ら営々として書きつづけ書きあげた傑作長編の大恋愛小説である。また、これは世界中の国々の言葉に訳されており、日本が世界に誇る文化遺産として筆頭に挙げてもいい小説である。

小説が傑作と評価されるには様々な条件が求められる。内容の面白さ、文章のよさ、登場人物の魅力、読後に余韻を引く深い感銘度等々であろう。「源氏物語」は、それらをみな具《そな》えている。

紫式部はなぜこんな大長編を書き残すことが出来たのか、それは第一に彼女の天賦《てんぷ》の才能による。芸術作品ばかりは、どんな努力や研鑽《けんさん》を重ねても、作者が才能に恵まれていなければ創造することができない。かといって天賦の才能だけでもそれは生まれることはない。才能と研鑽と、それを可能にする境遇が必要で、紫式部はこの三つの条件のすべてを手にすることが出来た幸運の人であった。

紫式部は、生年月日も、官名も定かではない。当時の女は皇后、皇女とか、最高級貴族の娘でもないかぎり、名前は残されていない。宮仕えすれば、父や夫や兄の官名にちなんで呼ばれた。紫式部も父の式部の丞《じょう》（式部省の役人で、公文書の審査が役目）の官名にちなんだもので、清少納言《せいしょうなごん》や和泉式部《いずみしきぶ》もその例である。

父は藤原為時《ふじわらのためとき》、母は藤原為信《ためのぶ》の娘で、生年はいろいろの説があるが、天延元年（九七三）前後、大体九七〇年代に生まれ、長和三年（一〇一四）ごろ没しただろうと推定されている。母は早くに死んだらしい。書き残したものは、「源氏物語」五十四帖と自分の歌を自分で編纂した「紫式部集」と、「紫式部日記」である。

父の為時は、文人で学者で、当時詩人として尊敬されていた。為時の兄、つまり紫式部の伯父為頼《ためより》も歌人として認められていて、代々文学的な家系であった。為時は、官吏としての運はいい方ではなく、三十八歳の時花《か》山《ざん》天皇の即位で式部の丞、蔵人《くろうど》になり、官吏の道に入ったものの、花山天皇が藤原兼家《かねいえ》の陰謀でまもなく出家退位させられると、為時もわずか二年たらずで官職を失い、以後十年浪人となり不遇失意の時を過ごした。

その閑な間に、少女時代の紫式部は、父から様々な学問の薫陶《くんとう》を受け、文学的影響を蒙《こうむ》ったと考えられる。式部は幼時から利発であったとみえ、兄の惟規《のぶのり》（弟ともいう）が父から漢文を習っているのを横で聞いていて先に覚えてしまい、「この子が男だったら」と父が嘆いていたという話を「紫式部日記」に自慢らしく書き残している。

長徳二年（九九六）、為時が大国越前《えちぜん》の受領《ずりょう》として返り咲いた時、すでに二十数歳になっていた式部は父に従って越前まで行っている。越前に一年ほど滞在して、なぜか単身帰京した式部は、父ほどの年齢の藤原宣孝《のぶたか》という受領と結婚する。宣孝は、為時と同じ家系の流れではあるが、この一族は文学的というより実務的な才があり、それぞれ仕官して世渡りもうまく、羽振りもよかった。すでに何人かの妻もあり、その子たちもあった。紫式部は宣孝との間に、一人の女の子賢子《けんし》を産むが、宣孝は、結婚生活三年余りで病死してしまう。長保三年（一〇〇一）のことである。

その後、政治権力の最高の立場にいた関白藤原道長《みちなが》に召し出されて、一条天皇の中宮《ちゅうぐう》として入内《じゅだい》していた道長の娘彰子《しょうし》のもとに女房として宮仕えすることになった。彰子はあまりに若く、一条天皇の愛が、先に入内していた姪の皇后定子《ていし》に強いことが、道長の唯一の気がかりであった。定子のまわりには才女の清少納言や美しくて天才的歌人和泉式部などがいて、文化的な趣味の高い一条天皇の気持ちを惹《ひ》きつけている。定子のサロンに負けないため、道長はより魅力的な彰子のサロンをつくる必要があった。そこで紫式部に白羽の矢を立てたと思われる。

こうして、道長という何よりも強力なパトロンを持って、紫式部は心おきなく「源氏物語」の執筆に没頭した。おそらく紫式部は、未婚時代から、あるいは十三、四歳から、物語に筆を染めていたのではないだろうか。当時は印刷術はまだなく、物語類は全部手写しであった。姉や友達が面白がって写し、読者となってくれ、それが口《クチ》コミで伝わり、写す人が多くなり、評判を高めるというパターンで、紫式部の文才は、まわりでは相当認められていたと想像できる。夫藤原宣孝と死別したあとの四、五年も夫を失った淋しさと心の空虚を満たすため、物語を書いていたのではなかったろうか。

「源氏物語」の内容は光源氏《ひかるげんじ》と呼ばれる稀有《けう》な美貌の持主で、文武両道あらゆる才能に恵まれ、妖しいほど魅力的なうえ、人並み以上に多感好色なひとりの皇子を主人公としている。彼の生涯に愛した個性的で魅力に富んだ女たちを、そのまわりに配し、目まぐるしく起こる恋愛事件の様相や、恋人たちの運命の喜憂のすべてを、詳細なディテールと行き届いた緻密《ちみつ》な心理描写とともに、余すところなく描ききったものである。

巻頭には、光源氏の、生前の父帝と生母の恋が据えられ、光源氏の死後は、その孫の世代の恋愛事件にまで筆が及んでいる。従って光源氏を中心とした四代にわたる恋愛長編小説ということになる。一帖ごとに帖名をたてた全五十四帖は、「桐壺《きりつぼ》」の帖から「夢浮橋《ゆめのうきはし》」まで現代の四百字詰原稿用紙では、大方四千枚に達する量である。登場人物の数も四百三十人に及んでいる。作者は紫式部ひとりではなく、複数かも知れないという説もあるが、確たる根拠はない。今では紫式部ひとりの作という説で落ち着いている。

五十四帖の「源氏物語」は大きく三部の構成に分けることができる。「桐壺」から「藤裏葉《ふじのうらば》」までの三十三帖を第一部とし、主人公光源氏の両親の恋に始まり、光源氏の誕生から青春の恋の様々と恋のゆえに起こった運命の蹉跌《さてつ》と、その試練を超えての、栄華の絶頂期を書いている。年齢的には光源氏誕生前から三十九歳までである。

「若菜《わかな》上《じょう》」から、光源氏の中年の物語に入り、死去を暗示した題名だけで本文のない「雲隠《くもがくれ》」までの九帖（五十四帖の中に「雲隠」は含まれていない）を第二部とする。その発端が「若菜」で、ここから、基調や思想、文体などが変わると古来言われてきた。光源氏三十九歳から五十二歳までの話である。

「匂宮《におうのみや》」から最後の「夢浮橋」の十三帖を第三部と考え、光源氏なきあとの世界が展開され、はじめの三帖はこれまでの物語世界と以後の世界の橋渡しの帖になっている。「橋姫《はしひめ》」以下の十帖は古来「宇治十帖《うじじゅうじょう》」と呼ばれているもので、主人公は光源氏の子薫《かおる》と孫にあたる匂宮。今回、この三部の構成を上・中・下の三冊に分けた。

「源氏物語」を現代語に訳してみて、あらためて感じたことは、原文の素晴らしさ、美しさであった。なんといっても「源氏物語」の魅力は原文である。ぜひこの原文の素晴らしさをこの本で味わってもらいたいし、楽しんでほしい。といってもすべての帖を収めることはできないので、私の好きな帖、ぜひ読んでほしい帖、面白い帖などを選んだ。選んだ帖は、全文を掲載した「関屋《せきや》」以外は、それぞれ原文のほぼ三分の一を収めている。

いづれの御時にか、女御、更衣あまたさぶらひたまひける中に、いとやむごとなき際にはあらぬが、すぐれて時めきたまふありけり。

空《うつ》蟬《せみ》……44

寝られたまはぬままに、源氏「我はかく人に憎まれても習はぬを、今宵なむ初めてうしと世を思ひ知りぬれば、恥づかしくてながらふまじくこそ思ひなりぬれ」などのたまへば、

夕《ゆう》顔《がお》……65

六条わたりの御忍び歩きのころ、内裏よりまかでたまふ中宿に、大弐の乳母のいたくわづらひて尼になりにけるとぶらはむとて、五条なる家たづねておはしたり。

末《すえ》摘《つむ》花《はな》……113

思へどもなほあかざりし夕顔の露に後れし心地を、年月経れど思し忘れず、ここもかしこも、うちとけぬかぎりの、氣色ばみ心深き方の御いどましさに、

賢木《さかき》……147

斎宮の御下り近うなりゆくままに、御息所もの心細く思ほす。やむごとなくわづらはしきものにおぼえたまへりし大殿の君も亡せたまひて後、さりともと、世人も聞こえあつかひ、

明石《あかし》……189

なほ雨風やまず、雷鳴り静まらで日ごろになりぬ。いとどものわびしきこと数知らず、来し方行く先悲しき御ありさまに心強うしもえ思しなさず、

関屋《せきや》……229

伊予介といひしは、故院崩れさせたまひてまたの年、常陸になりて下りしかば、かの帚木もいざなはれにけり。

蛍《ほたる》……248

今はかく重々しきほどに、よろづのどやかに思ししづめたる御ありさまなれば、頼みきこえさせたまへる人々、さまざまにつけて、みな思ふさまに定まり、

すらすら読める源氏物語（上）

桐壺《きりつぼ》

いづれの御時《おおんとき》にか、女御《にようご》、更衣《こうい》あまたさぶらひたまひ《い》ける中《なか》に、いとやむごとなき際《きわ》にはあらぬが、すぐれて時《とき》めきたまふ《う》ありけり。はじめより我《われ》はと思《おも》ひ《い》あがりたまへ《え》る御方々《おんかたがた》、めざましきものにおとしめそねみたまふ《う》。同《おな》じほど、それより下臈《げろう》の更衣《こうい》たちはま

光源氏（誕生から十二歳）

いつの御代《みよ》のことでしたか、女御《にようご》や更衣《こうい》が賑々《にぎにぎ》しくお仕えしておりました帝《みかど》の後宮《こうきゆう》に、それほど高貴な家柄の御出身ではないのに、帝に誰よりも愛されて、はなばなしく優遇されていらっしゃる更衣がありました。はじめから、自分こそは君寵《くんちよう》第一にとうぬぼれておられた女御たちは心外で腹立たしく、この更衣をたいそう軽蔑《けいべつ》したり嫉《しつ》妬《と》したりしています。まして更衣と同じほどの身分か、それより低い地位の

してやすからず。朝夕《あさゆう》の宮仕《みやづかえ》につけても、人《ひと》の心《こころ》をのみ動《うご》かし、恨《うら》みを負《お》ふ《う》つもりにやありけん、いとあつしくなりゆき、もの心《こころ》細《ぼそ》げに里《さと》がちなるを、いよいよあかずあはれ《わ》なるものに思《おも》ほ《お》して、人《ひと》の譏《そし》りをもえ憚《はばか》らせたまはず《わ》、世《よ》の例《ためし》にもなりぬべき御《おん》もてなしなり。上達部《かんだちめ》、上人《うえびと》などもあいなく目《め》を側《そば》めつつ、いとまばゆき人《ひと》の御《おん》おぼえな

更衣たちは、気持のおさまりようがありません。

更衣は宮仕《みやづか》えの明け暮れにも、そうした妃《きさき》たちの心を掻《か》き乱し、烈《はげ》しい嫉妬の恨みを受けることが積もり積もったせいなのか、次第に病《やまい》がちになり衰弱してゆくばかりで、何とはなく心細そうに、お里に下がって暮す日が多くなってきました。帝はそんな更衣をいよいよいじらしく思われ、いとしさは一途につのるばかりで、人々のそしりなど一切お心にもかけられません。全く、世間に困った例として語り伝えられそうな、目を見はるばかりのお扱いをなさいます。

上達部《かんだちめ》や殿上人《てんじょうびと》もあまりのことに見

り。

唐土《もろこし》にも、かかる事《こと》の起《お》こりにこそ、世《よ》も乱《みだ》れあしかりけれと、やうやう、天《あめ》の下《した》にも、あぢきなう人《ひと》のもてなやみぐさになりて、楊貴妃《ようきひ》の例《ためし》もひき出《い》でつべくなりゆくに、いとはしたなきこと多《おお》かれど、かたじけなき御心《みこころ》ばへ《え》のたぐひなきを頼《たの》みにてまじらひ《い》たまふ《う》。

父《ちち》の大納言《だいなごん》は亡《な》くなりて、母北《ははきた》の方《かた》

かねて目をそむけるという様子で、それはもう目もまばゆいばかりの御鍾愛《ごしょうあい》ぶりなのです。

「唐土《もろこし》でも、こういう後宮のことから天下が乱れ、禍々《まがまが》しい事件が起こったものだ」などと、しだいに世間でも取り沙汰をはじめ、玄宗《げんそう》皇帝に寵愛されすぎたため、安禄山《あんろくざん》の大乱を引き起こした唐の楊貴妃《ようきひ》の例なども、引き合いに出すありさまなので、更衣は、居たたまれないほど辛いことが多くなってゆくのでした。ただ帝のもったいない愛情がこの上もなく深いことをひたすら頼みにして、宮仕えをつづけています。

更衣の父の大納言《だいなごん》はすでに亡くなっ

なむいにしへ《え》の人《ひと》のよしあるにて、親《おや》うち具《ぐ》し、さしあたりて世《よ》のおぼえはなやかなる御方々《おんかたがた》にもいたう劣《おと》らず、何《なに》ごとの儀式《ぎしき》をもてなしたまひ《い》けれど、とりたててはかばかしき後見《うしろみ》しなければ、事《こと》ある時《とき》は、なほ《お》拠《よ》りどころなく心細《こころぼそ》げなり。

前《さき》の世《よ》にも御契《おんちぎ》りや深《ふか》かりけん、世《よ》になくきよらなる玉《たま》の男御子《おのこみこ》さへ《え》生《う》まれたまひ《い》ぬ。いつしかと心《こころ》もとながら

ていて、母の北の方は、古い由緒ある家柄の生れの上、教養も具《そな》わった人でしただけに、両親《ふたおや》も揃《そろ》い、今、世間の名声もはなばなしいお妃たちに、娘の更衣が何かとひけをとらないようにと気を張り、宮中の儀式の折にも、更衣はもとよりお供の女房たちの衣裳まですべて立派に調え、その他のこともそつなく処理して、ことのほか気を配っておりました。とはいっても、これというしっかりした後見人がないため、何か改まった行事のある時には、やはり頼りないのか、心細そうに見えました。

　それにしても、よほど前世からのおふたりの御縁《ごえん》が深かったのでしょう

せたまひ《い》て、急《いそ》ぎ参《まい》らせて御覧《ごらん》ずるに、めづらかなる児《ちご》の御容貌《おんかたち》なり。一《いち》の皇子《みこ》は、右大臣《うだいじん》の女御《にょうご》の御腹《おんはら》にて、寄《よ》せ重《おも》く、疑ひ《うたがい》なきま《も》うけの君《きみ》と、世《よ》にもてかしづききこゆれど、この御《おん》にほひ《い》には並《なら》びたまふ《う》べくもあらざりければ、おほ《お》かたのやむごとなき御思ひ《おんおもい》にて、この君《きみ》をば、私物《わたくしもの》に思ほ《おもお》しかしづきたまふ《う》こと限《かぎ》りなし。

御局《みつぼね》は桐壺《きりつぼ》なり。あまたの御方々《おんかたがた》を

か、やがて、世にもないほど美しい玉のような男の御子《みこ》さえお生れになったのです。帝は早くこの若宮にお会いになりたく、待ち切れなくて急いで宮中に呼びよせてごらんになると、それはもう、たぐいまれな美しく可愛らしいお顔の若宮なのでした。すでにいらっしゃる一《いち》の宮《みや》は権勢高い右大臣の娘の弘徽殿《こきでん》の女御がお生みになったので、立派な外戚《がいせき》の後見《うしろみ》がしっかりして、先々まちがいなく東宮《とうぐう》に立たれるお方と、世間の人々も重く見て大切にお扱いしていました。けれどもこの新しい若宮の、光り輝くばかりのお美しさには比べようもありません。帝は表向き一の宮を一応大切になさるだけで、こ

過《す》ぎさせたまひ《い》て隙《ひま》なき御前渡《おおんまえわた》りに、人《ひと》の御心《みこころ》を尽《つ》くしたまふ《う》も、げにことわりと見《み》えたり。参上《もうのぼ》りたまふ《う》にも、あまりうちしきるをりをりは、打橋《うちはし》、渡殿《わたどの》のここかしこの道《みち》にあやしきわざをしつつ、御送《おんおく》り迎《むかえ》への人《ひと》の衣《きぬ》の裾《すそ》、たへ《え》がたくまさなきこともあり。

また、ある時《とき》には、え避《さ》らぬ馬道《めどう》の戸《と》を鎖《さ》しこめ、こなたかなた心《こころ》を合《あ》は《わ》

の若宮のほうを御自分の秘蔵《ひぞう》っ子《こ》として、限りなくお可愛がりになるのでした。

　更衣のお部屋は桐壺《きりつぼ》です。桐壺は帝のいつもおいでになる清涼殿《せいりょうでん》から一番遠い位置にありました。帝が桐壺へお通いになる時には、多くの妃たちのお部屋の前を、素通りなさらなければなりません。それもひっきりなしにお通いになられるので、それを見て無視された妃たちが嫉《ねた》ましく恨みに思うのも当然なことでした。

　また、更衣が召されて清涼殿へ上がる時も、あまりそれが度重なる折々には、打橋《うちはし》や渡り廊下の通り道のあちこちに、汚いものなどを撒《ま》き散らし怪《け》し

せて、はしたなめわづらは《わ》せたまふ《う》時《とき》も多《おお》かり。

この皇子《みこ》三つになりたまふ《う》年《とし》、御袴《おんはかま》着《ぎ》のこと、一《いち》の宮《みや》の奉《たてまつ》りしに劣《おと》らず、内蔵寮《くらづかさ》、納殿《おさめどの》の物《もの》を尽《つ》くしていみじう《じゅう》せさせたまふ《う》。

それにつけても世《よ》の譏《そし》りのみ多《おお》かれど、この皇子《みこ》のおよすけもておは《わ》する御容貌《おんかたち》、心《こころ》ばへ《え》、ありがたくめづらしきまで見《み》えたまふ《う》を、えそねみあへ《え》た

からぬしかけをして、送り迎えのお供の女房たちの衣裳の裾が我慢できないほど汚され、予想も出来ないような、あくどい妨害をしかけたりします。

また時には、どうしてもそこを通らなければならない廊下の戸を、あちら側とこちら側でしめし合わせて閉ざし、外から錠をさして、中に更衣やお供の女房たちを閉じ籠めて恥をかかし、途方にくれさせるようなこともよくありました。

この若宮が三つになられた年、御袴《おんはかま》着《ぎ》の式がありました。先に行われた一の宮の式に劣らないよう、内蔵寮《くらづかさ》や納《おさめ》殿《どの》のすばらしい品々を、帝は惜しみなくお使いになり、それは立派になさい

まは《わ》ず。ものの心知《こころし》りたまふ《う》人《ひと》は、かかる人《ひと》も世《よ》に出《い》でおは《わ》するものなりけりと、あさましきまで目《め》をおどろかしたまふ《う》。

その年《とし》の夏《なつ》、御息所《みやすどころ》、はかなき心地《ここち》にわづらひ《い》て、まかでなんとしたまふ《う》を、暇《いとま》さらにゆるさせたまは《わ》ず。年《とし》ごろ、常《つね》のあつしさになりたまへ《え》れば、御目馴《おんめな》れて、帝「なほ《お》しばしこ

ました。

それにつけても世間では、とかくの非難ばかりが多いのに、若宮が成長なさるにつれ、お顔やお姿、御性質などが、この上なくすぐれていらっしゃるので、さすがのお妃たちも、この若宮を憎みきることができません。ましてものの情理をわきまえた人々は、これほど世にもまれなすぐれたお方さえこの世に現れることもあるのかと、茫然《ぼうぜん》として目を見張っています。

その年の夏、更衣ははっきりしない気鬱《きうつ》の病気になり、お里へ下がって養生なさりたいと願いましたが、帝は全くお暇を下さいません。

ここ何年か、更衣はとかく病気がち

ころみよ」とのみのたまはする《わ》に、日々《ひび》に重《おも》りたまひ《い》て、ただ五六日《いつかむいか》のほどに、いと弱《よわ》うなれば、母君《ははぎみ》泣《な》く泣く奏《そう》して、まかでさせたてまつりたまふ《う》。

帝「限《かぎ》りあらむ道《みち》にも後《おく》れ先立《さきだ》たじと契《ちぎ》らせたまひけ《い》るを。さりともうち捨《す》てては、え行《ゆ》きやらじ」とのたまはす《わ》るを、女《おんな》もいといみじと見《み》たてまつりて、

でしたので、帝はそれに馴れきっておしまいになり、「もうしばらく、このままで様子を見よう」とおっしゃるばかりでした。

そのうち病状は日ましに重くなってゆき、ほんの数日の間に、めっきり衰弱なさり重態になりました。更衣の母君は泣く泣く帝にお願いして、ようやくお里へ下がるお許しをいただきました。

「死出の旅路にも、必ずふたりで一緒にと、あれほど固い約束をしたのに、まさかわたしひとりをうち捨てては、去って行かれないでしょう」と、泣きすがり仰せになる帝のお心が、更衣もこの上なくおいたわしく切なくて、

限《かぎ》りとて別《わか》るる道《みち》の悲《かな》しきに
いかまほしきは命《いのち》なりけり

「いとかく思《おもい》ひたまへ《え》ましかば」と息《いき》も絶《た》えつつ、聞《き》こえまほしげなることはありげなれど、いと苦《くる》しげにたゆげなれば、かくながら、ともかくもならむを御覧《ごらん》じはてむと思《おぼ》しめすに、「今日《きょう》はじむべき祈禱《いのり》ども、さるべき人々《ひとびと》うけたまは《わ》れる、今宵《こよい》より」と聞《き》こえ急《いそ》がせば、わりなく思《おも》ほしながら

限りとて別るる道の悲しきに
いかまほしきは命なりけり

(今はもうこの世の限り、あなたと別れひとり往く。死出の旅路の淋しさに、もっと永らえ命の限り、生きていたいと思うのに)

「こうなることと、前々からわかっておりましたなら」息も絶え絶えにやっとそう口にした後、まだ何か言いたそうな様子でしたが、あまりの苦しさに力も萎《な》え果てたと見え言葉がつづきません。帝は分別も失われ、いっそこのままここに引き留め、後はどうなろうと、最後までしっかり見とどけてやりたいとお思いになるのでした。

ところが傍から、「実は今日から始

まかでさせたまふ《う》。

御胸《おんむね》のみつとふたがりて、つゆまどろまれず、明《あ》かしかねさせたまふ《う》。御使《おんつかい》の行《ゆ》きかふ《う》ほどもなきに、なほ《お》いぶせさを限《かぎ》りなくのたまは《わ》せつるを、「夜半《よなか》うち過《す》ぐるほどになむ、絶《た》えはてたまひ《い》ぬる」とて泣《な》き騒《さわ》げば、御使《おんつかい》もいとあへ《え》なくて帰《かえ》り参《まい》りぬ。聞《き》こしめす御心《みこころ》まどひ《い》、何《なに》ごとも思《おぼ》しめしわかれず、籠《こも》りおは《わ》します。

めることになっていた御祈禱《ごきとう》の支度を整えまして、効験《こうけん》あらたかな僧たちが、もうすでに里のほうで待っております。御祈禱は今夜からでして」と、申し上げ、しきりにせかせますので、帝はたまらないお気持のまま、今はどうしようもなく退出をお許しになりました。

　帝はその夜は淋しさと不安でお心がふさがり、まんじりともなさらず、夜を明かしかねていらっしゃいました。お里へお見舞いにやられたお使いが、まだ帰ってくる時刻でもないのに、気がかりでたまらないと、しきりに話していらっしゃいました。更衣のお里では、「夜なかすぎに、とうとうお亡く

月日経《つきひへ》て若宮参《わかみやまい》りたまひぬ。いとどこの世《よ》のものならず、きよらにおよすけたまへ《え》れば、いとゆゆしう思《しゅうおぼ》したり。

明《あ》くる年《とし》の春《はる》、坊定《ぼうさだ》まりたまふ《う》にも、いとひき越《こ》さまほしう思《しゅうおぼ》せど、御《おん》後見《うしろみ》すべき人《ひと》もなく、また、世《よ》のうけひくまじきことなりければ、なかなかあやふく《う》思《おぼ》し憚《はばか》りて、色《いろ》にも出《い》ださせたまはず《わ》なりぬるを、「さばかり思《おぼ》し

なりになりました」と、人々が泣き騒いでいるのを聞き、勅使もがっかり気落ちして、宮中へもどってまいりました。それをお聞きになった帝は、御悲嘆のあまり茫然《ぼうぜん》自失なさり、お部屋に引き籠《こも》っておしまいになります。

月日は過ぎてゆき、ようやく若宮が宮中へお上がりになりました。いよいよこの世の人とも思えないほど、前よりいっそう美しく御成長なさっていられますので、あまりの美しさに、もしや早死にでもなさるのではないかと、帝はかえって不安にさえお感じになります。

あくる年の春、東宮をお決めになる時にも、帝は何とかして若宮に一の宮

たれど限《かぎ》りこそありけれ」と世人《よひと》も聞《き》こえ、女御《にようご》も御心《みこころ》落《お》ちゐ《い》たまひ《い》ぬ。かの御祖母《おんおば》北《きた》の方《かた》、慰《なぐさ》む方《かた》なく思《おぼ》ししづみて、おはす《わ》らむ所《ところ》にだに尋《たず》ね行《ゆ》かむと願《ねが》ひ《い》たまひしるしにや、つひ《い》に亡《う》せたまひ《い》ぬれば、また、これを悲《かな》しび思《おぼ》すこと限《かぎ》りなし。

今《いま》は内裏《うち》にのみさぶらひ《い》たまふ《う》。七つになりたまへ《え》ば、読書始《ふみはじめ》などせさせ

を越えさせ、東宮に立たせたいと、心ひそかにお思いになりましたけれど、若宮には御後見《おんうしろみ》をする人もなく、またそのような順序を乱すことは、世間が納得しそうもないことなので、かえって若宮のためにはよくないだろうと御思案なさいまして、御本心は顔色にもお出しにならなかったのです。「あれほど可愛がっていらっしゃったが、ものには限界があって、そこまではお出来にならなかったのだろう」と、世間の人々も噂しあい、弘徽殿の女御もこれではじめて御安心なさいました。

若宮の祖母君にすれば、それにもすっかり気落ちなさり、慰めようもないほど愁《うれ》いに沈みこみ、「今はもう一日

たまひて、世《よ》に知《し》らず聡《さと》うかしこくおはすれば、あまり恐《おそ》ろしきまで御覧《ごらん》ず。

わざとの御学問《おんがくもん》はさるものにて、琴《こと》笛《ふえ》の音《ね》にも雲居《くもい》をひびかし、すべて言《い》ひつづけば、ことごとしう、うたてぞなりぬべき人《ひと》の御《おん》さまなりける。

そのころ、高麗人《こまうど》の参《まい》れる中《なか》に、かしこき相人《そうにん》ありけるを聞《き》こしめして、宮《みや》の内《うち》に召《め》さむことは宇多帝《うだのみかど》の御誡《おんいましめ》

も早く、亡き人のおられる所を、探し求めてそこへ行ってしまいたい」とばかり祈りつづけていらっしゃいました。その験《しるし》があったのでしょうか、とうとうお亡くなりになりました。帝はまた、これを悲しまれることは限りもないほどでした。

若宮は、それからはずっと宮中にばかりいらっしゃいます。七つになられたので、読書始《ふみはじめ》の式をなさいましたが、たぐいなく御聡明なので、帝は空恐ろしいようにさえ御覧になられるのでした。

正規の学問としての漢学はもとより、琴や笛のお稽古でも、若宮は大空まで響くような絶妙の音色を出され

あれば、いみじう忍《じゆうしの》びてこの皇子《みこ》を鴻臚館《こうろかん》に遣《つかわ》はしたり。御後見《おんうしろみ》だちて仕《つこ》うまつる右大弁《うだいべん》の子《こ》のやうに思《おもわ》はせて率《い》てたてまつるに、相人《そうにん》おどろきて、あまたたび傾《かたぶ》きあやしぶ。

相人「国《くに》の親《おや》となりて、帝王《ていおう》の上《かみ》なき位《くらい》にのぼるべき相《そう》おはします人《ひと》の、そなたにて見《み》れば、乱《みだ》れ憂《うれう》ふることやあらむ。朝廷《おおやけ》のかためとなりて、天《あめ》の下《した》を輔《たす》くる方《かた》にて見《み》れば、またその相違《そうたが》

て、宮中の人々を驚かせます。こうして若宮のことをお話ししつづけますと、あまり仰山すぎて、話すのがいやになってしまいそうな御様子のお方なのでした。

その頃、高麗人《こまびと》が来朝しましたが、その中に、よく当たるすぐれた観相家《かんそうか》がいることを、帝がお聞きこみになりました。宮中に観相人を召されることは、宇多《うだ》の帝《みかど》の御遺誡《ごゆいかい》に禁じられていますので、ごく内密にして、若宮を彼らの宿舎の鴻臚館《こうろかん》へお遣わしになりました。御後見役《おんうしろみやく》としてお仕えしている右大弁《うだいべん》の子息のように若宮を仕立ててお連れしたのです。観相家は、若宮を観るなり驚愕《きょうがく》して、しきりに首を傾《かたむ》け

ふ《う》べし」と言《い》ふ《う》。

年月《としつき》にそへ《え》て、御息所《みやすどころ》の御事《おんこと》を思《おぼ》し忘《わす》るるをりなし。慰《なぐさ》むやと、さるべき人々《ひとびと》参《まい》らせたまへ《え》ど、なずらひ《い》に思《おぼ》さるるだにいとかたき世《よ》かなと、疎《うと》ましう《しゅう》のみよろづに思《おぼ》しなりぬるに、先《せん》帝《だい》の四《し》の宮《みや》の、御容貌《おんかたち》すぐれたまへ《え》る聞《き》こえ高《たか》くおは《わ》します、母后世《ははきさきよ》にな くかしづききこえたまふ《う》を、上《うえ》にさぶ

不思議がっています。

「このお子は、将来、国の親となり、帝王の最高の位にのぼるべき人相をそなえていらっしゃいます。ところが、帝王となるお方として占いますと、国が乱れ、民の憂いとなることが起こりましょう。それなら国家の柱石《ちゅうせき》となって、天下の政治を補佐するお方として観立てますと、その相ともまた、違うようでございます」と、言います。

歳月が過ぎてゆくにつれ、帝はかえって、桐壺の更衣のことをお忘れになる時もありません。少しは淋しさを紛らすことができるかと、これと思われる新しい方々をお召しになってみても、「亡き人に比べられそうな人さ

らふ《う》典侍《ないしのすけ》は、先帝《せんだい》の御時《おんとき》の人《ひと》にて、かの宮《みや》にも親《した》しう《しゅう》参《まい》り馴《な》れたりければ、いは《わ》けなくおは《わ》しましし時《とき》より見《み》たてまつり、今《いま》もほの見《み》たてまつりて、

典侍「亡《う》せたまひ《い》にし御息所《みやすどころ》の御容貌《おんかたち》に似《に》たまへ《え》る人《ひと》を、三代《みよ》の宮仕《みやづかえ》に伝《つた》は《わ》りぬるに、え見《み》たてまつりつけぬを、后《きさい》の宮《みや》の姫宮《ひめみや》こそ、いとようおぼえて生《お》ひ《い》出《い》でさせたまへ《え》りけれ。ありがた

え、この世にはいないのか」と、帝はつくづく御気分が沈んでおしまいになるのでした。

　そんな折に、亡き先帝の女四《おんなし》の宮《みや》で、すばらしい御器量だと評判の高いお方がいらっしゃいました。母后《ははきさき》がまたとなく大切にお守りしていらっしゃるということでした。帝にお仕えしている典侍《ないしのすけ》は、先帝の時にも御奉公していまして、母后のお邸《やしき》にも親しく参り馴れていましたので、女四の宮も、まだ御幼少の頃からお見かけしておりました。今でも、何かのついでに仄《ほの》かにお顔をお見受けすることがあります。

「お亡くなりになられたお方の御容姿

き御容貌人《おんかたちびと》になん」と奏《そう》しけるに、まことにやと御心《みこころ》とまりて、ねむごろに聞《き》こえさせたまひけり。

母后《ははきさき》、「あな恐《おそ》ろしや、春宮《とうぐう》の女御《にょうご》のいとさがなくて、桐壺更衣《きりつぼのこうい》のあらは《わ》にはかなくもてなされにし例《ためし》もゆゆしう《しゅう》」と思《おぼ》しつつみて、すがすがしう《しゅう》も思《おぼ》し立《た》たざりけるほどに、后《きさき》も亡《う》せたまひ《い》ぬ。

心細《こころぼそ》きさまにておはし《わ》ますに、帝

によく似たお方を、わたしは三代の宮仕えをしていながら、これまでお見つけすることが出来ませんでした。ところが后《きさい》の宮《みや》の姫宮こそは、それはよく似ていらっしゃって、まるで生きうつしのように御成人あそばしていらっしゃいます。世にもまれな美しいお方でいらっしゃいます」と奏上しましたので、帝はほんとうだろうかとお心をひかれて、母后に、礼を尽くして姫宮の入内《じゅだい》を御所望《ごしょもう》になりました。

　母后は、「まあ、恐ろしい、弘徽殿の女御がひどく意地悪で、桐壺の更衣がおおっぴらにないがしろにされて苛《いじ》められ、あんなむごい最期《さいご》を遂げられたという、縁起でもない前例があると

「ただ、わが女御子《おんなみこ》たちの同《おな》じ列《つら》に思《おも》ひきこえむ」といとねむごろに聞《き》こえさせたまふ。

さぶらふ人々《ひとびと》、御後見《おんうしろみ》たち、御兄弟《おんしょうと》の兵部卿《ひょうぶきょう》の親王《みこ》など、かく心細《こころぼそ》くておはしまさむよりは、内裏《うち》住《ず》みせさせたまひて、御心《みこころ》も慰《なぐさ》むべくなど思《おぼ》しなりて、参《まい》らせたてまつりたまへり。

藤壺《ふじつぼ》と聞《き》こゆ。げに御容貌《おんかたち》ありさまあやしきまでぞおぼえたまへる。これ

いうのに」、とおじけづかれて、きっぱりと御決心もつきかねているうちに御病気になり、やがてお亡くなりになりました。

今では残された姫宮が、一人心細そうに暮していられるところへ、「入内なさったら、わたしの女御子たちと同列に扱って、わたしが親代わりにお世話してあげましょう」と、帝からはふたたび入内のことを、やさしく丁重におすすめになりました。

お仕えする女房たちや、御後見《おんうしろみ》の方々、兄君の兵部卿《ひょうぶきょう》の宮《みや》なども、「こうして心細く淋しく暮していらっしゃるよりは、いっそ入内なさったほうが、お気持も晴れることだろう」など

は、人《ひと》の御際《おんきわ》まさりて、思《おもい》ひなしめでたく、人《ひと》もえおとしめきこえたまはね《わ》ば、うけばりてあかぬことなし。

母御息所《ははみやすどころ》も、影《かげ》だにおぼえたまはぬ《わ》を、「いとよう似《に》たまへ《え》り」と典侍《ないしのすけ》の聞《き》こえけるを、若《わか》き御《み》心地《ここち》にいとあは《わ》れと思《い》ひきこえたまひて、常《つね》に参《まい》らまほしく、なづさひ見《いみ》たてまつらばやとおぼえたまふ《う》。

と、お考えになり、四の姫宮を宮中へお上げになりました。

このお方を藤壺《ふじつぼ》の宮と申し上げます。ほんとうにお顔だち、お姿、何から何まで怪しいまでに亡き桐壺の更衣に生き写しでいらっしゃるのでした。こちらは御身分も一段と高いだけに、そう思うせいか、いっそう申し分なく結構で、他の妃たちも貶《おとし》めるようなことは出来ません。藤壺の宮は何事も存分に振舞われて、不都合なことはいっさいありませんでした。

母君の面影は全く覚えていないところへ、「藤壺の宮さまは、亡き母君さまとほんとにそっくりでいらっしゃいますよ」と、典侍が話すものですか

世《よ》にたぐひなしと見《み》たてまつりたまひ《い》、名高《なだこ》うおはす《わ》る宮《みや》の御容貌《おんかたち》にも、なほ《お》にほは《おわ》しさはたとへ《え》む方《かた》なく、うつくしげなるを、世《よ》の人光《ひとひか》る君《きみ》と聞《き》こゆ。藤壺《ふじつぼ》ならびたまひ《い》て、御《おん》おぼえもとりどりなれば、かかやく日《ひ》の宮《みや》と聞《き》こゆ。

この君《きみ》の御童姿《おんわらわすがた》、いと変《か》へ《え》まうく思《おぼ》せど、十二にて御元服《ごげんぷく》したまふ《う》。引入《ひきい》れの大臣《おとど》の、皇女腹《みこばら》にただ一人《ひとり》

ら、子供心にもこの藤壺の宮を、「ほんとうになつかしいお方だ」と思い込み、「いつもあのお方の側へ行っていたい。もっと馴れ馴れしく親しくさせていただきたい」と、憧れていらっしゃるのでした。

帝が世にまたとない美貌と御覧になり、世間にも評判の高い藤壺の宮の御器量に比べても、源氏の君の艶《つや》やかなお美しさは、尚《なお》一層たち優《まさ》って、たとえようもなく愛らしいので、世の人々は誰いうとなく「光る君」とお呼び申し上げています。藤壺の宮もまた源氏の君とともに、それぞれに帝のご寵愛が格別なので、こちらは「輝く日の宮」と申し上げるのでした。

かしづきたまふ《う》御《おん》むすめ、春宮《とうぐう》よりも御気色《みけしき》あるを、思《おぼ》しわづらふ《う》ことありけるは、この君《きみ》に奉《たてまつ》らむの御心《みこころ》なりけり。

内裏《うち》にも、御気色賜《みけしきたまわ》らせたまへ《え》りければ、帝「さらば、このをりの後見《うしろみ》なかめるを、添臥《そいぶし》にも」ともよほ《お》させたまひ《い》ければ、さ思《おぼ》したり。

その日《ひ》の御前《おまえ》の折櫃物《おりびつもの》、籠物《こもの》など、右大弁《うだいべん》なむうけたまはり《わ》て仕《つこ》うまつら

源氏の君の可愛らしい童形《どうぎょう》のお姿を、成人の髪型に変えてしまうのは残念だと、帝は惜しがられましたけれど、十二歳で御元服《ごげんぷく》なさいました。

加冠役の左大臣の北の方は、帝の妹宮で、御夫妻の間には姫君が、ただお一方お生れになっています。その姫君を大切に守り育てていらして、以前に東宮からそれとなく御所望があった折にも、当惑なさって思案していらっしやったのは、実は、とうにこの源氏の君にさし上げたいおつもりがあったからなのでした。

帝にも、かねてこのことで、御内意をおうかがい申しあげましたところ、「それでは、この元服後の後見役もい

せける。屯食《とんじき》、禄《ろく》の唐櫃《からびつ》どもなど、ところせきまで、春宮《とうぐう》の御《ご》元服《げんぷく》のをりにも数《かず》まされり、なかなか限《かぎ》りもなくいかめしうなん。

その夜《よ》、大臣《おとど》の御里《おんさと》に源氏《げんじ》の君《きみ》まかでさせたまふ。作法《さほう》世《よ》にめづらしきまでもてかしづききこえたまへり。いときびはにておはしたるを、ゆゆしう思《おも》ひきこえたまへり。女君《おんなぎみ》は、すこし過《す》ぐしたまへるほどに、い

ないようだから、いっそ元服の夜、その姫君に添い臥《そ》しさせて妻にしては」と、おすすめになられましたので、左大臣はそのつもりでおります。

当日の帝の御前に供された折櫃物《おりびつもの》や、籠物《こもの》の料理などは、右大弁《うだいべん》が、帝の仰せを承って調進したものでした。屯食《とんじき》や禄の入った唐櫃《からびつ》など、置ききれぬほどあふれ、東宮の御元服の時よりもおびただしく、かえって今日のほうがすべてにつけ、この上なく盛大になりました。

その夜、左大臣のお邸に源氏の君は退出なさいました。婚礼の作法は世に例もないほど立派に整えて、左大臣は婿君をおもてなし申し上げます。婿君

と若《わこ》うおはすれば、似《に》げなく恥《は》づかしと思《おぼ》いたり。

源氏《げんじ》の君《きみ》は、上《うえ》の常《つね》に召《め》しまつはせ《わ》ば、心やすく里住《さとず》みもえしたまはず《わ》。心《こころ》の中《うち》には、ただ、藤壺《ふじつぼ》の御《おん》ありさまをたぐひなしと思《おもい》ひきこえて、さやう《よ》ならむ人《ひと》をこそ見《み》め、似《に》る人《ひと》なくもおは《わ》しけるかな、大殿《おおいどの》の君《きみ》、いとをかしげにかしづかれたる人《ひと》とは見《み》ゆれど、心《こころ》にもつかずおぼえたまひ《い》て、幼《おさな》きは

がまだ子供子供していらっしゃるのを、左大臣は、非常に可愛らしいとお思いになります。女君は、源氏の君より少し年嵩《としかさ》でいらっしゃるのに、婿君があまりに若々しいのが、御自分と不似合いで恥ずかしく、気が引けるようにお感じになります。

源氏の君は、帝が始終お側にお召し寄せになりお離しにならないので、ゆっくり里住まいでくつろぐこともおできになりません。心の中では藤壺の宮だけを、この世でただ一人のすばらしいお方として恋い慕われていて、「もし妻にするなら、あのようなお方とこそ結婚したい。あのお方に似ている女など、この世にはとてもいそうにな

どの心《こころ》ひとつにかかりて、いと苦《くる》しきまでぞおはし《わ》ける。

内裏《うち》には、もとの淑景舎《しげいさ》を御曹司《みぞうし》にて、母御息所《ははみやすどころ》の御方《おんかた》の人々《ひとびと》まかで散《ち》らずさぶらは《わ》せたまふ《う》。里《さと》の殿《との》は、修理《すり》職《しき》、内匠寮《たくみづかさ》に宣旨《せんじ》下《くだ》りて、二《に》なう改《あらた》め造《つく》らせたまふ《う》。もとの木立《こだち》、山《やま》のたたずまひおもしろき所《ところ》なりけるを、池《いけ》の心広《こころひろ》くしなして、めでたく造《つく》りののしる。


い。左大臣家の姫君は、器量も申し分ないし、大切に育てられたいかにも上品な深窓《しんそう》の人だけれど、どこか性《しょう》が合わないような気がする」と、ひそかにお思いになって、幼心の一筋に、藤壺の宮のことばかりを思いつづけて、苦しいほどに恋い悩んでいらっしゃるのでした。

源氏の君は宮中では、もとの桐壺の更衣のお部屋をそのままいただいて、更衣にお仕えしていた女房たちを、今も散り散りにならぬよう、引きつづいてお仕えさせています。昔の更衣の二条の里邸は、修理《すり》職《しき》や内匠寮《たくみづかさ》に帝からの宣旨《せんじ》が下って、またとないくらい立派に改修の工事が進んでいます。もと

かかる所《ところ》に、思《おも》ふやうならむ人《ひと》を据《す》ゑて住《す》まばやとのみ、嘆《なげ》かしう思《おぼ》しわたる。

光《ひか》る君《きみ》といふ名《な》は、高麗人《こまうど》のめできこえて、つけたてまつりけるとぞ、言《い》ひ伝《つたえ》へたるとなむ。

もと庭の植え込みや、築山《つきやま》の配置などは結構な風情のある所でしたが、さらに池を広く造り直したり、邸を立派に造築したりして工事が賑々しいことです。

源氏の君はその二条のお邸をご覧になるにつけても、「こんな所へ、理想通りの心に適《かな》うお方をお迎えして、ご一緒に住めたらどんなに幸せだろう」とばかり、切なく思いつづけられるのでした。

「光る君」という名は、あの高麗《こま》の観相家が、この君をほめたたえてお付けしたのだと、言い伝えられていますとか。

この帖は、相当物語の進んだ後に書かれ、冒頭に据えられたという説もある。しかし、後に起る様々な主人公の身の上の事件を、予言暗示している点や、物語の構成上、最も重大な要《かなめ》になる父桐壺帝の妃藤壺《ふじつぼ》への、秘かな初恋の芽生えなどが配置され、これから始まる物語への興味をかき立てる用意が、抜け目なくちりばめられている。

この帖から書き始めたとみても一向に不自然ではない。

桐壺帝は多くの美妃を後宮に擁しながら、あまり身分の高くない桐壺の更衣《こうい》に異常なほど惑溺してしまう。その常軌を逸した寵愛は、後宮の他の妃たちの嫉妬をあおるだけでなく、重臣や世間の目から顰蹙《ひんしゅく》を買う。更衣は他の妃たちからいじめ抜かれ、心身共に衰弱して死んでゆく。後には二人の愛の結晶の三歳の皇子が残された。

更衣の死後、桐壺帝は更衣の里に弔問の勅使靫負《ゆげい》の命婦《みょうぶ》という女房を遣わせて、母君あての手紙をもたせた。更衣の母と靫負の命婦とのやりとりに、帝の更衣と皇子への愛情があふれている。桐壺帝と更衣の悲恋は、唐の玄宗皇帝と楊貴妃の悲恋を主題にした「長恨歌《ちょうごんか》」になぞらえられている。この部分は今回は載せられなかった場面である。

三歳で母を失った皇子を帝は宮中に引き取り、更衣の形見として自分の膝下で育てる。やがて母方の祖母も死ぬ。

高麗《こま》の観相人に身分をかくして皇子を秘かに占わせたところ、この子は帝王の相がある。しかしそうなれば国が乱れ、かといって臣下で終る人でもない、と予言する。帝はその予言を聞き、皇子を臣下にして、源氏姓を賜う。皇子の絶世の美貌と、たぐいまれな聡明さから、誰言うとなく光《ひかる》の君《きみ》、光源氏ともてはやされる。

光源氏十歳の頃、桐壺の更衣を失って鬱病《うつびょう》がちになり、政務もとれなくなっていた桐壺帝は、亡き更衣と瓜二つの先帝の姫宮を後宮に迎えた。藤壺の宮と呼ばれる、源氏より五歳年長の若々しい女宮である。源氏は藤壺の宮が亡き母とそっくりだとしきりに聞かされ、いつとはなく多感な少年の心に淡い憧れの恋を芽生えさせていた。このところに、帝が藤壺の宮を後宮に所望したおり、元気であった母后が桐壺の更衣のことを出して、あんな恐ろしいところに娘はやれないという会話があるが、いつの時代にも共通する母心がうかがえる。

十二歳の時、源氏は元服し、桐壺帝のはからいで左大臣の姫君と結婚させられる。後見人のいない源氏にとって、臣下で最高の地位にあり、桐壺帝の妹の大宮《おおみや》を妻としている左大臣は、誰よりも強力な後見人であった。源氏の正妻となった姫君は、自分が四歳年上であることにはじめからコンプレックスを抱き、かたくなに心を閉ざしている。この時代の貴族の結婚は早く、婿君はまだ子供が多く、花嫁のほうが年上で、添《そ》い臥《ぶ》しの役をさせられた。幼い夫を妻が初夜の床でリードするのが習わしであった。

申し分なく美しいけれど自尊心が高く、権高で冷たい花嫁に、少年の夫は、初夜から馴染まない。かえって、結婚の実態を知った源氏は、妻として一緒に暮すなら藤壺のような人をこそと、ひそかに切なく恋心をつのらせていく。

空蟬《うつせみ》

寝《ね》られたまはぬままに、　源氏「我《われ》はかく人《ひと》に憎《にく》まれても習《ならわ》はぬを、今宵《こよい》なむ初《はじ》めてうしと世《よ》を思《おもい》ひ知《し》りぬれば、恥《は》づかしくてながらふ《う》まじくこそ思《おもい》ひなりぬれ」などのたまへ《え》ば、涙《なみだ》をさへ《え》こぼして臥《ふ》したり。いとらうた《ろ》しと思《おぼ》す。手《て》さぐりの、

光源氏（十七歳）

お眠りになれないので、源氏の君は横に寝ている小君《こぎみ》に、「わたしはこんなに人に嫌われたことは一度もなかったのに、今夜という今夜は、はじめて恋は辛いものだと、つくづく思い知らされてしまった。もう恥ずかしくて、生きているのもいやになってしまった」と、おっしゃいます。小君は、思わず涙さえこぼしながら横になっています。

そんな小君を、なんと可愛い子だと

細《ほそ》く小《ちい》さきほど、髪《かみ》のいと長《なが》からざりしけはひのさま通《かよい》ひたるも、思《おもい》ひなしにやあはれなり。あながちにかかづらひたどり寄《よ》らむも人《ひと》わろかるべく、まめやかにめざましと思《おぼ》し明《あ》かしつつ、例《れい》のやうにものたまひまつはさず、夜《よ》深《ぶこ》う出《い》でたまへば、この子《こ》は、いといとほしくさうざうしと思《おもう》ふ。

女《おんな》も並々《なみなみ》ならずかたはらいたしと思《おも》ふに、御消息《おんしょうそこ》も絶《た》えてなし。思《おぼ》し懲《こ》り

源氏の君はお思いになります。抱きよせたあの女の体つきが手さぐりの掌に細っそりと小さく感じたのや、あまり長くなかった髪の手触りなどが、気のせいかこの子の感じによく似ているように思われるのも、しみじみいとおしさをそそられます。これ以上しつこく付きまとって、強いて捜しだして言い寄ったりするのも、いっそう恥の上塗りになるだろうと思われて、心からひどい女だと恨みつづけながらまんじりともせず、夜を明かしておしまいになりました。いつものようには、優しいお言葉を小君にかけておやりにもならず、まだ暗いうちにお帰りになりますので、小君はお気の毒でならず、また

にけると思《う》ふにも、やがてつれなくてやみたまひなましかばうからまし、しひて《い》いとほしき御《おん》ふるまひの絶《た》えざらむもうたてあるべし、よきほどにて、かくて閉《と》ぢめてんと思《おもう》ふものから、ただならずながめがちなり。

君《きみ》は小君《こぎみ》に、「いとつらうもうれたうもおぼゆるに、しひて思《おもい》ひかへせど、心《こころ》にしも従《したがわ》はず苦《くる》しきを、さりぬべきをりみて対面《たいめん》すべくたばかれ」と

物足りなくも、淋しくも思うのでした。

女もその後、一方《ひとかた》ならず心がとがめていましたが、源氏の君からのお便りはあれっきり、ふっつりと絶えてしまいました。さすがに、お懲《こ》りになられたのだろうと思いながらも、「もしこのまま、お怒りになってあきらめておしまいになったら、どんなにか辛く悲しいだろう。かといって、あの御無体な困ったお振舞いが、この後もつづくとしたら、いたたまれないことだし、やはり、このあたりでこんな密か事《みそごと》は打ち切ってしまわなければ」と思うのです。それでもやはり心はおさまらず、ともすれば暗く沈みがちなもの思

のたまひわたれば、わづらはしけれど、かかる方《かた》にても、のたまひまつは《わ》すはうれしうおぼえけり。

幼《おさな》き心地《ここち》に、いかならんをりと待《ま》ちわたるに、紀伊守《きのかみ》国に下《くだ》りなどして、女《おんな》どちのどやかなる夕闇《ゆうやみ》の道《みち》たどたどしげなる紛《まぎ》れに、わが車《くるま》にて率《い》てたてまつる。

東《ひむがし》の妻戸《つまど》に立《た》てたてまつりて、我《われ》は南《みなみ》の隅《すみ》の間《ま》より、格子《こうし》叩《たた》きののしり

いにとらわれていくのでした。

源氏の君は、女の弟である小君に、

「あの人の仕打ちがあんまりひどくていまいましいので、無理にもあきらめようとするのに、心がいうことをきかないで、どうしてもあきらめきれない。苦しくてたまらないから、もう一度逢えるよう、何とかいい機会をつくっておくれ」と、繰り返しおっしゃいます。小君は当惑しながらも、こんなことででも源氏の君から親しく相談されるのは嬉しいのでした。

子供心にも、何とかしていい折はないものかと窺《うかが》っています。たまたまその頃、紀伊《き》の守《かみ》が任国へ出かけて行きました。留守宅には女たちばかりがの

て入《い》りぬ。御達《ごたち》、「あらはなり」と言《い》ふ《う》なり。小君「なぞ、かう《こ》暑《あつ》きにこの格子《こうし》は下《お》ろされたる」と問《と》へ《え》ば、御達「昼《ひる》より西《にし》の御方《おんかた》の渡《わた》らせたまひて、碁《ご》打《う》たせたまふ」と言《い》ふ《う》。さて向《む》かひ《い》ゐ《い》たらむを見《み》ばやと思《おも》ひ《い》て、やをら歩《あゆ》み出《い》でて簾《すだれ》のはさまに入《い》りたまひ《い》ぬ。

この入《い》りつる格子《こうし》はまだ鎖《さ》さねば、隙見《ひまみ》ゆるに寄《よ》りて西《にし》ざまに見通《みとお》したまへ《え》ば、この際《きわ》に立《た》てたる屏風端《びょうぶはし》の方《かた》お

んびりくつろいでいるのを見つけた小君は、ある日、自分の車に源氏の君をお乗せして、道もおぼつかない夕闇にまぎれて、御案内したのでした。

　寝殿の東側の妻戸の所に、源氏の君をお立たせしておいて、小君は南側の隅《すみ》の間《ま》から格子《こうし》をわざと音高く叩《たた》き、大きな声で呼びかけながら廂《ひさし》の間《ま》に入っていきました。「あとを閉めないと、中がまる見えですよ」と女房たちの声が聞こえます。「どうして、こんなに暑いのに、格子なんか下ろしておくの」と小君が訊《き》きますと、「昼から、西の対《たい》の紀伊の守さまの妹君がお越しになって、碁《ご》を打っていらっしゃるのです」と言います。源氏の君は、

し畳《たた》まれたるに、紛《まぎ》るべき几帳《きちよう》なども、暑《あつ》ければにや、うちかけて、いとよく見入《みい》れらる。

灯近《ひちこ》うともしたり。母屋《もや》の中柱《なかばしら》に側《そば》める人《ひと》やわが心《こころ》かくると、まづ目《め》とどめたまへ《え》ば、濃《こ》き綾《あや》の単 襲《ひとえがさね》なめり、何《なに》にかあらむ上《うえ》に着《き》て、頭《かしら》つき細《ほそ》やかに小《ちい》さき人《ひと》の、ものげなき姿《すがた》ぞしたる。顔《かお》などは、さし向《む》かひ《い》たらむ人《ひと》などにもわざと見《み》ゆまじう《じゅう》もてなした

それなら向かい合って碁を打っている女たちの姿を、見たいものだとお思いになり、そっと歩き出して、簾《すだれ》の隙間に忍びこまれました。

さっき小君が入ったまま、格子はまだ開け放してありましたので、そこから部屋の内を覗《のぞ》き見出来ます。近づいて部屋の西のほうを見通されますと、格子のすぐそばに立てた屏風《びょうぶ》も、端のほうが折り畳まれているし、目隠しの几帳《きちょう》も、暑いせいか、帷子《かたびら》を横木にうち上げてありますので、部屋の中が奥まですっかり見えるのでした。

灯が二人の女の近くに燈されています。母屋《もや》の中ほどの柱により添って、横向きに坐っているのが、自分の思い

り。手《て》つき瘦《や》せ瘦《や》せにて、いた《と》うひき隠《かく》したためり。

いま一人《ひとり》は東《ひむがし》向《む》きにて、残《のこ》るところなく見《み》ゆ。白《しろ》き羅《うすもの》の単襲《ひとえがさね》、二藍《ふたあい》の小袿《こうちき》だつものないがしろに着《き》なして、紅《くれない》の腰《こし》ひき結《ゆ》へ《え》る際《きわ》まで胸《むね》あらは《わ》にば《ぼ》うぞくなるもてなしなり。

空蟬「待《ま》ちたまへ《え》や。そこは持《ぢ》にこそあらめ、このわたりの劫《こう》をこそ」など言《い》へ《え》ど、軒端荻「いで、この度《たび》は負《ま》け

を懸けた女ではないのかと、まずお目を凝らされます。下には濃い紫の綾の単襲《ひとえがさね》らしいのを着て、その上に、何かもう一枚、よくわからないけれど重ね着をしているようです。頭の形の細っそりとして小さな、体つきも華奢《きゃしゃ》で小柄な人が、大して見栄えのしない様子で坐《すわ》っています。顔などを、さし向かいの人にもなるたけ見られないようにしていて、碁を打つ手も痩《や》せているのを、袖口で手の先まで掩《おお》い、たしなみ深くかくすようにしています。

　もう一人は東向きに坐っているので、何から何まで眺められます。白い羅《うすもの》の単襲に、赤味のさした二藍色《ふたあいいろ》の小袿《こうちき》らしいのをしどけなく着て、紅《くれない》

にけり。隅《すみ》の所《ところ》、いでいで」と指《および》をかがめて、「十《とお》、二十《はた》、三十《みそ》、四十《よそ》」など数《かぞう》ふるさま、伊予《いよ》の湯桁《ゆげた》もたどたどしかるまじう見《み》ゆ。すこし品《しな》おくれたり。
小君《こぎみ》出《い》でくる心地《ここち》すればやをら出《い》でたまひぬ。
渡殿《わたどの》の戸口《とぐち》に寄《よ》りゐ《い》たまへ《え》り、いとかたじけなしと思ひ《い》て、小君「例《れい》ならぬ人《ひと》はべりてえ近《ちこ》うも寄《よ》りはべら

の袴《はかま》の腰紐を結んだあたりまで、胸をあらわにはだけて、見るからにぞんざいな様子をしています。

「ちょっとお待ちになって、そこは、持《じ》でしょう。こちらの劫《こう》を先に片づけましょう」などと言いますが、相手は、「いいえ、今度は負けてしまいましたわ。隅のここと、ここは何目《なんもく》かしら、どれどれ」と、指を折っては、「十、二十、三十、四十」と、目を数える様子は、す速くきびきびしていて、音に聞こえた伊予の湯桁《ゆげた》の数の多さでさえ、さっさと数え上げてしまいそうです。ただ、少々品がたりないように見えます。

どうやら小君が出てきそうな気配な

ず」、源氏「さて今宵《こよい》もやかへ《え》してんとする。いとあさましう《しゅう》から《ろ》うこそあべけれ」とのたまへ《え》ば、小君「などてか。あなたに帰《かえ》りはべりなば、たばかりはべりなん」と聞《き》こゆ。さもなびかしつべき気色《けしき》にこそはあらめ、童《わらわ》なれど、物《もの》の心《こころ》ばへ《え》、人《ひと》の気色《けしき》見《み》つべくしづまれるを、と思《おぼ》すなりけり。

碁《ご》打《う》ちはてつるにやあらむ、うちそよめく心地《ここち》して人々《ひとびと》あかるるけはひ《い》な

ので、そっとその場から離れておしまいになりました。

さりげなく渡り廊下の戸口に、前から居たように寄りかかっていらっしゃいます。そこへ小君はもどってきて、こんな所に長くお立たせしてもったいないと思いながら申し上げました。

「珍しい客が来ていて、姉の近くへ寄りつくこともできませんでした」「それでは、今夜もこのまま帰そうとするのだね。それはあんまりひどいじゃないか」とおっしゃるので、小君は、

「どうしてそんなことを。客が、あちらへ帰りましたら、何とか方法を考えます」と申し上げます。それでは、何とかなりそうな女の様子なのだろう。

どすなり。女房「若君《わかぎみ》はいづくにおは《わ》しますならむ。この御格子《みこうし》は鎖《さ》してん」と鳴《な》らすなり。

こたみは妻戸《つまど》を叩《たた》きて入《い》る。みな人々《ひとびと》しづまり寝《ね》にけり。小君「この障《しょう》子口《じぐち》にまろは寝《ね》たらむ。風吹《かぜふ》き通《とお》せ」とて、畳《たたみ》ひろげて臥《ふ》す。

御達《ごたち》、東《ひむがし》の廂《ひさし》にいとあまた寝《ね》たるべし、戸放《とはな》ちつる童《わらわ》もそなたに入《い》りて臥《ふ》しぬれば、とばかりそら寝《ね》して、灯《ひ》

この子は子供ながらも、状況判断が出来るし、人の顔色も読めるほど、しっかりしたところがあるからとお考えになるのでした。

女たちは碁を打ち終えたのでしょう。急に内にざわめく気配がして、人々が立ち去って行く様子です。「若君はどこにいらっしゃるのかしら。この格子はもう閉めてしまいましょう」と声がして、戸をがたぴし閉める音がします。

今度は、小君は妻戸をわざと叩いて開けさせて内へ入りました。人々はみんなもう寝静まっています。「この襖《ふすま》口《ぐち》にぼくは寝よう。涼しい風よ、ここを吹いて通れ」と言いながら、自分で

明《あか》きの方《かた》に屏風《びょうぶ》をひろげて、影《かげ》ほのかなるに、やをら入《い》れたてまつる。いかにぞ、をこがましきこともこそと思《おぼ》すに、いとつつましけれど、導《みちび》くままに母屋《もや》の几帳《きちょう》の帷子《かたびら》ひき上《あ》げて、いとやをら入《い》りたまふ《う》とすれど、みなしづまれる夜《よ》の御衣《おんぞ》のけはひ《い》、やは《わ》らかなるしも、いとしるかりけり。

碁《ご》打《う》ちつる君《きみ》、今宵《こよい》はこなたにと、いまめかしくうち語らひ《い》て寝《ね》にけり。

薄縁《うすべり》をしいて横になりました。

女房たちは、東の廂の間に大勢寝ているようです。小君のために戸を開けてくれた女童《めのわらわ》もそっちへ行って寝たので、小君はしばらく空寝《そらね》をした後、灯の明るいほうへ屏風《びょうぶ》をひろげて立てまわし、薄暗くしたその中に、そっと源氏の君をお引き入れしたのでした。

「どうなることか、今にみっともない恥をかくような目にあうのではないだろうか」と源氏の君は不安になってひどく気おくれなさいますが、小君の導くままに、母屋の几帳の帷子《かたびら》を引き上げて、そうっと、ずいぶん注意深くお入りになろうとなさいます。あたりがしんと寝静まっていますので、源氏の

若《わか》き人《ひと》は何心《なにごころ》なくいとようまどろみたるべし。かかるけはひのいとかうばしくうち匂《にお》ふに、顔《かお》をもたげたるに、ひとへうちかけたる几帳《きちよう》の隙間《すきま》に、暗《くら》けれど、うちみじろき寄《よ》るけはひいとしるし。あさましくおぼえて、ともかくも思《おも》ひ分《わ》かれず、やをら起《お》き出《い》でて、生絹《すずし》なる単衣《ひとえ》をひとつ着《き》てすべり出《い》でにけり。

君《きみ》は入《い》りたまひて、ただひとり臥《ふ》し

君の柔らかなお召物が、かえってありありと衣《きぬ》ずれの音をたてるのが聞きつけられるのでした。

碁を打っていた継娘は、「今夜はこちらで寝《やす》ませていただくわ」と、今時の娘らしくこだわらず、陽気に話しかけながら、継母のかたわらに寝てしまいました。

若い娘は無邪気で、たちまち、ぐっすりと寝入ってしまったようです。そこへ人の忍び入ってくる気配がして、芳《かぐわ》しい香の匂いが息苦しいほど漂ってきました。覚えのあるその香りに、女ははっと顔をあげました。単衣《ひとえ》の帷子が引きあげられている几帳《きちよう》の隙間に、暗いけれど誰かがそろそろと、身じろ

たるを心《こころ》やすく思《おぼ》す。床《ゆか》の下《しも》に、二人《ふたり》ばかりぞ臥《ふ》したる。衣《きぬ》を押《お》しやりて寄《よ》りたまへ《え》るに、ありしけはひよりはも《い》のものしくおぼゆれど、思《おも》ほしもよらずかし。

いぎたなきさまなどぞあやしく変《かわ》りて、やうやう見《よ よ み》あらは《わ》したまひ《い》て、あさましく心《こころ》やましけれど、人違《ひとたがえ》へとたどりて見《み》えんもをこがましく、あやしと思《おも う》ふべし、本意《ほ い》の人《ひと》を尋《たず》ねよらむ

ぎしながらにじり寄って来る気配がありありとわかります。呆れはてて、とっさの分別もつかないまま、女はそっと身を起こすと、薄い生絹《すずし》の単衣一枚をはおって、寝間からすべり出てしまいました。

源氏の君はお入りになると、女が唯一人寝ているので、ほっとなさいました。長押《なげし》の下の間に女房が二人ほど寝ています。女の体にかけていた夜着をそっと押しのけられて、女の側にぴったりと寄り添って横になられます。そうっと女の体をおさぐりになりますと、この間の夜より何となく手触りに豊満な感じが伝わります。それでも別人とはお気づきにならないのでした。

も、かばかり逃《のが》るる心《こころ》あめれば、かひ《い》な《の》うをこにこそ思《おもわ》はめと思《おぼ》す。かのをかしかりつる灯《ほ》影《かげ》ならばいかがはせむに思《おぼ》しなるも、わろき御心浅《みこころあさ》さなめ

「空蟬」の挿絵
『源氏物語』慶安本（国文学研究資料館蔵）

そのうち、いぎたなく寝こけてなかなか目を覚まさない女の様子などが、どうもあの女とは、妙に様子が違っているとお気づきになりました。ようやく、さては別人だったのかとおさとりになられると、あまりのことに情けなくいまいましくてなりません。「それにしても人違いだったと、あわてふためいたところを見せるのも、ずいぶん間の抜けたことだし、何よりもこの娘だって変に思うだろう。今更あの女を探してみたところで、これほど自分から逃げようとしているのだから、所《しょ》詮《せん》、無駄骨だろう、女にもいっそう愚かな男だと嘲笑されるのがおちだ」と思いめぐらされます。「この娘が、あ

りかし。

軒端荻「人《ひと》の思《おもい》ひはべらんことの恥《は》づかしきになん、え聞《き》こえさすまじき」とうらもなく言《う》ふ。源氏「なべて人《ひと》に知《し》らせばこそあらめ、この小さき上人《うえびと》に伝《つたえ》へて聞《き》こえん。気色《けしき》なくもてなしたまへ《え》」など言《いい》ひおきて、かの脱《ぬ》ぎすべしたると見《み》ゆる薄衣《うすぎぬ》をとりて出《い》でたまひ《い》ぬ。小君《こぎみ》近《ちこ》う臥《ふ》したるを起《お》こしたまへ《え》ば、うしろめたう思《おもい》ひつつ寝《ね》けれ

の灯影《ほかげ》で見た可愛かった女なら、ままよ、それもよかろう」とお思いになってしまうのも、感心できないいつもの浮気なお心のせいでございましょう。

「人にどう思われるかと恥ずかしくて、とてもわたしからはお手紙はさし上げられませんわ」娘は素直に言うのでした。源氏の君は、「誰彼なしに話されては困りますよ。とにかくこの家の小さな殿上人《てんじょうびと》を文使いにしてお便りしましょう。あなたはさり気なく振舞っていらっしゃい」などと言い残されて、あの女が脱ぎすべらせていった薄《うす》衣《ぎぬ》を取りあげて、お出になりました。近くで眠っていた小君をお起こしになると、ずっと気にしながら眠っていた

ばふとおどろきぬ。

小君《こぎみ》、御車《みくるま》のしりにて、二条院《にじょうのいん》におはしましぬ。ありさまのたまひて、

源氏「幼《おさな》かりけり」とあはめたまひて、かの人《ひと》の心《こころ》を爪《つま》はじきをしつつ恨《うら》みたまふ。いとほしうてものもえ聞《き》こえず。

源氏「いと深《ふこ》う憎《うら》みたまふべかめれば、身《み》もうく思《おもい》ひはてぬ。などかよそにても、なつかしき答《いらえ》へばかりはした

ので、すぐ目をさましました。

小君が車の後ろに乗って、二条の院《にじょういん》にお着きになりました。源氏の君は小君に、今夜の一部始終をすっかり話しておやりになり、「お前はやはり子供で役に立たないね」と、お叱言《こごと》をおっしゃって、あの女のことを爪弾《つまはじ》きしてお恨みになります。小君はお気の毒で、言葉もありません。

「あの人にあんまりひどく憎まれてしまったので、つくづく自分に愛想がつきはててしまった。せめて物越しにでもやさしい言葉くらいはかけてくれたってよさそうなものなのに。わたしは伊予の介にさえ劣っているというのか……」などと心外そうにつぶやかれま

まふ《う》まじき。伊予介《いよのすけ》に劣《おと》りける身《み》こそ」など、心《こころ》づきなしと思《おもい》ひてのたまふ《う》。ありつる小袿《こうちき》を、さすがに御衣《おんぞ》の下《した》にひき入《い》れて、大殿籠《おおとのごも》れり。しばしうち休《やす》みたまへ《え》ど、寝《ね》られたまはず《わ》。御硯《おんすずり》いそぎ召《め》して、さしはへ《え》たる御文《おんふみ》にはあらで、畳紙《たとうがみ》に手習《てならい》のやう《よ》に書《か》きすさびたまふ《う》。

空蟬《うつせみ》の身《み》をかへ《え》てける木《こ》の下《もと》に
なほ《お》人《ひと》がらのなつかしきかな

す。それでもあの女の脱ぎ捨てていった薄衣の小袿《こうちき》を、恨みながらもさすがにお召物の下に引き入れてお寝《やす》みになられるのでした。

しばらく横になっていらっしゃいましたが、いっこうにお寝みになれません。硯《すずり》を急いでお取り寄せになって、お届けになるお手紙をわざわざ書くというふうではなく、さりげなく懐紙《かいし》に手習いのようにお書き流しになられるのでした。

空蟬《うつせみ》の身をかへてける木《こ》の下《もと》に
なほ人がらのなつかしきかな

(蟬が抜け殻だけ残し、去ってしまった木の下で、薄衣だけを脱ぎ残し、消えてしまったあなたを、忘れかねているこの

と書《か》きたまへ《え》るを懐《ふところ》にひき入《い》れて持《も》たり。

つれなき人《ひと》もさこそしづむれ、いとあさはかにもあらぬ御気色《みけしき》を、ありしながらのわが身《み》ならばと、とり返《かえ》すものならねど、忍《しの》びがたければ、この御《おん》畳紙《たとうがみ》の片《かた》つ方《かた》に、

空蟬《うつせみ》の羽《は》におく露《つゆ》の木《こ》がくれて
しのびしのびに濡《ぬ》るる袖《そで》かな

（わたし）

とお書きになったのを、小君は懐に入れました。

あくまでつれない女も、一応さも平静そうに思いを抑えこらえているものの、どうやら思いの外に深く真実らしいお気持が身にしみるにつけ、もしこれが夫のいない娘の頃だったならと、今更、過ぎ去った昔を取りかえしようもないままに、源氏の君への恋しい気持が忍びきれなくなり、いただいたお手紙の懐紙の端に、人知れず書きつけるのでした。

空蟬《うつせみ》の羽《は》におく露の木《こ》がくれて
しのびしのびに濡るる袖かな

（薄い空蟬の羽に置く露の、木の間にか

くれて見えないように、私も人にかくれ
て忍び忍んで、あなたへの恋の切なさ
に、ひとり泣いているものを）

「帚木《ははきぎ》」「空蟬」「夕顔《ゆうがお》」とつづく三帖は、すべて源氏十七歳の年の出来事である。この時、源氏は近衛の中将になっている。この数年間で、少年はすっかり成長して、一人前の男になっている。

「源氏物語」を読む時、まず頭に入れておかなければならないのは、当時の年齢感覚が現代とは全く違うということである。十二歳の少年と十六歳の少女が結婚するのが当然とされた時代では、十七歳は今でいう青臭いティーンエイジャーではなく、宮廷の護衛兵として、中将もつとまる成人扱いなのである。

「源氏物語」は、後宮に仕えている女房が語る話という設定で書かれている。「帚木」の帖の冒頭の地の文は語り手の女房の言葉として書かれている。

源氏がすでに、恋愛の道にかけては評判のプレイボーイになっていることを示している。語り手は、そんな秘密にしている内緒ごとを書きあばくのは、気がひけると言いながら、これから書くものが、源氏の「すきごと」つまり情事の話に尽きることを白状する。巧妙な書き出しで、読者はこれだけで読みたい好奇心をそそられる。

「帚木」の帖に有名な「雨夜《あまよ》の品定《しなさだ》め」と称される話が据えられている。長い五月雨《さみだれ》の一夜、宮中で物忌《ものい》みのため籠っている源氏の宿直所《とのいどころ》に、頭《とう》の中将《ちゆうじよう》、左馬《さま》の頭《かみ》、藤式部《とうしきぶ》の丞《じよう》の三人が集まり、女の品定めが始まる。それぞれ我こそはと自任している女蕩《おんなた》らしが、夜を徹してとっておきの経験談や、打ち明け話、様々な女の滑稽《こつけい》話から、はては恋愛論、女性論へと話題は展開していく。作者が女であることを忘れさせるほど、この座談会は面白い。

この中に頭の中将の思い出話として、子までなしたのに、ふっと行方をくらましてしまったおとなしい女の話が出る。これが後の夕顔だという伏線になる。左馬の頭の話に、女を上、中、下の階級分けにして中流の女にこそ、掘り出しものがあるというのも、次の帖の「空蟬」の伏線になっている。本書ではこの「空蟬」と「夕顔」をとりあげた。

源氏は方違《かたたが》えに中川の紀伊《き》の守《かみ》の邸へ行き、紀伊の守の父の若い後妻、空蟬に逢い、無理に犯す。源氏のはじめて知った中流のこの女は、思いがけない自尊心を見せ、手きびしい抵抗をみせる。何とかもう一度空蟬に逢いたいというところから、「空蟬」の帖がはじまる。

空蟬の弟の小君《こぎみ》を、文使いとするため源氏は可愛がる。一度は心ならずも源氏に犯されたが、空蟬はその後、きびしい態度で寄せつけない。思い切れない源氏は夏の夕闇にまぎれて、紀伊の守邸にしのびこむ。小君の手引きで空蟬の寝所に導かれたが、それを察した空蟬は、薄い肌着だけつけ、身ひとつで危うく逃れ去る。

一緒に寝ていた紀伊の守の妹の軒端《のきば》の荻《おぎ》を空蟬だと思い、まちがって契った源氏は、空蟬の脱ぎ残した蟬の脱け殻のような薄衣《うすぎぬ》の小袿を持ち帰り、残り香をなつかしむ。拒みながら、空蟬は心の中では源氏が忘れられなく、切なく、単身で赴任先にいる老いた夫の伊予《いよ》の介《すけ》への、罪の呵責《かしやく》に苦しむ。

分別のある女心の揺れ動く様が絶妙に表現されている帖である。

夕顔《ゆうがお》

六条《ろくじょう》わたりの御忍《おんしの》び歩《あり》きのころ、内裏《うち》よりまかでたまふ中宿《うなかやどり》に、大弐《だいに》の乳母《めのと》のいたくわづらひて尼《い あま》になりにけるとぶらはむとて、五条《ごじょう》なる家《いえ》たづねておはしたり《わ》。

御車入《みくるまい》るべき門《かど》は鎖《さ》したりければ、人《ひと》して惟光《これみつ》召《め》させて、待《ま》たせたまひけ《い》

光源氏（十七歳）

源氏の君が六条のあたりに住む恋人のところに、ひそかにお通いになられている頃のことでした。その日も、宮中から御退出になり、六条へいらっしゃる途中のお休み処として、大弐《だいに》の乳母《めのと》が重い病気にかかり、尼になっているのを見舞ってやろうと思いつかれて、五条にある乳母の家を訪ねていらっしゃいました。

お車を入れる門は、錠を下ろし閉ざされていましたので、中にいる乳母の

るほど、むつかしげなる大路《おおじ》のさまを見《み》わたしたまへ《え》るに、この家《いえ》のかたはら《わ》に、檜垣《ひがき》といふ《う》もの新しう《あたらしゅう》して、上《かみ》は半蔀《はじとみ》四五間《けん》ばかり上《あ》げわたして、簾《すだれ》などもいと白《しろ》う涼《すず》しげなるに、をかしき額《ひたい》つきの透影《すきかげ》あまた見《み》えてのぞく。

門《かど》は蔀《しとみ》のやう《よ》なる押《お》し上《あ》げたる、見《み》入《い》れのほどなくものはかなき住《す》まひ《い》を、あはれ《わ》に、いづこかさしてと思《おも》ほ

子の惟光《これみつ》をお供の者に呼び出しにやられました。惟光をお待ちになっていらっしゃる間の所在なさに、車の中からみすぼらしいそのあたりの大路《おおじ》の様子を眺めていらっしゃいますと、乳母の家の傍に、檜垣《ひがき》という垣根のま新しいのを、結《ゆ》いめぐらせた家があるのが目につきました。家の上の方は半蔀《はじとみ》を四、五間ほどすっかり上げて、簾《すだれ》などもいかにも白く涼しそうに下げられています。その向こうに美しい額の女の影が、ちらちらいくつも透いて見え、女たちもどうやらこちらを覗《のぞ》いているようです。

門は蔀戸《しとみど》のようなのを押し上げてあり、中も手狭で、見るからに粗末な小

しなせば、玉《たま》の台《うてな》も同《おな》じことなり。切懸《きりかけ》だつ物《もの》に、いと青《あお》やかなる葛《かずら》の心地《ここち》よげに這《は》ひかかれるに、白《しろ》き花《はな》ぞ、おのれひとり笑《え》みの眉《まゆ》ひらけたる。源氏「をちかた人《ひと》にもの申《もう》す」と独《ひと》りごちたまふを、御随身《みずいじん》ついゐ《い》て、随身「かの白《しろ》く咲《さ》けるをなむ、夕顔《ゆうがお》と申《もう》しはべる。花《はな》の名《な》は人《ひと》めきて、かう《こ》あやしき垣根《かきね》になん咲《さ》きはべりける」と申《もう》す。

さい住居《すまい》なのです。しみじみそれを御覧になるにつけても、どうせこの世はどこに住んでも仮の宿りにすぎないのだと、よくお考えになってみれば、金《きん》殿玉楼《でんぎょくろう》もこのささやかな家も、所詮は同じことだとお思いになります。

切懸《きりかけ》のような粗末な板塀に、鮮やかな青々とした蔓草《つるくさ》が気持よさそうにまつわり延びていて、白い花が自分だけさも楽しそうに、笑みこぼれて咲いています。「そちらのお方にちょっとお尋ねします。そこに咲いているのは何の花」と、源氏の君がひとりごとのようにつぶやかれますと、護衛の随身《ずいじん》が、お前にひざまずいて、「あの白く咲いている花は、夕顔と申します。花

さすがにされたる遣戸口《やりどぐち》に、黄《き》なる生絹《すずし》の単《ひとえ》袴《ばかま》長《なが》く着《き》なしたる童《わらわ》のをかしげなる出《い》で来《き》てうち招《まね》く。白《しろ》き扇《おうぎ》のいた《と》うこがしたるを、童「これに置《お》きてまゐ《い》らせよ、枝《えだ》も情《なさけ》なげなる花《はな》を」とて取《と》らせたれば、門《かど》あけて惟《これ》光《みつ》朝臣《のあそん》出《い》で来《き》たるして奉《たてまつ》らす。

修《ず》法《ほう》など、またまたはじむべきことなどおきてのたまは《わ》せて、出《い》でたまふ《う》とて、惟光《これみつ》に紙燭《しそく》召《め》して、ありつる扇《おうぎ》

の名は一応人並みのようですが、こういうささやかであわれな家の垣根に咲くものでございます」と申し上げました。

　ささやかな家ながらもどことなく風情のある引《ひ》き戸口《どぐち》に、黄色の生絹《すずし》の単袴《ひとえばかま》を裾長にはいた、可愛らしい女《めの》童《わらわ》が出て来て、手招きします。随身が近よりますと、色が変わるほど深く香をたきしめ、いい匂いのただよう白い扇をさし出して、「この上に花をのせてさし上げて下さい。蔓も頼りない花ですから」と言って、扇を渡しました。ちょうどそのとき、惟光が門を開けて出て来ましたので、随身は扇の花を惟光に渡し、惟光の手から源氏の君

御覧《ごらん》ずれば、もて馴《な》らしたる移《うつ》り香《が》いとしみ深《ふこ》うなつかしくて、をかしうす《しゆう》さび書《か》きたり。

心《こころ》あてにそれかとぞ見《み》る白露《しらつゆ》の
　ひかりそへ《え》たる夕顔《ゆうがお》の花《はな》

そこはかとなく書《か》きまぎらは《わ》したるもあてはかにゆゑ《え》づきたれば、いと思《おも》ひ《い》のほかにをかしう《しゆう》おぼえたまふ《う》。惟《これ》光《みつ》に、「この西《にし》なる家《いえ》は何人《なにびと》の住《す》むぞ、問《と》ひ聞《いき》きたりや」とのたまへ《え》ば、

にさし上げました。

尼君の病気平癒《へいゆ》の加持祈禱《かじきとう》などを、ほかにもまた始めるようになどお命じになられてから、源氏の君はこの家をお出になろうとして、惟光に紙燭《あかり》を用意させたついでに、さっきの扇を御覧になりました。この扇を使い馴らした人の移り香が、たいそう深くしみついていて、心惹かれます。扇には風流な筆跡で歌が書き流してありました。

心あてにそれかとぞ見る白露の
　ひかりそへたる夕顔の花

（あるいはあのお方、源氏の君ではないかしら、白露に濡れ濡れて、ひとしお美しく光をました、夕顔の花のようなお顔は）

例《れい》のうるさき御心《みこころ》とは思《おも》へどもさは申《もう》さで、「この五六日《いつかむいか》ここにはべれど、病者《ぼうざ》のことを思《おも》うたまへ《え》あつかひはべるほどに、隣《となり》のことはえ聞《き》きはべらず」など、はしたなやかに聞《き》こゆ。入《い》りて、この宿守《やどもり》なる男《おのこ》を呼《よ》びて問《と》ひ聞《き》く。

「揚名介《ようめいのすけ》なる人《ひと》の家《いえ》になんはべりける。男《おとこ》は田舎《いなか》にまかりて、妻《め》なん若《わか》く事好《ことこの》みて、はらからなど宮仕人《みやづかえびと》にて来《き》

それとなくほのかに変えてある筆跡も、上品らしくわけありそうに見えます。源氏の君は思いのほかにお気持をそそられ、「この西隣の家には誰が住んでいるのか、聞いたことはないか」と惟光におっしゃいますので、また例の厄介なお癖が、とは思うけれども、惟光はそうとはいわず、「この五、六日、この家にはおりますが、病人のことが心配で看護にかまけきっていまして、隣のことなど聞く暇もありませんと、ぞんざいな口調で申し上げます。惟光は奥に入り、この家の管理人を呼んで尋ねました。

男は、「隣は揚名《ようめい》の介《すけ》をしている者の家でございました。主人は田舎へ出

通《かよう》ふと申《もう》す。くはしきことは、下人《しもびと》のえ知《し》りはべらぬにやあらむ」と聞《き》こゆ。

御畳紙《おんたとうがみ》にいたうあらぬさまに書《か》きかへたまひて、

寄《よ》りてこそそれかとも見《み》めたそかれに
　ほのぼの見《み》つる花《はな》の夕顔《ゆうがお》

ありつる御随身《みずいじん》して遣《つかわ》はす。

御心《みこころ》ざしの所《ところ》には、木立《こだち》、前栽《せんざい》などなべての所《ところ》に似《に》ず、いとのどかに心《こころ》に

かけていて、その妻というのが年も若く風流好みの女で、その姉妹とかが宮仕えをしていて、よくこちらに出入りしていると、隣の下男が申します。くわしいことは、下男などにはよくわからないようでございます」と申し上げます。

懐紙《かいし》に、つとめて御自分の字ではないように、筆跡を変えてお書きになられて、

寄りてこそそれかとも見めたそかれに
　ほのぼの見つる花の夕顔

（近づいてたしかに、見さだめてはいかが、たそがれの薄明かりに、ほのかに見た夕顔の、花の正体をわたしを）

という歌を、さっきの随身に持たせて

く住《す》みなしたまへ《え》り。うちとけぬ御《おん》ありさまなどの気色《けしき》ことなるに、ありつる垣根《かきね》思《おも》ほし出《い》でらるべくもあらずかし。つとめて、すこし寝《ね》すぐしたまひて、日《ひ》さし出《い》づるほどに出《い》でたまふ《う》。

今日《きょう》もこの蔀《しとみ》の前渡《まえわた》りしたまふ《う》。来《き》し方《かた》も過《す》ぎたまひけんわたりなれど、ただはかなき一《ひと》ふしに御心《みこころ》とまりて、いかなる人《ひと》の住《す》み処《か》ならんとは、往《ゆ》き

おやりになりました。

お通いどころの六条のお邸では、庭の木立や植え込みなどの風情が、ありふれたところとは全くちがっていて、いかにも閑静に、優雅にお住まいでいらっしゃいます。女君の高貴すぎるほど端正な御容姿などは、比べようもないほど、お美しいので、さきほどの夕顔の垣根の女のことなど、思い出されるはずもありません。明くる朝は少しおふたりで寝過されて、朝日がさし昇るころ、源氏の君は六条のお邸をお出ましになります。

今日もあの夕顔の蔀戸《しとみど》の前をお通りになられました。これまでにも度々通りすぎていらっしゃったあたりなので

来《き》に御目《おんめ》とまりたまひけり。

六条《ろくじよう》わたりも、とけがたかりし御気色《みけしき》をおもむけきこえたまひて後《のち》、ひき返《かえ》しなのめならんはいとほしかし。

女《おんな》は、いとものをあまりなるまで思《おぼ》ししめたる御心《みこころ》ざまにて、齢《よわい》のほども似《に》げなく、人《ひと》の漏《も》り聞《き》かむに、いとどかくつらき御夜離《おんよが》れの寝《ね》ざめ寝《ね》ざめ、思《おぼ》ししをるることいとさまざまなり。

かりにても、宿《やど》れる住《す》まひのほどを

すけれど、ただ、歌をとりかわしたというささいなことが、お心にとまってからは、いったいどんな人が住んでいるのだろうと、つい往《い》き来《き》にお目がとまるようになりました。

なかなかなびこうとはなさらなかった六条あたりの御息所《みやすどころ》にしましても、ようやく、思いどおりに手に入れておしまいになってから後は、打って変わって、熱のさめた冷たいお扱いというのでは、あまりにもお気の毒なことでした。

この女君は何かにつけて、極端なほど深刻に考え詰める御性質でした。お年も源氏の君とは似つかわしくないほど御年上なので、世間の人がこの噂を

思《おもう》ふに、これこそ、かの人《ひと》の定《さだ》め悔《あなず》りし下《しも》の品《しな》ならめ、その中《なか》に思《おもい》ひの外《ほか》にをかしきこともあらばなど思《おぼ》すなりけり。

惟光《これみつ》、いささかのことも御心《みこころ》に違《たが》はじと思《おもう》ふに、おのれも隈《くま》なきすき心《ごころ》にて、いみじくたばかりまどひ《い》歩《あり》きつつ、しひ《い》ておは《わ》しまさせそめてけり。

女《おんな》、さしてその人《ひと》と尋《たず》ね出《い》でたまは《わ》ねば、我《われ》も名《な》のりをしたまは《わ》で、いと

洩《も》れ聞いたならどんなにさげすまれるかと悩まれます。こうして源氏の君がまれにしかいらっしゃらなくなった、淋しい独り寝の眠れない夜毎には、さまざまな悲しい思いが胸にせめぎあい、しおれきっていらっしゃるのでした。

　仮の住家にしたところで、あの家の様子では、これこそ、雨夜《あまよ》の品定《しなさだ》めの時、頭《とう》の中将《ちゅうじょう》が軽蔑していた下の階級の女にちがいないだろう。ところがそんな中に、思いがけない掘り出し物でもあったらなどとお考えになるのでした。

　惟光は、どんな些細《ささい》なことでも、源氏の君の思《おぼ》し召《め》しにそむかぬようにと

わりなくやつれたまひ《い》つつ、例《れい》ならず下《お》り立《た》ち歩《あり》きたまふ《う》はおろかに思《おぼ》されぬなるべしと見《み》れば、わが馬《むま》をば奉《たてまつ》りて、御供《おんとも》に走《はし》り歩《あり》く。

女《おんな》も、いとあやしく心得《こころえ》ぬ心地《ここち》のみして、御使《みつかい》に人《ひと》を添《そ》へ《え》、暁《あかつき》の道《みち》をうかがは《わ》せ、御《おん》あり処《か》見《み》せむと尋《たず》ぬれど、そこはかとなくまどは《わ》しつつ、さすがにあは《わ》れに、見《み》ではえあるまじくこの人《ひと》の御心《みこころ》に懸《かか》りたれば、便《びん》なく

心がけていますが、自分も女には目のないたちなので、ずいぶんあれこれ策を弄《ろう》して駆け廻っては、源氏の君があの家に通いはじめられるように、強引に段取りを取りつけました。

　さて、その女はどこの誰と、はっきり素性をたしかめることが出来ませんので、源氏の君もお名を明かされません。いつもたいそう身なりを目立たないようにおやつしになられて、これまでになく身を入れてお通いになるので、これはよほど女を本気でお思いになっていらっしゃるのだろうと、惟光はお察ししました。それで自分の馬を源氏の君にさし上げて、自分はお供で走り歩いていました。

軽々《かろがろ》しきことと思《おも》ほし返《かえ》しわびつつい
としばしばおはしま《わ》す。
八月十五夜《はづきじゆうごや》、隈《くま》なき月影《つきかげ》、隙多《ひまおお》かる
板屋残《いたやのこ》りなく漏《も》り来《き》て、見《み》ならひ《い》たま
は《わ》ぬ住《す》まひ《い》のさまもめづらしきに、
暁近《あかつきちか》くなりにけるなるべし、隣《となり》の
家々《いえいえ》、あやしき賤《しず》の男《お》の声々《こえごえ》、目覚《めさ》ま
して、「あは《わ》れ、いと寒《さむ》しや」、「今年《ことし》
こそなりはひ《わい》にも頼《たの》むところすくな
く、田舎《いなか》の通《かよい》ひも思《おもい》ひかけねば、いと

夕顔の女のほうも源氏の君についても、ほんとうに不可解で腑《ふ》に落ちない気持がするばかりなので、源氏の君のお使いの後を人に尾《つ》けさせたり、明け方、源氏の君がお帰りになる道をたどらせたりして、なんとかお邸のありかを突きとめようと探るのですが、君のほうでは、うまく尾行をまいてはぐらかしていらっしゃいます。こんな水臭いことをしながら、一方では夕顔の女へのいとしさが日々に募り、逢わないではとても耐えられなくなり、この女のことばかりがいつもお心にかかって片時も忘れられません。こんな次第を不用意な軽はずみなことだと御自身では重々反省もなさり、情けないことだ

心細《こころぼそ》けれ。北殿《きたどの》こそ、聞《き》きたまふや」

など言《い》ひかはすも聞《き》こゆ。

ごほごほと鳴神《なるかみ》よりもおどろおどろしく、踏《ふ》みとどろかす唐臼《からうす》の音《おと》も枕上《まくらがみ》とおぼゆる、あな耳《みみ》かしがましとこれにぞ思《おぼ》さるる。何《なに》の響《ひび》きとも聞《き》き入《い》れたまはず、いとあやしうめざましき音《おと》なひとのみ聞《き》きたまふ。くだくだしきことのみ多《おお》かり。白栲《しろたえ》の衣《ころも》うつ砧《きぬた》の音《おと》も、かすかに、こなたかなた聞《き》きわた

とお思いになりながらも、やはり足繁くお通いにならずにはいらっしゃれないのでした。

八月十五日の中秋の満月の夜のことでした。冴えかえり影もない月光が、すき間の多い板葺《いたぶき》のあばら家には、残りなく洩れて来て、源氏の君は、見なれないそんな女の住まいを、物珍しく感じていらっしゃる間に、いつのまにか暁方近くなっていたのでしょう。隣近所の家々の人が目を覚まし、しがない男たちの声が、「おお、寒《さ》ぶ、寒ぶ、何とまあ寒いことだわい」「今年はさっぱり商売が上がったりで、田舎のほうの行商も、ろくなことはあるまいと思うと、ほんとうに心細くてなら

され、空《そう》とぶ雁《かり》の声《こえ》とり集《あつ》めて忍《しの》びがたきこと多《おお》かり。

源氏「いざ、ただこのわたり近《ちか》き所《ところ》に、心《こころ》やすくて明《あ》かさむ。かくてのみはいと苦《くる》しかりけり」とのたまへ《え》ば、

夕顔「いかでか。には《わ》かならん」といとおいらかに言《い》ひ《い》てゐ《い》たり。この世《よ》のみならぬ契《ちぎ》りなどまで頼《たの》めたまふ《う》に、うちとくる心《こころ》ばへ《え》などあやしく様変《ようかわ》りて、世馴《よな》れたる人《ひと》ともおぼえねば、人《ひと》

ないねえ。おいおい、北のお隣さんや、聞いてるかい」など言いかわすのが聞こえてきます。

ごろごろと鳴る雷よりもおどろおどろしい音を立てて、踏みとどろかしている碓《からうす》で米をつく響きも、すぐ枕上に聞こえます。ああ、うるさい音だと、これには閉口なさいました。これが何の響きともおわかりにならず、何だか奇妙な気持の悪い音だとばかりお聞きになります。その他にも何かといろいろわずらわしいことが多いようでした。白い布を打つ砧《きぬた》の音も、かすかにあちこちから聞こえて、空を飛ぶ雁の声も加わります。そうした秋の風情を伝える音や声が一つになって源氏の

の思《おもわ》はむところもえ憚《はばか》りたまは《わ》で、右《う》近《こん》を召《め》し出《い》でて、随身《ずいじん》を召《め》させたまひ《い》て、御車《みくるま》ひき入《い》れさせたまふ《う》。

いさよふ《う》月《つき》にゆくりなくあくがれんことを、女《おんな》は思《おもい》ひやすらひ《い》、とかくのたまふ《う》ほど、にはか《わ》に雲《くも》がくれて、明《あ》けゆく空《そう》いとをかし。はしたなきほどにならぬさきにと、例《れい》の急《いそ》ぎ出《い》でたまひ《い》て、軽《かろ》らかにうち乗《の》せたまへ《え》れば、右近《うこん》ぞ乗《の》りぬる。そのわたり近《ちか》きなに

君にはたまらなくあわれなお気持がそそられるのでした。

「さあ、ここからすぐ近くの邸に行って、くつろいでゆっくり夜を明かそう。こんな所でばかり逢っていたのでは、たまったものではないよ」と源氏の君がおっしゃいますと、女は、「そんなことは、とても。だってあんまり急なことですもの」と、おっとりと言いながら坐っています。源氏の君が、ふたりの仲はこの世ばかりでなく、来世までもつづけようとお誓いになりますと、女は疑いもせず身も心も任せきってくる心情など、不思議なほどほかの女たちとはちがって初々しく、とても恋に馴れた女とも思われません。源

がしの院《いん》におはしまし着《つ》きて
ほのぼのと物見《ものみ》ゆるほどに下《お》りたま
ひ《い》ぬめり。かりそめなれどきよげしつ
らひ《い》たり。「御供《おんとも》に人《ひと》もさぶらはざ《わ》り
けり。不便《ふびん》なるわざ《わ》かな」とて、睦《むつ》ま
しき下家司《しもげいし》にて殿《との》にも仕《つこ》うまつる者《もの》な
りければ、参《まい》り寄《よ》りて、「さるべき人《ひと》
召《め》すべきにや」など申《もう》さすれど、源氏
「ことさらに人来《ひとく》まじき隠《かく》れ処《が》求《もと》めた
るなり。さらに心《こころ》より外《ほか》に漏《も》らすな」

氏の君はそんな女がいっそういとしくなり、周りの思惑などどうでもよくなられます。右近という女房をお召しになって、随身にお命じになり、お車を縁側まで引き入れさせました。

沈むのをためらっている月に誘われたように、ふいにどこへとも行方も知らずさまよい出かけていくのに、女は気が進まず迷っています。源氏の君がいろいろなだめてお誘いになるうちに、ふいに月が雲に隠れて、明けて行く空の景色がたいそう美しく見えます。明るくなって人目につき、みっともないことにならないうちにと、例のように、急いでお出かけになります。軽々と女を抱きあげて、車に乗せてお

と口《くち》がためさせたまふ《う》。御粥《おんかゆ》など急《いそ》ぎまゐ《い》らせたれど、取《と》りつぐ御《おん》まかなひ《い》うちあはず《わ》。まだ知《し》らぬことなる御旅《おんたび》寝《ね》に、息長川《おきながかわ》と契《ちぎ》りたまふ《う》ことよりほかのことなし。

げに、うちとけたまへ《え》るさま世《よ》になく、所《ところ》がらまいてゆしきまで見《み》えたまふ《う》。源氏「尽《つ》きせず隔《へだ》てたまへ《え》るつらさに、あらは《わ》さじと思ひ《おもい》つるものを。今《いま》だに名《な》のりしたまへ《え》。いとむく

しまいになりましたので、右近も一緒に乗りこみます。五条に近い、ある院にお着きになりました。

　ほのぼのと夜が明けかけ、あたりの物の形が見えてくる頃、お車をお降りになり邸内にお入りになりました。急ごしらえの御座所としてはきれいに支度してあります。「お供にこれという人が誰もおつきしていないとは、いやはや、不都合なことでございますな」と言う留守番は、源氏の君とも親しい下級の家司《けいし》で、左大臣邸にもお出入りしている男ですから、お前に参って、「誰かしかるべき人をお呼びいたしましょうか」など、右近を介して申し上げますけれど、源氏の君は、「わざわ

つけし」とのたまへ《え》ど、女「海人《あま》の子《こ》なれば」とて、さすがにうちとけぬさまいとあいだれたり。

つと御《おん》かたは《わ》らに添《そ》ひ《い》暮《く》らして、物《もの》をいと恐《おそ》ろしと思ひ《おもい》たるさま、若う《わこ》心《こころ》苦《ぐる》し。格子《こうし》とく下《お》ろしたまひ《い》て、大殿油《おおとなぶら》まゐ《い》らせて、源氏「なごりなくなりにたる御《おん》ありさまにて、なほ《お》心《こころ》の中《うち》の隔《へだ》て残《のこ》したまへ《え》るなむつらき」と恨《うら》みたまふ《う》。

ざ、人の来ないような隠れ家をここと決めて来たのだ。決して、ほかへはこのことを洩らしてはならないぞ」と、口止めをなさいます。家司がお粥《かゆ》などをいそいで源氏の君にさし上げるのですが、お膳を運ぶ御給仕の者も揃《そろ》いません。まだ経験したことのない珍しい御旅寝なので、ひたすら愛しあい、とめどもなく溺《おぼ》れ、ふたりの仲が永遠に尽きることもないようにと、誓いつづけるより他のことはないのでした。

すっかりおうちとけになられた源氏の君のお美しさは、世にまたとはなく、ましてこういう不気味な場所柄のせいかいっそうお美しく、鬼神に魅入られるのではないかと不吉にさえ感じ

宵過《よいす》ぐるほど、すこし寝入《ねい》りたまへ《え》るに、御枕上《おんまくらがみ》にいとをかしげなる女《おんな》ゐて、「おのがいとめでたしと見《み》たてまつるをば尋《たず》ね思《おも》ほさで、かくことなることなき人《ひと》を率《い》ておはし《わ》て時《とき》めかしたまふ《う》こそ、いとめざましくつらけれ」とて、この御《おん》かたはら《わ》の人《ひと》をかき起《お》こさむとすと見《み》たまふ《う》。物《もの》に襲《おそわ》はるる心地《ここち》して、おどろきたまへ《え》れば、灯《ひ》も消《き》えにけり。うたて思《おぼ》

られます。「いつまでもあなたが名さえ教えてくれない他人行儀の恨めしさに、わたしも顔を見せないでおこうと思っていたけれど。さあ、今からでも名を明かしなさい。でないと、あんまり気味が悪い」とおっしゃいましたが、女は、「〈海人《あま》の子〉なんですもの、名乗るほどの者ではございませんわ」と言って、さすがに馴れ馴れしくはせず、はにかんでいる様子などは、たいそう甘えているようにも見えます。

終日、ひしと源氏の君のお側に寄り添ったままで過しながら、夕顔の女はまだ何かにひどく怯《おび》えて怖がっている様子がいかにも若々しく可憐なので

さるれば、太刀《たち》を引《ひ》き抜《ぬ》きてうち置《お》きたまひ《い》て、右近《うこん》を起《お》こしたまふ《う》。これも恐《おそ》ろしと思ひ《おもい》たるさまにて参《まい》り寄《よ》れり。源氏「渡殿《わたどの》なる宿直人《とのいびと》起《お》こして、紙燭《しそく》さして参《まい》れと言《い》へ《え》」とのたまへ《え》ば、右近「いかでかまからん、暗うて」と言へ《え》ば、源氏「あな若々《わかわか》し」とうち笑ひ《わらい》たまひ《い》て、手《て》を叩《たた》きたまへ《え》ば、山彦《やまびこ》の答ふ《こたう》る声《こえ》いと疎《うと》まし。人《ひと》え聞《き》きつけで参《まい》らぬに、この女君《おんなぎみ》

す。格子を早々とおろして、灯火《あかり》の用意をおさせになりました。「こんなにすっかり隔てのない打ちとけた仲になったのに、まだあなたは相変わらず隠しだてなさるのがつらい」と源氏の君は恨み言をおっしゃるのでした。

夜が訪れた頃、女とふたりですこしとろとろとお眠りになられたその枕上に、ぞっとするほど美しい女が坐っていて、「わたしが心からほんとにすばらしいお方と、夢中でお慕いしていますのに、捨てておかれて、こんな平凡なつまらない女をおつれ歩きになって御寵愛なさるとは、あんまりです。心外で口惜しく悲しゅうございます」と言いながら、源氏の君の傍らに寝て

いみじくわななきまどひて、いかさまにせむと思《おもえ》へり。汗もしとどになりて、我《われ》かの気《け》色《しき》なり。右近「もの怖《お》ぢをなんわりなくせさせたまふ本《ほん》性《じょう》にて、いかに思《おぼ》さるるにか」と右《う》近《こん》も聞《き》こゆ。

いとか弱《よわ》くて、昼《ひる》も空《そら》をのみ見《み》つるものを、いとほしと思《おぼ》して、源氏「我《われ》人《ひと》を起《お》こさむ。手《て》叩《たた》けば山彦《やまびこ》の答《こた》ふる、いとうるさし。ここに、しばし、

いる女に手をかけ、引き起こそうとするのを、夢に御覧になります。

何かにおそわれたような苦しいお気持になり、うなされてお目覚めになると、ふっと灯も消えてしまいました。真っ暗闇の中で気味が悪く、太刀《たち》を引き抜いて、魔除《まよけ》にそこに置かれて、右近を起こしました。

右近も脅えた様子で、恐ろしそうにおそばへにじり寄ってきました。「渡り廊下に居る宿直《とのい》の者を起こして、紙燭《あかり》をつけて参れと言いつけなさい」とお命じになります。右近は、「どうして行けましょう。暗くて」と申します。「なんだ、子供っぽいことを」とお笑いになって、手を叩《たた》かれますと、

近《ちか》く」とて、右近《うこん》を引《ひ》き寄《よ》せたまひて、西《にし》の妻戸《つまど》に出《い》でて、戸《と》を押《お》し開《あ》けたまへ《え》れば、渡殿《わたどの》の灯《ひ》も消《き》えにけり。風《かぜ》すこしうち吹《ふ》きたるに、人《ひと》は少《すく》なくて、さぶらふ《う》かぎりみな寝《ね》たり。この院《いん》の預《あずか》りの子《こ》、睦《むつ》ましく使《つか》ひたまふ《う》若《わか》き男《おのこ》、また上童《うえわらわ》ひとり、例《れい》の随身《ずいじん》ばかりぞありける。召《め》せば、御答《おんいらえ》へしして起《お》きたれば、源氏「紙燭《しそく》さして参《まい》れ。随身《ずいじん》も弦打《つるうち》して絶《た》えず声《こわ》づくれと仰《おお》せ

山彦のようにその音が反響して、たいそう不気味にひびきわたります。誰もその音を聞かないらしく、来ない上に、この女君がひどくわなわな震えだし、どうしてよいかわからないように脅えきっております。汗もしとどになって正気を失ったように見えます。「むやみにものに脅えなさる御性質でいらっしゃいます。どんなお気持でいらっしゃいますことか」と、右近も申し上げます。たいそうか弱くて、昼の間も空ばかり見つめていたものを、どんなにか怖がっていたのだろう、かわいそうなことをした、とお思いになられて、「わたしが人を起こして来よう。手を叩く

よ。人離《ひとばな》れたる所《ところ》に心《こころ》とけて寝《い》ぬるものか。惟光朝臣《これみつのあそん》の来《き》たりつらんは」と問《と》はせたまへ《え》ば、預りの子「さぶらひ《い》つれど仰《おお》せ言《ごと》もなし、暁《あかつき》に御迎《おんむかえ》へに参《まい》るべきよし申《もう》してなん、まかではべりぬる」と聞《き》こゆ。このかう申《もう》す者《もの》は、滝口《たきぐち》なりければ、弓弦《ゆづる》いとつきづきしくうち鳴《な》らして、「火危《ひあやう》し」と言《い》ふ言《う》ふ《い》《う》、預《あずか》りが曹司《ぞうし》の方《かた》に去《い》ぬなり。

と山彦が応えて、うるさくてたまらない。お前はここで、しばらくお側についておいで」とお命じになって、右近を夕顔の女の傍らにひき寄せられて、西側の妻戸《つまど》を押し開けられると、なんと渡り廊下の灯もかき消えていたのでした。

風が少し吹いていますが、宿直の者も少なくて人の気配はなく、詰めている者は残らず寝入っております。留守番の男の息子で、日頃源氏の君が身近に使っていらっしゃる若者と、殿上童《てんじょうわらわ》が一人に、例の随身だけしかおりません。お呼びになりますと、留守番の息子が返事をして起きてきました。「紙燭《しそく》をつけて来い。随身も弓の弦《つる》を

帰《かえ》り入《い》りて探《さぐ》りたまへ《え》ば、女君《おんなぎみ》はさながら臥《ふ》して、右近《うこん》はかたはら《わ》にうつ伏《ぶ》し臥《ふ》したり。源氏「こは《わ》なぞ、あなもの狂《ぐる》ほ《お》しのもの怖《お》ぢや。荒《あ》れたる所《ところ》は、狐《きつね》などや《よ》うのものの人《ひと》おびやかさんとて、け恐《おそ》ろしう《しゅう》思《おも》は《わ》するならん。まろあれば、さや《よ》うのものにはおどされじ」とて引《ひ》き起《お》こしたまふ《う》。右近「いとうたて乱《みだ》り心地《ごこち》のあしう《しゅう》はべれば、うつ伏《ぶ》し臥《ふ》してはべるや。御《お》

鳴らして、絶えず声をあげるように命じてくれ。こんな人気のない所で、安心して眠るとは何事だ。惟光の朝臣《あそん》もさっき来ていたようだが、どこに居るのか」とお訊《き》きになりますと、「先程まで控えておりましたけれど、お呼びもないので、明け方、お迎えに伺うと言って、退出なさいました」と申し上げます。

こうお答えした留守番の息子は、宮中の滝口《たきぐち》の武士でしたから、弓弦《ゆづる》をいかにも手馴れた様子でうち鳴らして、「火の用心、火の用心」と、繰り返しながら、留守番の家族の住居のほうへ去っていきました。

源氏の君がお部屋に帰ってこられ、

前《まえ》にこそわりなく思《おぼ》さるらめ」と言《い》へば、「そよ、などかうは」とてかい探《さぐ》りたまふに息《いき》もせず。引《ひ》き動《うご》かしたまへど、なよなよとして、我《われ》にもあらぬさまなれば、いといたく若《わか》びたる人《ひと》にて、物《もの》にけどられぬるなめりと、せむ方《かた》なき心地《ここち》したまふ。

紙燭《しそく》持《も》て参《まい》れり。右近《うこん》も動《うご》くべきさまにもあらねば、近《ちか》き御几帳《みきちょう》を引《ひ》き寄《よ》

手さぐりでたしかめてごらんになると、夕顔の女がもとのままの姿で寝ている横に、右近もうつ伏しています。

「これはまた、どうしたのだ。何という怖がりようか、物脅えにも程がある。こういう荒れた所には、狐の類《たぐい》などが住んでいて、人間を脅やかそうとして悪いいたずらをして怖がらせるものなのだ。しかしわたしがついている以上は、そんなものには脅されはしない」と、右近をひき起こされました。

「ああ、気味が悪い。わたしはたまらなく怖くて気分が悪いので、うつ伏しているのです。それより姫君こそどんなに怖がっていらっしゃいましょう」と申しますので、「おお、そうだ、ど

せて、源氏「なほ持《おも》て参《まい》れ」とのたまふ《う》。源氏「なほ持《おも》て来《こ》や。所《ところ》に従《したが》ひてこそ」とて、召《め》し寄《よ》せて見《み》たまへ《え》ば、ただこの枕上《まくらがみ》に夢《ゆめ》に見《み》えつる容貌《かたち》したる女《おんな》、面影《おもかげ》に見《み》えてふと消《き》え失《う》せぬ。

昔物語《むかしものがたり》などにこそかかることは聞《き》け、といとめづらかにむくつけけれど、まづ、この人《ひと》いかになりぬるぞと思《おも》ほす心騒《こころさわ》ぎに、身《み》の上《うえ》も知《し》られたま

うして、そんなに怖がるのか」と、女君をかきさぐってごらんになると、息もしていません。

ゆすってみても、ただ体がなよなよとして、正気を失っているようなのです。「まるで子供のように頼りない人なので、物《もの》の怪《け》にでもとり憑《つ》かれたのだろう」と、どうしていいのか途方にくれておしまいになりました。

その時、滝口の男が紙燭を持って来ました。右近もほとんど気を失い、動ける様子もありませんでしたので、源氏の君は近くにある几帳《きちょう》をお引き寄せになられて、「もっと近くへ持ってまいれ」と、お命じになります。「もっと近くへ持って来るのだ。遠慮も時と

は《わ》ず添《そ》ひ《い》臥《ふ》して、「やや」とおどろかしたまへ《え》ど、ただ冷《ひ》えに冷《ひ》え入《い》りて、息《いき》はとく絶《た》えはてにけり。言《い》は《わ》む方《かた》なし。

この男《おとこ》を召《め》して、源氏「ここに、いとあやしう《しゅう》、物《もの》に襲《おそわ》はれたる人《ひと》のなやましげなるを、ただ今惟光朝臣《いまこれみつのあそん》の宿《やど》る所《ところ》にまかりて、急《いそ》ぎ参《まい》るべきよし言《い》へ《え》と仰《おお》せよ。なにがし阿闍梨《あざり》そこにものするほどならば、ここに来《く》べきよし

場合による」とおっしゃって、紙燭を取り寄せて女君を御覧になりますと、その枕上に、あの夢に見た時と同じ顔をした女が、幻のように浮かび、ふっとかき消えてしまいました。

　昔の物語などには、こういう話は聞いているものの、こんな異様なことが現実におこるとは只事《ただごと》でなく、気味が悪くてなりません。けれどもとにかく、この人がどうなっているかと、心配で動揺なさり、御自分に害の及ぶことなどお考えになるゆとりもなく、そっと側に添い寝しておあげになり、「ねえ、どうしたの」と目を覚まさせようとなさいました。けれども夕顔の女は、ただもうすっかりひえびえと冷

忍《しの》びて言《い》へ《え》。かの尼君《あまぎみ》などの聞《き》かむに、おどろおどろしく言《い》ふ《う》な。かかる歩《あり》きゆるさぬ人《ひと》なり」などものたまふ《う》や《よ》うなれど、胸はふたがりて、この人《ひと》を空《むな》しくしなしてんことのいみじく思《おぼ》さるるに添《そ》へ《え》て、おほ《お》かたのむくむくしさ譬《たとえ》へん方《かた》なし。からう《ろ》じて惟光《これみつの》朝臣《あそん》参《まい》れり。夜《よ》半《なか》、暁《あかつき》といは《わ》ず御心《みこころ》に従《したが》へ《え》る者《もの》の、今宵《こよい》しもさぶらは《わ》で、召《め》しにさへ《え》怠《おこた》り

たくなってしまっていて、息はとうに絶え果てていたのでした。もはや、どうしようもありません。

　さっきの滝口の男をお召しになり、「不思議な事だが、ここに、突然物の怪におそわれた人がいて苦しんでいるので、大至急、惟光の朝臣の家に行って、急いで来るようにと、随身に命じなさい。また惟光の兄の阿闍梨《あじゃり》もその家に居合わせていたら、一緒にここへ来るようにと、こっそり言いなさい。あの尼君などが聞くといけないから、びっくりするような大きな声で言ってはならない。尼君はこんな夜歩きをきびしく叱る人だから」などと、口ではお命じになっているようですけれど、

つるを憎《にく》しと思《おぼ》すものから、召《め》し入《い》れて、のたまひ《い》出《い》でんことのあへ《え》なきに、ふとものも言《い》は《わ》れたまは《わ》ず。

ややためらひ《い》て、源氏「ここに、いとあやしきことのあるを、あさましと言《い》ふ《う》にもあまりてなんある。かかるとみのことには誦経《ずきよう》などをこそはすなれとて、そのことどももせさせん、願《がん》なども立《た》てさせむとて、阿闍梨《あざり》ものせよと言《い》ひ《い》やりつるは」とのたまふ《う》に、

お胸は一杯になっていて、この人をこのまま空しく死なせてしまうことが辛くてたまらない上に、あたりの気配の不気味さはたとえようもありません。

　ようやく惟光が参上しました。日頃は、真夜中といわず早朝といわず、いつでも源氏の君のお心のままに動く者が、今夜にかぎってお側に伺候《しこう》していなくて、お召しにまで遅れてしまったのを、許せないと、源氏の君はお怒りでしたが、ともかくお側にお呼びこみなさいました。さて、今夜の事の顚末《てんまつ》をお話しなさろうとすると、それがあまりにも夢のようなあっけなさに、すぐにはものもおっしゃれません。

　少しお気を静められてから、「ここ

惟光「昨日《きのう》、山《やま》へまかり登《のぼ》りにけり。まづいとめづらかなることにもはべるかな。かねて例《れい》ならず御心地《みここち》ものせさせたまふことやはべりつらん」

源氏「さることもなかりつ」とて泣《な》きたまふさま、いとをかしげにらうたく、見《み》たてまつる人《ひと》もいと悲《かな》しくて、おのれもよよと泣《な》きぬ。

惟光「昔見《むかしみ》たまへし女房《にようぼう》の尼《あま》にてはべる東山《ひむがしやま》の辺《へん》に移《うつ》したてまつらん。惟《これ》

で、まったく信じられないような変なことがおこったのだ。情けないの何のって言いようもないことだ。こうした突然の変死の場合には、とにかく誦経《ずきよう》などをするものだと聞いているが、そういうこともしてやりたいし、蘇生するよう願《がん》なども立ててやりたいので、お前の兄の阿闍梨に来てもらうように言ってやったのだが」とおっしゃいます。惟光は、「阿闍梨は、昨日比叡山《ひえいざん》へ帰ってしまいました。それにしても、実に変わった事件ですね。前からあの方は御気分の悪いということでもあったのでしょうか」「そんなこともなかった」と、お泣きになる御様子がただもうお美しく、いたいたしくお見

光《みつ》が父《ちち》の朝臣《あそん》の乳母《めのと》にはべりし者《もの》のみづはぐみて住《す》みはべるなり。あたりは人《ひと》しげきやうに《よ》はべれど、いとかごかにはべり」と聞《き》こえて、明《あ》けはなるるほどの紛《まぎ》れに、御車寄《みくるまよ》す。

この人《ひと》をえ抱《いだ》きたまふまじければ、上蓆《うわむしろ》に押《お》しくくみて、惟光《これみつの》乗《う》せたてまつる。いとささやかにて、疎《うと》ましげもなくらうたげなり。したたかにしもえせねば、髪《かみ》はこぼれ出《い》でたるも、目《め》く

受けしますので、惟光もたまらなく悲しくなり、自分までよよと泣いてしまいました。

「昔懇意《こんい》にしておりました女房が、尼になって東山のあたりに庵《いおり》を結び籠《こも》っています。そこへお亡骸《なきがら》をお移ししましょう。その尼は私の父の乳母《めのと》だった者で、今はすっかり老いこんで住んでいます。あたりには人家も多いようですが、そこはほんとに閑静なところでございます」と申し上げて、すっかり夜が明けはなれる頃の、あわただしいざわめきにまぎらせて、御車を寝殿におつけしました。

源氏の君はこの女君の亡骸を、とてもお抱きにはなれそうもないので、薄

れまどひ《い》てあさましう《しゅう》悲《かな》しと思《おぼ》せば、なりはてんさまを見《み》むと思《おぼ》せど、惟光「はや御馬《おんむま》にて二条院《にじょうのいん》へおは《わ》しまさん。人《ひと》さわがしくなりはべらぬほどに」とて

日暮《ひく》れて惟光参《これみつまい》れり。かかる穢《けが》らひ《い》ありとのたまひ《い》て、参《まい》る人々《ひとびと》もみな立《た》ちながらまかづれば、人《ひと》しげからず。源氏「さらに事《こと》なくしなせ」と、そのほどの作法《さほう》のたまへ《え》ど、惟光「何《なに》か、

い布団に押しつつんで惟光が車にお乗せしました。たいそう小柄で、死人などという気味の悪さもなく、可愛らしく見えます。そんなにしっかりとも包めなかったので、黒髪が包みからこぼれ出ているのを御覧になりましても、源氏の君はお涙があふれでて目の前がまっ暗になります。いいようもなく情けなく悲しいので、最後まで見とどけてやりたいとお思いになるのですが、惟光が、「早くお馬で二条の院へお帰りなさいませ。人の通りが多くならないうちに」とおせかせします。

その日も暮れて、惟光が参上しました。こういう死人の穢《けが》れに触れたと源氏の君がおっしゃるので、参上した人

ことごとしくすべきにもはべらず」とて立《た》つがいと悲《かな》しく思《おぼ》さるれば、源氏「便《びん》なしと思《おもう》ふべけれど、いま一《ひと》たびかの亡骸《なきがら》を見《み》ざらむがいといぶせかるべきを、馬《むま》にてものせん」とのたまふを、いとたいだいしきこととは思《おもえ》へど、惟光「さ思《おぼ》されんはいかがせむ。はやおはしまして、夜更《よふ》けぬさきに帰《かえ》らせおはしませ」と申《もう》せば、このごろの御《おん》やつれにまうけたまへる狩《かり》の御装《おんそう》

も皆、着座せず、そそくさ退出してしまいますので、二条の院はひっそりとして人影も多くありません。

「この上にも、手ぬかりのないよう、うまくやってくれ」と、源氏の君は葬式の作法についてもいろいろおっしゃいますが、惟光は、「いや、この際、そんなに大げさにしないほうがよろしいでしょう」と言って立って行こうとします。源氏の君にはたまらなく悲しくなられて、「そんなことはよくないと思うだろうが、もう一度、あの人の亡骸《なきがら》を見ないでは、心残りでたまらないから、馬で行ってみよう」と仰せになります。惟光は、とんでもない軽率なことと思いますけれど、「そうまで

束着《ぞくき》かへ《え》などして出《い》でたまふ《う》。入《い》りたまへ《え》れば、灯《ひ》とり背《そむ》けて、右《う》近《こん》は屛風隔《びょうぶへだ》てて臥《ふ》したり。いかにわびしからんと見《み》たまふ《う》。恐《おそ》ろしきけもおぼえず、いとらうた《ろ》げなるさまして、まだいささか変《かわ》りたるところなし。手《て》をとらへ《え》て、源氏「我《われ》にいま一《ひと》たび声《こえ》をだに聞《き》かせたまへ《え》。いかなる昔《むかし》の契《ちぎ》りにかありけん、しばしのほどに心《こころ》を尽《つ》くしてあはれ《わ》に思《おも》ほえしを、う

思いつめていらっしゃるなら、仕方がございません。それでは今から早くお出かけになって、夜の更けぬうちに、お帰りなさいませ」と申し上げました。この頃のお忍び歩きのためにお作りになった狩衣に、お着替えなどなさって、お出かけになりました。

板葺の家にお入りになりますと、灯火を壁にむけて亡骸からそむけておいてあり、右近は亡骸と屛風一枚を隔ててうつ伏していました。どんなに辛いだろうと、源氏の君はそんな右近を御覧になるのでした。亡骸は一向に恐ろしい感じもせず、ほんとうに可愛らしい様子で、まだ生前のお姿と全く変化が認められません。

ち捨《す》てまではしたまふがいみじきこと」と、声《こえ》も惜《お》しまず泣《な》きたまふこと限《かぎ》りなし。

まことに、臥《ふ》したまひぬるままにいといたく苦《くる》しがりたまひて、二三日《ふつかみか》になりぬるに、むげに弱《よわ》るやうにしたまふ。

君《きみ》はいささかひまありて思《おぼ》さるる時《とき》は召《め》し出《い》でて使《つかい》ひなどすれば、ほどなくまじらひつきたり。服《ぶく》いと黒《くろ》うし

源氏の君は亡骸の手をお取りになり、「わたしにもう一度、せめて声だけでも聞かせておくれ。どういう前世の因縁だったのか、あんな短い間に、心の限りを尽くして愛しあったのに、そんなわたしをうち捨てて逝《い》ってしまい、こんなに悲しい目に遭わせ、心を迷わさせるなんて、ひどい」と、声も惜しまず、限りなくお泣きになるのでした。

源氏の君は、翌日横になられるとそのままほんとうに寝ついておしまいになり、たいそう苦しがられて、二、三日たつと、いよいよ衰弱がひどくなられるようでした。

源氏の君は少しでもご気分のよい時

て、容貌《かたち》などよからねど、かたはに見《み》苦《ぐる》しからぬ若人《わかうど》なり。

大殿《おおとの》も経営《けいめい》したまひて《い》、大臣《おとど》日々《ひび》に渡《わた》りたまひつつ《い》、さまざまのことをせさせたまふ《う》しるしにや、二十余日《はつかあまり》いと重《おも》くわづらひたま《い》へ《え》れど、ことなるなごり残《のこ》らずおこたるさまに見《み》えたまふ《う》。

右近《うこん》を召《め》し出《い》でて、のどやかなる夕《ゆう》暮《ぐれ》に物語《ものがたり》などしたまひ《い》て、源氏「なほ《お》

には、右近をお側に呼びよせられて、ご用をおさせになりますので、右近も程なく他の女房たちにも馴染み住みつくようになりました。色の濃い喪服を着て、器量などはよいとは言えませんけれど、これといって特に見苦しくもない若い女房でした。

左大臣も出来る限りお世話に奔走《ほんそう》なさり、毎日二条の院にお出かけになっては、様々の御介抱をつくされました。その甲斐があったのでしょうか、二十日余りも、たいそう重態でお患いでしたが、これといって余病も残さず、次第にご快方に向かわれるようになりました。

そんなある日ののどかな夕暮に、右

いとなむあやしき。などてその人《ひと》と知《し》られじとは隠《かく》いたまへ《え》りしぞ。まことに海人《あま》の子《こ》なりとも、さばかりに思《おもう》ふを知《し》らで隔《へだ》てたまひ《い》しかばなむつらかりし」とのたまへ《え》ば、

右近「などてか深《ふか》く隠《かく》しきこえたまふ《う》ことはべらん。いつのほどにてかは、何《なに》ならぬ御名《おんな》のりを聞《き》こえたまは《わ》ん。はじめよりあやしう《しゅう》おぼえぬさまなりし御事《おんこと》なれば、現《うつつ》ともおぼえずな

近をお召しになられて、しみじみお話しなさるのでした。「やはりどうしてもわからない。あの人はなぜ、自分の素性を知られないようにひた隠しにしていたのだろうか。たとえ真実『海人《あま》の子』であったとしても、わたしがあれほど愛していたにもかかわらず、他人行儀に隠していたのが、とても恨めしかった」とおっしゃいますと、

右近は、「どうしてそんなにどこまでもお隠しになることがございましょう。いったいあの短いおつきあいのいつ、大したこともないお名前を名乗られることがお出来になったでしょう。そもそも初めから、何とも妙な成り行きであういうことになりましたので、

んあるとのたまひて、御名隠《おんながく》しもさばかりにこそはと聞《き》こえたまひながら、なほざりにこそ紛《まぎ》らはしたまふらめとなん、憂《う》きことに思《おぼ》したりし」と聞《き》こゆれば

右近「何《なに》か隔《へだ》てきこえさせはべらん。みづから忍《しの》び過《す》ぐしたまひしことを、亡《な》き御後《おんうしろ》に口《くち》さがなくやはと思《おも》うたまふばかりになん。親《おや》たちははや亡《う》せたまひにき。三位中将《さんみのちゅうじょう》となん聞《き》こえ

『すべてが夢のようで、現実のことと(も)思えない』とおっしゃっておいででした。あなた様がお名前をお隠しになっていらっしゃるのも、たぶん、源氏の君にちがいないとお噂してはいらっしゃいましたが、『やはりいいかげんな遊びのおつもりだから、本気で愛していては下さらないのだ、だからいつまでも素性をお隠しになるのだろう』と、とても情けながっておいででした」と、申し上げます。

右近は、「どうして、わたしがお隠し申しましょう。ご自分が隠しておっしゃらなかったことを、お亡くなりになった後で、はしたなくお喋りしては、申しわけないと思うからでござい

し。はかなきもののたよりにて、頭《とうの》中将《ちゆうじよう》なん、まだ少将《しようじよう》にものしたまひし時見《ときみ》そめたてまつらせたまひて《い》、三《み》年《とせ》ばかりは心《こころ》ざしあるさまに通《かよい》ひたまひし《い》を、去年《こぞ》の秋《あき》ごろ、かの右《みぎ》の大殿《おおいどの》よりいと恐《おそ》ろしきことの聞《き》こえ参《もう》で来《こ》しに、もの怖《お》ぢをわりなくしたまひし《い》御心《みこころ》に、せん方《かた》なく思《おぼ》し怖《お》ぢて、西《にし》の京《きよう》に御乳母《おんめのと》住《す》みはべる所《ところ》になん這《は》ひ《い》隠《かく》れたまへり《え》し。今年《ことし》よりは塞《ふた》がりける

ます。御両親は、はやくお亡くなりになられました。御父上は、三位《さんみ》の中将と申し上げたお方でした。ふとした御縁で、頭の中将さまがまだ少将でいらした頃、お見初《みそ》めになられて、三年ほどは熱心にお通いくださいました。ところが去年の秋ごろでございます。頭の中将さまの北の方の父君の右大臣のところから、たいそう脅迫がましい恐ろしいことを申してよこされました。元々、とても物怖《ものお》じなさる気の弱いお方でしたので、どうしようもなく怖がられ脅えておしまいになり、西の京に、乳母が住んでおりましたのを頼って、こっそりそこへ隠れました。今年からはそちらの方角が悪うございまし

方《かた》にはべりければ、違《たがう》ふとて、あやしき所《ところ》にものしたまひ《い》しを見《み》あらは《わ》されたてまつりぬることと思《おぼ》し嘆《なげ》くめりし」と語《かた》り出《い》づるに、さればよと思《おぼ》しあは《わ》せて、いよいよあは《わ》れまさりぬ。

源氏「幼《おさな》き人《ひと》まどは《わ》したりと中将《ちゅうじょう》の愁《うれえ》へしは、さる人《ひと》や」と問《と》ひ《い》たまふ《う》。

右近「しか。一昨年《おととし》の春《はる》ぞものしたまへ《え》りし。女《おんな》にていとらう《ろ》たげになん」と語《かた》る。源氏「さていづこにぞ。人《ひと》に

たので、方違《かたたが》えをしようということで、あのあやしげな五条の宿においでになりましたのです。そんなところをあなた様に見つけ出されて、恥ずかしくお嘆きのご様子でした」と、話し出しました。源氏の君は、それではやはり、頭の中将のあの話の常夏《とこなつ》の女だったのかと、思いあわされて、ますます愛情が深まりました。

「幼い子の行方も知れなくなったと、頭の中将が悲しんでおられたが、そんな子がいたのか」とお問いになります。「はい。一昨年の春、お生れになりました。女のお子でとても可愛らしゅうございます」と話します。「それで、その子はどこに居るのか。人には

さとは知《し》らせで我《われ》に得《え》させよ。あとはかなくいみじと思《おもう》ふ御形見《おんかたみ》に、いとうれしかるべくなん」とのたまふ《う》。

源氏「かの中将《ちゅうじょう》にも伝《つたう》ふべけれど、言《い》ふ《う》かひ《い》なきかごと負《お》ひ《い》なん。とざまかう《こ》ざまにつけて、はぐくまむに咎《とが》あるまじきを、そのあらん乳母《めのと》などにも異《こと》ざまに言《い》ひ《い》なしてものせよかし」など語《かた》らひ《い》たまふ《う》。

右近「さらばいとうれしくなんはべる

内密に、その子をわたしに預からせてくれないだろうか。何ひとつ残さずあっけなく亡くなったあの人の形見に、せめてその子を育てられたらどんなに嬉しいだろう」とおっしゃいます。

「頭の中将にも知らせてあげたいけれど、今更言っても甲斐ない恨みを、きっとわたしが受けるだろう。何にしても、どっちみち、わたしがその子を育てるのに不都合はあるまいから、その子を世話している乳母などにも、わたしのところではないように言いつくろって、連れてきてはくれまいか」などとお話しなさいます。

右近は、「それなら、ほんとうに嬉しゅうございます。幼い姫君が、あの

べき。かの西《にし》の京《きょう》にて生《お》ひ出《い》でたまはんは心苦《こころぐる》しくなん。はかばかしくあつかふ人《うひと》なしとてかしこになむ」と聞《き》こゆ。

かの人《ひと》の四十九日《しじゅうくにち》、忍《しの》びて比叡《ひえ》の法《ほ》華堂《けどう》にて、事《こと》そがず、装束《そうぞく》よりはじめてさるべき物《もの》どもこまかに、誦経《ずきょう》などせさせたまふ《う》。

頭中将《とうのちゅうじょう》を見《み》たまふ《う》にも、あいなく胸騒《むねさわ》ぎて、かの撫子《なでしこ》の生《お》ひ立《いた》つありさ

さびしい西の京でお育ちになるのはお気の毒でなりません。五条の家ではしっかりお世話申し上げる人がいないというので、あちらに預けていらっしゃったのです」と申し上げます。

あの夕顔の君の四十九日の忌日になりました。法要は密《ひそ》かに比叡山の法華堂で行いました。万事手を抜かず、僧の布施の装束からはじめて、法事に必要なものは手落ちなく用意されました。誦経《ずきょう》の布施なども心をこめておさせになりました。

源氏の君はその後、頭の中将にお会いになっても、思わずわけもなく胸が騒いで、あの撫子《なでしこ》の育っている様子を、教えてあげたくなるのですけれ

ま聞《き》かせまほしけれど、かごとに怖《お》ぢてうち出《い》でたまはず。かの夕顔《ゆうがお》の宿《やどり》には、いづ方《かた》にと思《おも》ひまどへ《え》ど、そのままにえ尋《たず》ねきこえず。右近《うこん》だに訪《おとず》れねば、あやしと思《おもい》ひ嘆《なげ》きあへ《え》り。君《きみ》は夢《ゆめ》をだに見《み》ばやと思《おぼ》しわたるに、この法事《ほうじ》したまひ《い》てまたの夜《よ》、ほのかに、かのありし院《いん》ながら、添《そい》ひたりし女《おんな》のさまも同《おな》じや《よ》うにて見《み》えければ、荒《あ》れたりし所《ところ》に棲《す》みけんものの我《われ》

ど、そうするとかえって頭の中将から苦情を言われることが恐ろしくて、お話しにはならないのでした。

あの五条の夕顔の家では、いったい女君はどこに行っておしまいになったのかと困惑しきっておりましたが、あれ以来、何の手がかりもなく、お捜しすることも出来ずにおります。あの右近さえあれっきり何の音沙汰もないので、不思議なこともあるものだと心配し嘆きあっているのでした。

あの夕顔の女にせめて夢にでも逢いたいものだと、源氏の君が思いつづけていらっしゃいますと、この四十九日の法要をなさった明くる夜のことです。あの時の某《なにがし》の院そのままの光景

に見入《みい》れけんたよりに、かくなりぬることと思《おぼ》し出《い》づるにも、ゆゆしくなん。

伊予介《いよのすけ》、神無月《かみなづき》の朔日《ついたち》ごろに下《くだ》る。

源氏「女房《にようぼう》の下《くだ》らんに」とて、手向《たむ》け心《こころ》ことにせさせたまふ。また内々《うちうち》にもわざとしたまひて、こまやかにをかしきさまなる櫛《くし》、扇多《おうぎおお》くして、幣《ぬさ》などわざとがましくて、かの小袿《こうちき》も遣《つかわ》はす。

の中に、枕上に立ったあの女の姿までがそっくりあのまま、朦朧《もうろう》と夢の中にあらわれました。それであんな荒れはてた所に住みついた魔性の物の怪が、自分の美しさに魅入り、そのまきぞえに、あの夕顔の女にとり憑いて、こんなことになったのだろうと思い出されるのも、気味の悪いことでございました。

伊予の介は、十月の一日ごろ、任地へ下って行きます。女房たちも一緒に下るのだろうと、源氏の君は餞別《せんべつ》にとりわけお気を配っておかれました。またそれとは別にこっそり特別に空蟬《うつせみ》の女君に贈り物をなさいました。細工のこまやかな美しい櫛《くし》や扇などをたくさん、また道中の神に捧げる幣《ぬさ》なども、特別に作らせたのが分る華やかなものなど、それと一緒に、あの思い出の空蟬の小袿も添えて贈っておやりになりました。

この頃、源氏は六条に住む高貴の女性のところに通っていた。この帖では素性が明かされないが、六条《ろくじょう》の御息所《みやすどころ》で源氏より七歳年上であった。先の皇太子の未亡人で、皇太子の忘れ形見の姫君がいる。

源氏はある日、六条の御息所を訪ねる途中に、五条の乳母《めのと》の家へ寄る。乳母の家は五条の、ごみごみ小さな家の建てこんだ界隈にあった。乳母は病気が重く、頭を丸めて尼になっている。当時は病気が重くなると、出家すれば、病気が軽くなったり、死をまぬがれると信じられていた。

その日、乳母の家の外で門が開くのを待っている間に、源氏は隣の小家の垣根に咲く白い夕顔の花に惹《ひ》かれた。その花が取り持ち、源氏はその家の女を知り通うようになる。女と寝ている壁ごしに、隣家の 碓《からうす》 の音や、話し声がつつ抜けに枕元に聞こえてくる。そんな経験は初めての源氏はすべてが珍しい。女は素性を明かさないまま、源氏に心身を預けきって、ついてくる。源氏もいつも覆面をしたままで名乗らずに女と逢いつづける。

八月十五日の夜、源氏は女を奪うようにして、人の住まない廃院に連れ出す。次の日はじめてそこで覆面を取り、源氏は女に打ちとけるが、女はやはり名を明かさない。その夜、女は何かに襲われたように頓死する。乳母の子で乳兄弟の腹心の惟光《これみつ》が、女の死体を東山にもって行き、葬式一切を執り行う。女と一緒に連れて出た女房の右近を、源氏は引き取り側近くに置いて使う。右近の口から、やはり女は頭の中将が話していた女と同一人物だと判明する。夕顔の花の歌の贈答から、この女を夕顔と呼ぶ。空蟬《うつせみ》も夫に従って伊予に去ってしまう。

源氏が申し分ない正妻の葵《あおい》の上《うえ》にどうしても愛情が湧かないのは、父帝や左大臣によって与えられた、努力も苦労も伴わない関係だったからである。十七歳といっても数え年だから、今で言えば十六歳のまだ高校生だ。何という早熟な不良少年かと愕《おどろ》くところだが、この時すでに、父帝の妃、自分にとっては義母に当たる藤壺《ふじつぼ》と、思いを遂げていることがぼんやり示されている。

藤壺を得た自信が、なかなか逢えない藤壺の代用品として、同じ高貴の、得難い女性《にょしょう》の六条の御息所に近づかせたのだろう。紀伊《き》の守《かみ》の邸で誰はばからぬ強引な態度で人妻に近づき犯す源氏の太々《ふてぶて》しさには、最高の女性を二人もたてつづけに掌中にした若者の自信の裏打ちがあったのである。

しかし、夕顔の死に際して、嘆き悲しむ姿を見せられて、読者はほっとする。この我を忘れた悲嘆ぶりには、青年の純情さが感じられるし、万一、よみがえった時、自分がいなかったら、夕顔がどう思うだろうと、見栄も保身もかなぐり捨てて、死体を運びこんだ東山の秘密の場所に、出かけていく源氏の一途さも、若さゆえの情熱と純愛の発露で、感動的である。

藤壺への初恋は、母恋いの変形だと取る説もあり、この許せない所行も、その一点で許せるとみる節《ふし》もあるが、そんな通俗な発想ではなく、源氏の恋愛事件のいざこざは、あくまで、困難な恋にしか情熱が湧かないという源氏の持って生れた因果な性格によるものだろう。

男性の読者に、源氏物語の中で好きな女性はと訊《き》くと、異口同音に「夕顔」と答える。夕顔という女は、それほど男性にとっては好ましい永遠の女性であるようだ。男のいいなりに、心も体も、飴のようにとろけさせ自在に曲げ、水のようにどんな男のすき間をも満たそうと、ぴったり密着してくる。まるで我というものが全くないように見える女。ところが紫式部は、収録していない箇所であるが、この夕顔にもっと、不思議な魅力を書き加えている。

廃院へ連れ出して、はじめて源氏が覆面をとって、顔を見せ、「どうだい、この顔は、御感想はいかが」というような歌を自信たっぷりに詠みかけると、夕顔は流し目にちらと見て、「前にちらりと見てすてきと思ったのは、たそがれ時のひが目だったのかしら。間近で見ると、大したこともなかったわ」という返歌で、やんわりやり返す。決して、個性のない無色の女ではないのである。こうした反応の仕方をみても、ユーモアも解するし、とっさの気転もきく、手応えのある女だったのだ。

末摘花《すえつむはな》

思《おも》へどもなほあかざりし夕顔《ゆうがお》の露《つゆ》に後《おく》れし心地《ここち》を、年月《としつき》経《ふ》れど思《おぼ》し忘《わす》れず、ここもかしこも、うちとけぬかぎりの、気色《けしき》ばみ心深《こころふか》き方《かた》の御《おん》いどましさに、け近《ちか》くうちとけたりし、あはれ《わ》に似《に》るものなう恋《こい》しく思《おも》ほえたまふ《う》。

光源氏（十八〜十九歳）

愛しても愛しても、なお愛したりない思いのしたあの夕顔《ゆうがお》の君に、花に置く露よりもはかなく先立たれてしまった時の悲しさを、源氏の君はあれから歳月の過ぎた今もなお、お忘れになれないのでした。あちらの方もこちらの方も、女君たちは心を鎧《よろ》い、気取った様子で、お互い思慮の深さでも競いあっていられるのを御覧になりますと、なおさら親しみやすくすべてを任せきっていたあの人のたぐいないなつかし

いかで、ことごとしきおぼえはなく、いとら《ろ》うたげならむ人《ひと》のつつましきことなからむ、見《み》つけてしがなと懲《こ》りずまに思《おぼ》しわたれば、すこしゆゑ《え》づきて聞《き》こゆるわたりは、御耳《おんみみ》とどめたまは《わ》ぬ隈《くま》なきに、さてもやと思《おぼ》しよるばかりのけはひ《い》あるあたりにこそ、一《ひと》行《くだり》をもほのめかしたまふ《う》めるに、なびききこえずもて離《はな》れたるはをさをさあるまじきぞいと目《め》馴《な》れたるや。

さと愛らしさを、源氏の君は恋しくお思い出しになられるのでした。

「何とかして、大層な身分ではなく、ひたすら可愛らしい人柄の、気がねのいらないような女《ひと》を見つけたいものだ」と、性懲《しょうこ》りもなく思いつづけていらっしゃいます。少しでも取り柄があり評判の高い女の噂は、聞きもらされるようなことは全くありません。もしかしたら、とお心の惹《ひ》かれるような好ましい素振りの感じられる女には、ほんの一行にしろお手紙をおやりになるようです。そんなお手紙をいただいても、お気持になびかず、源氏の君にすげなく出来る女などは、まあ、ありそうにないというのも、あまりといえ

つれな《の》う心強《こころづよ》きは、たとしへ《え》な《の》う情《なさけ》おくるるまめやかさなど、あまりもののほど知《し》らぬや《よ》うに、さてしも過《す》ぐしはてず、なごりなくくづほ《お》れて、なほ《お》なほ《お》しき方《かた》に定《さだ》まりなどするもあれば、のたまひ《い》さしつるも多《おお》かりけり。

かの空蟬《うつせみ》を、もののをりをりには、ねたう思《おぼ》し出《い》づ。荻《おぎ》の葉《は》も、さりぬべき風《かぜ》の便《たよ》りある時《とき》は、おどろかしたまふ《う》をりもあるべし。灯影《ほかげ》の乱《みだ》れたりし

ば、興のなさすぎる話です。

そうかといって、情《じょう》のこわい無愛想な女は、この上なく生真面目で無骨《ぶこつ》なあまり情愛の機微《きび》などはたいしてわきまえないようです。ところがそういうもの堅さを貫き通すことも出来なくて、そのうちすっかり強い気構えも崩れてしまい、案外、ごく平凡な男の妻になったりしますので、その途中から誘うのをお止めになった場合も多かったのでした。

あの空蟬《うつせみ》のことも、何かの折々にはいまいましい女だとお思い出しになります。もう一人の靡《なび》き易かった荻《おぎ》の葉《は》にも似た娘のほうにも、何かのついでの折にはお手紙をおやりになって、驚

さまは、またさやうにても見《み》まほしく思《おぼ》す。おほかた、なごりなきもの忘《わす》れをぞえしたまはざりける。

左衛門《さえもん》の乳母《めのと》とて、大弐《だいに》のさしつぎに思《おぼ》いたるがむすめ、大輔命婦《たいふのみようぶ》とて、内裏《うち》にさぶらふ、わかむどほりの兵部《ひようぶの》大輔《たいふ》なるむすめなりけり。いといたう色好《いろこの》める若人《わかうど》にてありけるを、君《きみ》も召《め》し使《つかい》ひなどしたまふ。母《はは》は筑前守《ちくぜんのかみ》の妻《め》にて下《くだ》りにければ、父君《ちちぎみ》のもとを里《さと》に

かせることもあるようです。灯影《ほかげ》に碁を打っていた時のしどけない娘のようすは、またあのままの姿を御覧になりたいものだとお思いになります。源氏の君はおよそ、一度関わりを持ったらどんな女も、すっかり忘れてしまうということが、お出来にならない御性分なのでした。

左衛門《さえもん》の乳母《めのと》といって、大弐《だいに》の尼君《あまぎみ》についで、源氏の君が大切に思っていらっしゃった乳母がいました。その娘が、大輔《たいふ》の命婦《みようぶ》といい、宮中に女房としてお仕えしていました。父親は皇族のお血筋の兵部《ひようぶ》の大輔でした。大輔の命婦はたいそう色好みな若女房でしたが、源氏の君も召し使ったりしていら

て行《ゆ》き通《かよう》ふ。

故常陸《こひたち》の親王《みこ》の末《すえ》にま《も》うけていみじう《じゅう》かなしう《しゅう》かしづきたまひ《い》し御《おん》むすめ、心細《こころぼそ》くて残《のこ》りゐ《い》たるを、もののついでに語《かた》りきこえければ、「あはれ《わ》のことや」とて、御心《みこころ》とどめて問《と》ひ《い》聞《き》きたまふ《う》。

命婦「心《こころ》ばへ《え》容貌《かたち》など、深《ふか》き方《かた》はえ知《し》りはべらず。かいひそめ人疎《ひとうと》うもてなしたまへ《え》ば、さべき宵《よい》など、物越《ものご》しに

っしゃいました。実母の左衛門の乳母は、兵部の大輔と別れ、今は筑前《ちくぜん》の守《かみ》の妻になって夫の任国に下っておりますので、大輔の命婦は、父親の住む常陸《ひたち》の宮邸を里方にして、宮中へ通っております。

　そこにはお亡くなりになられた常陸の宮の晩年に、お生れになり、宮がとりわけ可愛がられ大切にお育てになった姫君がいらっしゃいました。父宮に先立たれ、おひとり残されて心細い御境遇になられたことを、大輔の命婦が何かの話のついでに源氏の君に申し上げましたら、お気の毒なことだと仰せられてお気にかけられ、それ以来さらに何かと姫君についてお尋ねになりま

てぞ語《かた》らひ《い》はべる。琴《きん》をぞなつかしき語《かた》らひ《い》人《びと》と思へ《おもえ》る」と聞《き》こゆれば、源氏「三《み》つの友《とも》にて、いま一《ひと》くさや《よ》うたてあらむ」とて、源氏「我《われ》に聞《き》かせよ。父親王《ちちみこ》の、さや《よ》うの方《かた》にいとよしづきてものしたまうければ、おしなべての手《て》づかひ《い》にはあらじと思ふ《おもう》」と語《かた》らひ《い》たまふ《う》。命婦「さや《よ》うに聞《き》こしめすばかりにははべらずやあらむ」と言へ《いえ》ば、源氏

す。

命婦は、「お心ばえや御器量などは、くわしくは存じ上げません。お邸《やしき》の奥深くにひっそりとしていらっしゃって、とても人見知りなさり誰ともお会いになりませんので、わたしがお伺いした宵などに、几帳《きちょう》などをへだててお話しするくらいでございます。琴《きん》を何よりのお友だちとしていらっしゃいます」と申し上げますと、源氏の君は、「琴と詩と酒は三つの友と、白楽《はくらく》天《てん》が言っているが、最後の酒だけは女には不向きだね」と仰せになり、「姫君の琴の音《ね》をぜひ聞かせてほしいね。父宮は、音楽にかけてはたいそうすぐれていらっしゃったから、さぞ姫君も

「いたう気色《けしき》ばましや。このごろのおぼろ月夜《づくよ》に忍《しの》びてものせむ。まかでよ」とのたまへ《え》ば、わづらはし《わ》と思へ《おもえ》ど、内裏《うち》わたりものどやかなる春《はる》のつれづれにまかでぬ。父《ちち》の大輔《たいふ》の君《きみ》は、ほかにぞ住《す》みける。ここには時々《ときどき》ぞ通《かよ》ひ《い》ける。命婦《みようぶ》は、継母《ままはは》のあたりは住《す》みもつかず、姫《ひめ》君《ぎみ》の御《おん》あたりを睦《むつ》びて、ここには来《く》るなりけり。

並々のお手並みではないと思うよ」とおっしゃいます。

「わざわざお聞きになるほどではなさそうでございます」と言いながらも、源氏の君のお心が惹かれるように、上手《じょうず》に申し上げますので、「いやに思わせぶりをするじゃないか。この頃の朧《おぼろ》月夜《づきよ》にこっそり忍んで行こう。その時はそなたも宮中から下がってくるように」とおっしゃいますので、命婦は面倒なことになったと思いながらも、宮中でも行事が少なくて所在なくのんびりしている春の一日を、見はからって、退出してきました。

父親の大輔の君は、最近では新しい妻のところに住みついています。この

のたまひ《い》しもしるく、十六夜《いさよい》の月《つき》をかしきほどにおは《わ》したり。命婦「いとかたは《わ》らいたきわざかな。物《もの》の音《ね》すむべき夜《よ》のさまにもはべらざめるに」と聞《き》こゆれど、源氏「なほ《お》あなたに渡《わた》りて、ただ一声《ひとこえ》もよほ《お》しきこえよ。空《むな》しくて帰《かえ》らむがねたかるべきを」とのたまへ《え》ば、

うちとけたる住《す》み処《か》にすゑ《え》たてまつりて、うしろめた《と》うかたじけなしと思《おも》

常陸の宮のお邸には、時々通うだけなのでした。命婦は継母の家には住みつけず、姫君のお邸に親しんで、いつもこちらに寄せていただくのでした。

源氏の君は、おっしゃったとおり、十六夜《いざよい》の月の美しい頃に、お越しになりました。「まあ、お気の毒ですこと、せっかくお越しいただいても、今夜はお琴の音の冴えて聞こえそうな空模様でもございませんのに」と、命婦は申し上げますけれど、「そんなことを言わずに、姫君のところへ行って、ほんの一曲でもお弾きになるよう、おすすめしておくれ。このまま何も聞かずに帰るのは残念だから」とおっしゃいます。

へ《え》ど、寝殿《しんでん》に参《まい》りたれば、まだ格子《こうし》もさながら、梅《むめ》の香《か》をかしきを見《み》出《い》だしてものしたまふ《う》。

よきをりかなと思《おも》ひ《い》て、命婦「御琴《おんこと》の音《ね》いかにまさりはべらむと思《おも》ひ《い》たまへ《え》らるる夜《よ》のけしきにさそは《わ》れはべりてなむ。心《こころ》あわたたしき出《い》で入《い》りに、えうけたまは《わ》らぬこそ口《くち》惜《お》しけれ」と言《い》へ《え》ば、姫君「聞《き》き知《し》る人《ひと》こそあなれ。ももしきに行《い》きかふ《う》人《ひと》の聞《き》くばか

命婦はともかく取り散らかした自分の部屋に御案内しておいて、気恥ずかしく、もったいないと思いながらも、姫君のいらっしゃる寝殿に参りました。そこではまだ格子《こうし》を上げたままで、姫君は梅の香りのただよう庭を眺めていらっしゃいました。

命婦はよい折だと思って、「今宵のような天気は、お琴の音色《ねいろ》もさぞ美しく冴え勝《まさ》って聞こえることだろうと思いまして、それにひかれて参上いたしました。いつも気ぜわしくお出入りしていて、ゆっくりお琴をお聞かせいただけませんのが残念でございまして」と言いますと、姫君は、「琴《きん》の音《ね》を分ってくれるあなたのような人もまだい

りやは」とて召《め》し寄《よ》するも、あいなう、いかが聞《き》きたまはむと胸《むね》つぶる。寝殿《しんでん》の方《かた》に、人《ひと》のけはひ聞《き》くやうもやと思《おぼ》して、やをら立《た》ちのきたまふ《う》。透垣《すいがい》のただすこし折《お》れ残《のこ》りたる隠《かく》れの方《かた》に立《た》ち寄《よ》りたまふ《う》に、もとより立《た》てる男《おとこ》ありけり。誰《たれ》ならむ、心《こころ》かけたるすき者《もの》ありけりと思《おぼ》して、蔭《かげ》につきてたち隠《かく》れたまへ《え》ば、頭中将《とうのちゅうじょう》なりけり。

たのですね。でも宮中にお出入りしている耳の肥えた人に聞いてもらうようにはとても弾けません」とおっしゃりながらも、はや琴をお引き寄せになられるのもあまりに素直すぎ、命婦は、かえって姫君の琴の音を、源氏の君がどうお聞きになられるだろうと、わけもなく心配ではらはらいたします。

寝殿のほうへ行けば、姫君の気配でも窺《うかが》うことが出来ようかと思って、源氏の君はそっと部屋をお出になります。透垣《すいがい》の崩れたのがわずかに折れて残っている物陰のあたりに、近づいて行かれますと、先にそこに来て、佇《たたず》んでいる男がおりました。誰だろう、姫君に思いをかけている好色者《すきもの》がここに

秋《あき》のころほ《お》ひ《い》、静《しず》かに思《おぼ》しつづけて、かの砧《きぬた》の音《おと》も、耳《みみ》につきて聞《き》きにくかりしさへ《え》、恋《こい》しう《しゅう》思《おぼ》し出《い》でらるるままに、常陸《ひたち》の宮《みや》にはしばしば聞《き》こえたまへ《え》ど、なほ《お》おぼつかな《の》うのみあれば、世《よ》づかず心《こころ》やましう《しゅう》、負《ま》けてはやまじの御心《みこころ》さへ《え》添《そ》ひ《い》て、命婦《みょうぶ》を責《せ》めたまふ《う》。

八《は》月《づき》二十余日《はつかあまり》、宵《よい》過《す》ぐるまで待《ま》たる月《つき》の心《こころ》もとなきに、星《ほし》の光《ひかり》ばかりさ

もいたのだなとお思いになり、垣根の蔭に寄り添って窺っていらっしゃいます。実はその男は頭《とう》の中将《ちゅうじょう》なのでした。

いつのまにか秋になり、静かに思いつづけられますと、あの夕顔の宿の砧《きぬた》の音も、またうるさく耳ざわりだった碓《からうす》の音までが、恋しく思い出されるのでした。常陸の宮の姫君には、度々お手紙をお送りになりますが、相変わらずお返事もないので気持がはっきりつかめません。あまりに情愛のわからないようなのが気に障《さわ》り、このまま負けて引き下がれるものかと意地も加わって、命婦をしきりに責められるのでした。

やけく、松《まつ》の梢《こずえ》吹《ふ》く風《かぜ》の音《おと》心細《こころぼそ》くて、いにしへ《え》のこと語《かた》り出《い》でてうち泣《な》きなどしたまふ《う》。いとよきをりかなと思ひ《おもい》て、御消息《おんしょうそこ》や聞《き》こえつらむ、例《れい》のいと忍《しの》びておは《わ》したり。月や《つきよ》うや《よ》う出《い》でて、荒《あ》れたる籬《まがき》のほどうとましく、うちながめたまふ《う》に、琴《きん》そそのかされてほのかに掻《か》き鳴《な》らしたまふ《う》ほど、けしう《しゅう》はあらず。すこしけ近《ちこ》う、いまめきたるけをつけばやと

八月の二十日余りのことでした。月がなかなか昇らないので夜が更けるまでが待ち遠しく、いつになれば月が見えるかわかりません。空には星の光ばかりがきらめいて、松の梢《こずえ》を吹く風の音が心細く聞こえます。そんな夜、姫君は昔のことを思い出されて、しみじみ命婦とお話しになりお泣きになるのでした。命婦はちょうどよい折だと思って、お報《し》らせしたのでしょうか、源氏の君はいつものようにたいそうお忍びでお越しになりました。

月が次第に昇り、荒れた籬《まがき》のあたりが気味悪く照らされているのを、源氏の君が眺めていらっしゃると、命婦にすすめられたのか、姫君が琴《きん》をほのかに

ぞ、乱《みだ》れたる心《こころ》には心《こころ》もとなく思《おもい》ひゐ《い》たる。人目《ひとめ》しなき所《ところ》なれば、心《こころ》やすく入《い》りたまふ《う》。命婦《みょうぶ》を呼《よ》ばせたまふ《う》。君《きみ》は人《ひと》の御《おん》ほどを思《おぼ》せば、されくつがへ《え》る今様《いまよう》のよしばみよりは、こよな《の》う奥《おく》ゆかしと思《おぼ》しわたるに、とか《こ》うそそのかされて、ゐ《い》ざり寄《よ》りたまへ《え》るけはひ《い》しのびやかに、えひ《い》の香《か》いとなつかしう薫《しゅうかお》り出《い》でて、おほ《お》どかなるを、さればよと思《おぼ》す。年《とし》ごろ思《おもい》ひわたるさ

に掻き鳴らす音が伝わり、その音色はなかなかのものでした。命婦は、もう少し馴染《なじ》みやすい、当世風な味わいをおつけになればいいのにと、自分の色好みの浮ついた気持からは、もの足りなく思っています。このお邸は人目にたたない場所なので、源氏の君は何の気がねもなくお入りになられて、命婦をお呼び出しになりました。

源氏の君は、姫君の御身分をお考えになりますと、当世風のいやに洒落《しゃれ》た気取った女よりは、さぞかし奥ゆかしいことだろうと想像していらっしゃいます。どうやら命婦たちに無理にすすめられて、姫君がそうっとにじり出ていらっしゃるらしく、その御気配がい

まなど、いとよくのたまひつづくれど、まして近《ちか》き御答《おんいらえ》へは絶《た》えてなし。わりなのわざやとうち嘆《なげ》きたまふ。何《なに》やかやとはかなきことなれど、をかしきさまにも、まめやかにものたまへど、何《なに》のかひなし。いとかかるも、さま変《かわ》り、思《おも》ふ方《かた》ことにものしたまふ人《ひと》にやとねたくて、やをら押《お》し開《あ》けて入《い》りたまひにけり。正身《そうじみ》は、ただ我《われ》にもあらず、恥《は》づか

かにもの静かで、えび香《こう》の薫りがたいそうなつかしく漂ってくるのも、さすがに鷹揚な感じがいたします。やはり思った通りの方らしいと、源氏の君は御満足なさるのでした。長年、恋い慕ってきた胸の思いなどを、言葉巧みに如才なく、つぎからつぎへお話しなさいますけれど、手紙のお返事さえなさらない姫君は、まして直接のお答えなどは、まったくなさいません。源氏の君は、「それにしても、こうまで黙っていらっしゃるのは何ということでしょう」とお嘆きになります。

それから、何やかやととりとめもないことだけれど、冗談のようにも、真剣なふうにもお話しになってごらんに

しくつつましきよりほかのことまたなければ、今《いま》はかかるぞあはれなるかし、まだ世馴《よな》れぬ人《ひと》のうちかしづかれたると見《み》ゆるしたまふものから、心得《こころえ》ずなまいとほしとおぼゆる御《おん》さまなり。何《なに》ごとにつけてかは御心《みこころ》のとまらむ、うちうめかれて、夜深《よぶこ》う出《い》でたまひぬ。

かしこには文《ふみ》をだにといとほしく思《おぼ》し出《い》でて、夕《ゆう》つ方《かた》ぞありける。


なりますが、何の甲斐もなく、やはり姫君は無言のままです。

こんなふうに手応えの全くないのも一風変わっていて、もしかしたら他の男を愛しているのかもしれないと、源氏の君はいまいましくて、そっと襖《ふすま》を押し開けて、いきなり中へお入りになってしまいました。

姫君御自身は、ただもう、ぼうっとなさり、身の置きどころもなく恥ずかしく、きまりの悪いよりほかはなにもお考えになれないのでした。源氏の君は、まあ、今のうちは、こんなふうなのがいじらしいのだ。まだ全く初心《うぶ》で、これまでひたすら深窓《しんそう》の姫君として育てられていらっしゃった方なのだ

かの紫《むらさき》のゆかり尋《たず》ねとりたまひて《い》は、そのうつくしみに心入《こころい》りたまひ《い》て、六条《ろくじょう》わたりにだに離《か》れまさりたまふ《う》めれば、まして荒《あ》れたる宿《やど》は、あは《わ》れに思《おぼ》しおこたらずながら、ものうきぞわりなかりける。

ところせき御《おん》もの恥《はじ》を見《み》あらはさ《わ》むの御心《みこころ》もことになう《の》て過《す》ぎゆくを、またうち返《かえ》し、見《み》まさりするやう《よ》もありかし、手《て》探《さぐ》りのたどたどしきに、あや

からと、大目に見てお許しになられますけれど、あまりの手応えのなさに、何となく腑《ふ》に落ちかねる奇妙な感じがして、気の毒になるのでした。この人のどこにお心がひきつけられるのか。とうていお心に適《かな》うわけがなく、がっかりされ失望なさって、つい重い溜め息を洩《も》らされます。まだ夜も明けぬうちに、源氏の君はお帰りになってしまわれました。

常陸の宮の姫君には、せめて手紙だけでもお上げにならなければ可哀そうだとお思いになって、夕暮方になってから、ようやくお便りなさいました。

あの藤壺《ふじつぼ》の宮のゆかりの若紫《わかむらさき》の姫君を尋ね出してお引き取りになられて

しう《しゅう》心得《こころえ》ぬこともあるにや、見《み》てしがな、と思《おも》ほせど、けざやかにとりなさむもまばゆし、うちとけたる宵居《よいい》のほど、やをら入《い》りたまひ《い》て、格子《こうし》のはさまより見《み》たまひ《い》けり。

からう《ろ》じて明《あ》けぬる気色《けしき》なれば、格《こう》子《し》手《て》づから上《あ》げたまひ《い》て、前《まえ》の前栽《せんざい》の雪《ゆき》を見《み》たまふ《う》。踏《ふ》みあけたる跡《あと》もなく、はるばると荒《あ》れわたりて、いみじう《じゅう》さびしげなるに、ふり出《い》でて行《い》か

からは、その姫君をお可愛がりになるのにすっかりお心を奪われて、源氏の君は六条《ろくじょう》の女君のお邸にさえ、ますます遠のいておしまいの御様子でした。まして荒れはてた常陸の宮邸へは、いつも可哀そうにとはお心にかけていらっしゃりながらも、お出かけになるのはお気が進まないのも、仕方のないことでした。

　姫君の異常なほどのはにかみぶりの正体を、見届けてやろうというほどの好奇心も殊更《ことさら》にはなくて、月日が過ぎていくのでした。それでも気を変えて、よく見直したら、いいところもあるかもしれない。いつも暗闇の手探りのもどかしさのせいか、何だか妙に納

むことあは《わ》れにて、源氏「をかしきほどの空《そら》も見《み》たまへ《え》。つきせぬ御心《みこころ》の隔《へだ》てこそわりなけれ」と恨《うら》みきこえたまふ《う》。

まだほの暗《ぐら》けれど、雪《ゆき》の光《ひかり》に、いとどきよらに若《わこ》う見《み》えたまふ《う》を、老人《おいびと》ども笑《え》みさかえて見《み》たてまつる。女房「はや出《い》でさせたまへ《え》。あぢきなし。心《こころ》うつくしきこそ」など教《おし》へ《え》きこゆれば、さすがに、人《ひと》の聞《き》こゆることをえ

得しないところがあるのかもしれない。この目で一度はっきりたしかめてみたいものだ、とお思いになりますが、かといって、あまり明るい灯の下でまざまざ御覧になるのも、気恥ずかしいとお思いになります。ある宵、女房たちがのんびりとくつろいでいた時を見はからって、源氏の君はそっと内へお入りになって、格子《こうし》の隙間《すきま》から覗《のぞ》いて御覧になりました。

ようよう夜が明けたようなので、源氏の君は御自身で格子をお上げになり、前庭の植え込みの雪を御覧になりました。人の踏んだ跡もない雪は、はるばると見渡す限り白く荒涼としていて、たいそう寂しそうに見えます。こ

いなびたまは《わ》ぬ御心《みこころ》にて、とかう《こ》ひきつくろひ《い》て、ゐ《い》ざり出《い》でたまへ《え》り。見《み》ぬや《よ》うにて外《と》の方《かた》をながめたまへ《え》れど、後目《しりめ》はただならず、いかにぞ、うちとけまさりのいささかもあらば、うれしからむと思《おぼ》すも、あながちなる御心《みこころ》なりや。

まづ、居丈《いだけ》の高く、を背長《せなが》に見《み》えたまふ《う》に、さればよと、胸《むね》つぶれぬ。うちつぎて、あなかたは《わ》と見《み》ゆるものは

んな朝、振り捨ててお帰りになるのも姫君がお可哀そうに思われたので、「あの美しい空の色を御覧なさい。どうしていつまでもかたくなに打ちとけて下さらないのでしょうね」とお恨みになります。

まだ外はほの暗いのですが、雪明かりに映えて、源氏の君がひときわお綺麗に若々しくお見えになるのを、老女たちは笑みこぼれて、仰ぎ見るのでした。「はやくお出ましなさいませ。そんなふうではあまり無愛想にみえてよくありません。女の方は素直なのが何よりでございますよ」などと女房がお教え申し上げますと、姫君は格別に内気ではいらっしゃっても、さすがに鷹

鼻《はな》なりけり。ふと目《め》ぞとまる。普賢菩《ふげんぼ》薩《さつ》の乗物《のりもの》とおぼゆ。あさましう高《たこ》う《しゅう》のびらかに、先《さき》の方《かた》すこし垂《た》りて色《いろ》づきたること、ことのほかにうたてあり。色《いろ》は雪《ゆき》はづかしく白《しろ》うて、さ青《お》に、額《ひたい》つきこよなうはれたるに、なほ下《しも》がちなる面《おも》やうは、おほかたおどろおどろしう長《しゅうなが》きなるべし。痩《や》せたまへることと、いとほしげにさらぼひ《い》て、肩《かた》のほどなど、痛《いた》げなるまで衣《きぬ》の上《うえ》まで見《み》

揚で、人の申し上げることには逆らわない御性質なので、何かと身づくろいなさって、にじり出ていらっしゃいました。

源氏の君は、姫君を見ぬふりをしながら、外のほうを眺めていらっしゃいますが、横目でしきりに御覧になります。さて、どうだろうか、こうして打ちとけた時に見て少しでもよく見えるようだったらどんなに嬉しいだろうとお考えになるのも、身勝手なお心というものです。

何よりもまず、座高がいやに高くて、胴長なのが目に映りましたので、やはり思った通りだと、お胸もつぶれるお気持でした。その次に、ああ、み

ゆ。

何《なに》に残《のこ》りなう見《み》あらはしつらむと思《おも》ふものから、めづらしきさまのしたれば、さすがにうち見《み》やられたまふ。頭《かしら》つき、髪《かみ》のかかりはしも、うつくしげにめでたしと思《おも》ひきこゆる人々《ひとびと》にもをさをさ劣《おと》るまじう、袿《うちき》の裾《すそ》にたまりて引《ひ》かれたるほど、一尺《いっしゃく》ばかり余《あま》りたらむと見《み》ゆ。

何《なに》ごとも言《い》はれたまはず、我《われ》さへ口《くち》

っともないと思われたのは、お鼻でした。ふとそこに目がとまってしまいます。普賢菩薩《ふげんぼさつ》のお乗り物の象の鼻のようです。あきれるばかり高く長くのびている上に、先のほうが少し垂れ下がって、赤く色づいているのが、ことのほかいやな感じでした。

顔色は雪も恥ずかしいほど白くて青味を帯びています。額つきはむやみにおでこが広く、それでもまだ顔の下のほうが長く見えるのは、たぶん恐ろしく長いお顔立ちなのでしょう。痩せていらっしゃることといったら、お気の毒なほど骨ばっていて、肩のあたりなどは、痛そうなほどごつごつしているのが、お召物の上からでもありありと

とぢたる心地《ここち》したまへ《え》ど、例《れい》のしじまもこころみむと、とかう聞《き》こえたまふ《う》に、いたう恥《は》ぢらひて、口《くち》おほひしたまへ《え》るさへ《え》ひなび古《ふる》めかしう、ことごとしく儀式官《ぎしきかん》の練《ね》り出《い》でたる肘《ひじ》もちおぼえて、さすがにうち笑《え》みたまへ《え》る気《け》色《しき》、はしたなうすずろびたり。いとほ《お》しくあは《わ》れにて、いと急《いそ》ぎ出《い》でたまふ《う》。

世《よ》の常《つね》なるほどの、ことなることな

見えます。

源氏の君は、どうして何もかもすっかり見てしまったのだろうと思いながら、姫君があまりにも珍しい御器量なので、やはりついお目がそちらへ引き寄せられてしまうのでした。頭の格好や、髪の顔に垂れかかった様子だけは、申し分なく美しいとお思いになっていらっしゃる女君たちにも、おさおさ劣らないくらいに見えます。袿《うちき》の裾《すそ》に長い黒髪がたまって、なお床にあふれている部分は、一尺にあまるだろうと思われます。

源氏の君は呆《あき》れて何もおっしゃらず、御自分までも口が塞《ふさ》がったような気持がなさいますけれど、例の姫君の

さならば、思《おも》ひ捨《い》ててもやみぬべきを、さだかに見《み》たまひて後《のち》はなかなかあはれにいみじくて、まめやかなるさまに常《つね》におとづれたまふ。黒貂《ふるき》の皮《かわ》ならぬ絹《きぬ》、綾《あや》、綿《わた》など、老人《おいびと》どもの着《き》るべき物《もの》のたぐひ、かの翁《おきな》のためまで上《かみ》下《しも》思《おぼ》しやりて奉《たてまつ》りたまふ。

命婦「かの宮《みや》よりはべる御文《おんふみ》」とて取《と》り出《い》でたり。源氏「ましてこれはとり隠《かく》すべきことかは」とて、取《と》りたまふ

だんまりをどうにかして破ってみようと、何かと話しかけてごらんになるのでした。姫君は、一途に恥ずかしがられて、口もとを袖でかくしていらっしゃる仕種《しぐさ》までが、野暮《やぼ》ったく古風で、勿体《もったい》ぶっています。ちょうど儀式官が式の時に、仰々《ぎょうぎょう》しく笏《しゃく》をかまえた肘《ひじ》を張っているのを見るようです。それでもさすがに姫君は笑っていらっしゃるのが、何とも言えずみっともなくしつくりしないのでした。そんな姫君がおいたわしくてたまらなく、源氏の君はいつにもまして、いっそう急いでお発《た》ちになりました。

世間並みな、別に珍しくもない平凡な御器量なら、そのまま忘れ去ってし

も胸《むね》つぶる。陸奥国紙《みちのくにがみ》の厚肥《あつご》えたるに、匂《におい》ひばかりは深《ふこ》う染《し》めたまへ《え》り。いとよう書《か》きおほ《お》せたり。歌《うた》も、

から衣君《ころもきみ》が心《こころ》のつらければ
袂《たもと》はかくぞそぼちつつのみ

あさましと思《おぼ》すに、この文《ふみ》をひろげながら、端《はし》に手習《てならい》すさびたまふ《う》を、側目《そばめ》に見《み》れば、

なつかしき色《いろ》ともなしに何《なに》にこの
すゑ《え》つむ花《はな》を袖《そで》にふれけむ

まうところを、源氏の君は姫君の異様さをありありと御覧になってしまった後は、かえってしみじみ可哀そうにお思いになって、色恋ではなく真面目に始終お便りをお上げになります。黒貂《くろてん》の皮にかえて、絹や綾《あや》や、綿など、老女房たちの衣類や、鍵番の老人のものまで、使用人の上から下の者たちにまで、お心を配ってお届けになるのでした。

「常陸の宮の姫君から参りましたお手紙でございます」と言って、命婦がお手紙を取り出しました。「それならなおさら、隠すことがあるだろうか」と、それをお取りになられるのを見ても、命婦は胸のつぶれるような思いが

「色《いろ》こき花《はな》と見《み》しかども」など書《か》きけがしたまふ《う》。

二条院《にじょうのいん》におは《わ》したれば、紫《むらさき》の君《きみ》、いともうつくしき片生《かたお》ひ《い》にて、紅《くれない》はかう《こ》なつかしきもありけりと見《み》ゆるに、無文《むもん》の桜《さくら》の細長《ほそなが》なよらかに着《き》なして、何心《なにごころ》もなくてものしたまふ《う》さまいみじうら《じゅうろ》うたし。古代《こだい》の祖母君《おばぎみ》の御《おん》なごりにて、歯《は》ぐろめもまだしかりけるを、ひきつくろ

します。陸奥紙《みちのくがみ》の厚ぼったいのに、香だけは深くたきしめてあります。文字もなかなか上出来にお書きになっています。さて歌は、

から衣君《ころもきみ》が心のつらければ
袂《たもと》はかくぞそぼちつつのみ

（あなたの不実なお心が、たまらなく辛いので、わたくしの唐衣《からころも》の袂は、いつも涙に濡れ、そぼっているばかり）

とあります。

源氏の君は、やれやれとお思いになりながら、お手紙をひろげたまま、筆をとられて、端のほうに興にまかせて何かお書きになります。命婦が横から覗《のぞ》きますと、

なつかしき色ともなしに何にこの

は《わ》せたまへ《え》れば、眉《まゆ》のけざやかになりたるもうつくしう《しゆう》きよらなり。心《こころ》から、などかか《こ》ううき世《よ》を見《み》あつかふ《う》らむ、かく心苦《こころぐる》しきものをも見《み》てゐ《い》たらでと思《おぼ》しつつ、例《れい》の、もろともに雛遊《ひいなあそ》びしたまふ《う》。絵《え》など描《か》きて、色《いろ》どりたまふ《う》。よろづにをかしう《しゆう》すさび散《ち》らしたまひ《い》けり。我《われ》も描《か》き添《そ》へ《え》たまふ《う》。髪《かみ》いと長《なが》き女《おんな》を描《か》きたまひ《い》て、鼻《はな》に紅《べに》をつけて見《み》

すゑつむ花を袖にふれけむ

（それほど心惹かれる人でもなかったのに、なぜ末摘花《すえつむはな》のように、鼻の赤いあの人に、触れてしまったのか）

「色の濃いはなと思ったけれど」など、書きよごしていらっしゃるのでした。

二条の院においでになりますと、若紫の姫君が、とても可愛らしく、まだ子供っぽい御様子ながらこの上なく美しくていらっしゃいます。同じ紅にもこんな優《やさ》しい色があるものかとつくづく眺められるのでした。無地の桜の細《ほそ》長《なが》をしなやかに着こなし、あどけなく無心な様子でいらっしゃるのが、言いようもなく可愛らしいのです。

たまふ《う》に、絵《かた》に描《か》きても見《み》まうきさましたり。

わが御影《おんかげ》の鏡台《きょうだい》にうつれるが、いときよらなるを見《み》たまひ《い》て、手《て》づからこの赤花《あかばな》を描《か》きつけにほは《おわ》してみたまふ《う》に、かくよき顔《かお》だに、さてまじれらむは見苦《みぐる》しかるべかりけり。姫君《ひめぎみ》見《み》て、いみじく笑ひ《わらい》たまふ《う》。

源氏「まろが、かくかたは《わ》になりなむ時《とき》、いかならむ」とのたまへ《え》ば、紫

古風な祖母君のお躾《しつ》けで、お歯黒《はぐろ》も染めていなかったのを、源氏の君がはじめてお化粧をおさせになりましたので、眉がくっきりと際立ってきたのも、可愛らしく美しく見えます。「自分の心からとはいえ、どうしてこう次々煩《わずら》わしい女の縁にかかずらうのだろう、こんないじらしい人を捨てておいて」とお思いになりながら、いつものように、若紫の姫君と、雛遊《ひなあそ》びをなさいます。

姫君はお絵描きなどして彩色していらっしゃいます。何でもお上手におもしろがって気の向くままに描き散らされるのでした。源氏の君も描き添えておあげになります。髪のたいそう長い

「うたてこそあらめ」とて、さもや染《し》みつかむとあやふ《う》く思《おも》ひたまへ《え》り。そら拭《のごい》ひをして、源氏「さらにこそ白《しろ》まね。用《よう》なきすさびわざなりや。内裏《うち》にいかにのたまは《わ》むとすらむ」といとまめやかにのたまふ《う》。日《ひ》のいとうららかなるに、いつしかと霞《かす》みわたれる梢《こずえ》どもの、心《こころ》もとなき中《なか》にも、梅《むめ》は気色《けしき》ばみほほ笑《え》みわたれる、とりわきて見《み》ゆ。階隠《はしがくし》のもとの紅《こう》

女の絵をお描きになって、鼻に紅《べに》をつけて御覧になると、画の中の人物でも厭気《いやけ》がさすのでした。

源氏の君は御自分のお顔が鏡台に映っているのが、我ながら美しいのを御覧になられて、御自分で紅を鼻の頭に塗り付けて彩《いろど》って御覧になりました。こんな美しいお顔でさえ、赤い鼻がついていてはみっともなくなります。姫君はそれを見て笑いころげていらっしゃいます。

源氏の君が、「わたしが、こんな変てこな顔になったら、どうかしら」とおっしゃると、「まあ、いや」と、ほんとうに紅が染みついたら大変と、とても心配そうにしていらっしゃるので

梅《ばい》、いとく咲《さ》く花《はな》にて、色《いろ》づきにけり。

紅《くれない》の花《はな》ぞあやなくうとまるる
梅《むめ》の立《た》ち枝《え》はなつかしけれど

「いでや」と、あいなくうちうめかれたまふ《う》。

かかる人々《ひとびと》の末々《すえずえ》いかなりけむ。

す。源氏の君は、わざと拭く真似だけして、「さあ大変だ、どうしてもとれない。つまらないいたずらをしたものだ。帝《みかど》が何とおっしゃるかしら」と真面目くさっておっしゃいます。

日がたいそう麗《うらら》かなのに、いつからともなく一面に霞み渡っている木々の梢《こずえ》の、花の咲くのが待ち遠しい中にも、梅ははや、蕾《つぼみ》もふくらんでほほ笑みかけているのが、とりわけ目につきます。階隠《はしがくし》のもとの紅梅は、毎年いち早く咲く花で、もう色づいています。

紅《くれない》の花ぞあやなくうとまるる
梅の立ち枝《え》はなつかしけれど

（紅の花の咲く、梅の枝はなつかしい

が、紅の花を見ると、あの人の赤鼻が思い出され、いやになってしまう）

「いやはやどうも」と、源氏の君はわけもなく溜め息をお洩らしになるのでした。

こういう方たちの行く末は、果たしてどうなりましたことやら。

十七歳の光源氏は奔放《ほんぽう》な恋愛遍歴の数々を経験した。十八歳を迎えた光源氏は、あのはかなく死んでいった夕顔《ゆうがお》のことがなつかしく恋しく思い出され、またあの薄情な空蟬《うつせみ》のことも時折思い出す。あまり気の張らない可愛い女はいないものかと思いつづけているところへ、乳母《めのと》の娘で好色な大輔《たいふ》の命婦《みょうぶ》が一つの情報を伝える。故常陸《ひたち》の宮《みや》に姫君が一人残されていて、顔や性質はどの程度か知らないけれどひっそりと暮しているというのだ。姫君は誰とも会わず、琴《きん》だけを友としているという。源氏はたちまちこの姫君に興味を覚えて、大輔の命婦を口説《くど》き落とし、手引きさせる。

平安朝の貴族社会では、女はみだりに人に顔や姿を見せてはならなかった。男の兄弟にさえ十歳にもなればあらわに顔を合わせるようにはしない。深窓の姫君のまわりは、女房たちがしっかりと守っている。女房たちはまた外部に向って、自分の仕えている姫君たちの宣伝係りもつとめる。女たちは、女房たちの巧妙な口《クチ》コミ作戦によって、うちの姫君は器量が抜群だとか、才芸に秀でているとか、宣伝する。その噂によって、貴公子たちは、まず恋文を届ける。恋文は和歌と決っている。女房たちが、紙の趣味や、文字の巧拙や歌の出来ばえから、男の値打ちを判断する。返事は女房が代筆でやり、そんなことが何度か繰りかえされた後、その男が姫君の結婚相手にふさわしいと判断されると、はじめて、姫君が直筆の返事をやる。それも女房にそそのかされ、うながされた上である。自分の意思を持たず、自己主張せず、周囲の言う通りになることが、上品な姫君の美徳と教育されてきた姫君は、恋も結婚も周囲のお膳立てによって動く。

気の利いた男はまず女房を手なずけ、その女房の手引きで姫君の寝所に導かれる。そうなると姫君は抵抗のしようもない。女房を手なずけるには、もちろん賄賂《わいろ》がものを言うし、もっと手っ取り早く、男は女房と情交を結び、自分の女として言うことをきかせる。男が女と肉体的に結ばれると、男はその翌朝はまだ暗いうちに姿を見られないようにして帰る。家につくとすぐ手紙を書いて女の許に届ける。後朝《きぬぎぬ》の別れであり、後朝の文である。これが女への礼儀で、三日間は必ず欠かさず通う。これをおこたると、男は女と寝てみたが気に入らなかったということになり、女は屈辱を受けて、悶死するほどプライドを傷つけられる。通いつづけて三日めの夜は祝いのために「三日夜《みかよ》の餅《もち》」というものを新郎新婦が食べる習慣がある。それで結婚が成立したことになるが、女の親たちがその結婚を認めると、女の親の家で結婚の披露宴が行われる。それを「所顕《ところあらわし》」という。これではじめて二人の結婚は、正式に世間的にも認められたことになる。源氏と末摘花の場合は後朝の手紙もやっと書くような仲ということである。

責任を感じた大輔の命婦に責められて、公用の忙しさのおさまった頃、源氏は申しわけのように幾度か姫君を訪ねた。いつでも後味の悪い失望感だけが残る。やがて冬を迎え、源氏が久々に常陸の宮邸で一夜を明かした翌朝、外は一面の雪景色になっていた。雪明りに姫君の顔をはじめて見た源氏は仰天する。鼻が異様に長く垂れ下がっていて先が赤い。末摘花（紅花《べにばな》）のような赤さである。姫君のあまりの不器量さと、宮家の零落《れいらく》の様子に同情して、源氏はかえって見捨てられなく世話をつづける。

この帖の前に「若紫《わかむらさき》」という帖があり、その中で、源氏は永遠の恋人藤壺《ふじつぼ》の姪という十歳くらいの美しい少女に出逢い、藤壺に俤《おもかげ》の似ていることに惹《ひ》かれて、強引に略奪して自分の邸二条の院に連れて来て育てるようになる。この少女こそ源氏の終生の伴侶となって、添いとげる紫の上である。日増しに可愛らしさを増すこの紫の姫君と二条の院で遊びながら、源氏は自分の鼻を紅粉《べにこ》で染めて見せ、悪ふざけをしてみせるのだった。

この帖は、末摘花があまりにひどく残酷なまでに書かれているので後味が悪いという批評もある。私は、これは紫式部がこうした滑稽譚《こっけいたん》も書ける技量を持っていたことを見せたかったのではないかと思う。たとえば「竹取物語」の中の求婚者たちの失敗談なども、当時の読者は現代の我々よりもっと滑稽に感じて受けとめていたのではないだろうか。そして物語という娯楽性の中には、悲劇的な深刻な話ばかりでなく、こうした滑稽譚もあって、息を抜くという方法もあったのではないだろうか。作者の意図はどうであれ、私などは、末摘花のような融通の利かない世間知らずの思いこみの深さにこそ、真の貴族というものの鷹揚《おうよう》な品性を見る思いがする。源氏が何度も通いながら、末摘花の顔をはっきり見るのは、雪の日の朝だったというのは、当時の逢瀬の夜は今からは信じられないほど暗かったということである。

「若紫」の帖には、里帰りした藤壺とのやるせない一夜の密会が描かれ、その結果としての藤壺の懐妊という重大な問題がかかげられている。藤壺は妊娠を源氏には告げず、帝の子として一世一代の嘘をつき、懐妊の月をいつわる。「紅葉賀《もみじのが》」の帖で、予定より二月遅れ、二月半ば藤壺は皇子《みこ》を出産する。恐ろしいほど皇子は源氏に生き写しである。そのことが藤壺に不安と怖れを抱かせる。帝は自分の子と信じて喜び、源氏も早く赤子の顔を見たいと思う。

一方、紫の姫君はますます美しくなり、源氏はいっそう姫君への愛を深め、葵の上《あおいのうえ》との仲は冷却していくばかりである。源氏二十二歳になると、桐壺帝が譲位して、東宮《とうぐう》が帝位につき、世の中が一新する。桐壺帝と藤壺は仙洞御所《せんとうごしょ》に移って気楽に暮し、源氏は前より藤壺に近づきにくくなる。源氏は近衛《このえ》の中将から大将に昇進し、東宮の後見役になっている。葵の上は妊娠するが、六条《ろくじょう》の御息所《みやすどころ》の生霊《いきりょう》のため男の子を産んだのち急死してしまう。

賢木《さかき》

斎宮《さいぐう》の御下《おんくだ》り近《ちこ》うなりゆくままに、御息所《みやすどころ》もの心細《こころぼそ》く思《おも》ほす。やむごとなくわづらはしきものにおぼえたまへ《え》りし大殿《おおとの》の君《きみ》も亡《う》せたまひ《い》て後《のち》、さりともと、世人《よひと》も聞《き》こえあつかひ《い》、宮《みや》の内《うち》にも心《こころ》ときめきせしを、その後《のち》しもかき絶《た》え、あさましき御《おん》もてなしを見《み》た

光源氏（二十三〜二十五歳）

斎宮《さいぐう》の伊勢へお下《くだ》りになる日が近づくにつれ、六条《ろくじょう》の御息所《みやすどころ》は日と共に心細くなられるのでした。御身分の高い正妻として、けむたく思っていられた左大臣家の葵《あおい》の上《うえ》もお亡くなりになってのちは、今度こそは六条の御息所がその後に正妻になられるだろうと、世間では噂をしていました。御息所のお邸《やしき》でも、人々が少なからず期待に胸をときめかせていたのでした。ところがそれからのちはかえって、ふっつりと

まふ《う》に、まことにうしと思《おぼ》すことこそありけめと知《し》りはてたまひ《い》ぬれば、よろづのあはれ《わ》を思《おぼ》し捨《す》てて、ひたみちに出《い》で立《た》ちたまふ《う》。

もとの殿《との》にはあからさまに渡《わた》りたまふ《う》をりをりあれど、いたう《と》忍《しの》びたまへ《え》ば、大将殿《だいしょうどの》え知《し》りたまは《わ》ず。たは《わ》やすく御心《みこころ》にまかせて参《もう》でたまふ《う》べき御住《おんす》み処《か》にはたあらねば、おぼつかなくて月日《つきひ》も隔《へだ》たりぬるに、院《いん》の上《うえ》、おどろ

源氏の君のお通いは、途絶《とだ》えてしまったのです。あまりにも情《つれ》ないお扱いをなさるのは、よくよく源氏の君が心底から厭《いと》わしくお思いになることがおありだったのだろうと、御息所はお心のうちにうなずかれましたので、今は一切の未練を断ち切って、ひたすら伊勢へ御出発しようと御決心なさいます。

御息所は野《の》の宮《みや》から六条のお邸にほんのたまさかお帰りになることもおありですけれど、ごく内密にしていらっしゃるので、源氏の君はそれを御存知ありません。野の宮は斎宮の潔斎所《けっさいじょ》という場所柄そう易々《やすやす》とお心にまかせて、お訪ねするようなところでもあり

おどろしき御《おん》なやみにはあらで例《れい》ならず時々《ときどき》なやませたまへ《え》ば、いと御心《みこころ》の暇《いとま》なけれど、つらきものに思《おもい》ひはてたまひ《い》なむもいとほ《お》しく、人聞《ひとぎ》き情《なさけ》なくやと思《おぼ》しおこして、野宮《ののみや》に参《もう》でたまふ《う》。

九月七日《ながつきなぬか》ばかりなれば、むげに今日《きょう》明日《あす》と思《おぼ》すに、女方《おんながた》も心《こころ》あわたたしけれど、立《た》ちながらと、たびたび御消息《おんしょうそこ》ありければ、いでやとは思《おぼ》しわづらひ《い》

ませんので、心にはかけながら月日が過ぎて行くばかりでした。そうこうするうち、桐壺院《きりつぼいん》が御大病というほどではありませんけれど、お加減のすぐれないことが多く、時々御病状がお悪くなられますので、源氏の君はいっそうお心の休まる暇もないのでした。それでも御息所が、自分を薄情者だと思いきめておしまいになるのもおいたわしいし、世間の人の耳にも、いかにも自分が薄情者だと伝わるだろうことも、心外だとお思いになって、野の宮へお出かけになりました。

　その日は九月の七日頃でしたので、源氏の君は伊勢下向《げこう》の日ももうすでに今日明日に迫っていると思われ、おあ

物《もの》ながら、いとあまり埋《うも》れいたきを、物越《ご》しばかりの対面《たいめ》はと、人知《ひとし》れず待《ま》ちきこえたまひけり。

はるけき野辺《のべ》を分《わ》け入《い》りたまふより、いとものあはれなり。秋《あき》の花《はな》みなおとろへ《え》つつ、浅茅《あさじ》が原《はら》もかれがれなる虫《むし》の音《ね》に、松風《まつかぜ》すごく吹《ふ》きあはせ《わ》て、そのこととも聞《き》きわかれぬほどに、物《もの》の音《ね》ども絶《た》え絶《だ》え聞《き》こえたる、いと艶《えん》なり。

せりになります。御息所のほうでも何かとお気持があわただしい折でした。源氏の君からは、「ほんの少しでも、お目にかかりたい」と、たびたびお手紙がありましたので、御息所はどうしたものかとお迷いになります。あまり引っ込み思案がすぎても風情がなさすぎると思われ、物越しの御対面だけならと、人知れずお待ち申し上げていたのでした。

はるばると広い嵯峨野《さがの》に草を分けてお入りになりますと、しみじみとものあわれな風情が漂っています。秋の花はみなしおれて、浅茅《あさじ》が原《はら》も枯れ枯れに淋しく、弱々しくすだく虫の音に、松風が淋しく吹き添えて、何の曲とも

ものはかなげなる小柴垣《こしばがき》を大垣《おおがき》にて、板屋《いたや》どもあたりあたりいとかりそめなめり。黒木《くろき》の鳥居《とりい》どもは、さすがに神々《こうごう》しう《しゅう》見《み》わたされて、わづらは《わ》しきけしきなるに、神官《かんづかさ》の者《もの》ども、ここかしこにうちしは《わ》ぶきて、おのがどちものうち言《い》ひ《い》たるけはひ《い》なども、ほかにはさま変《かわ》りて見《み》ゆ。火焼屋《ひたきや》かすかに光《ひか》りて、人《ひと》げ少《すく》なくしめじめとして、ここにもの思《おもわ》はしき人《ひと》の、月日《つきひ》を隔《へだ》て

聞き分けられないほど、かすかな琴の音色《ねいろ》が絶え絶えに伝わってくるのが、言いようもなく優艶《ゆうえん》なのでした。侘《わび》しげな形ばかりの小柴垣《こしばがき》を外囲いにして、中に板屋があちらこちらに見えるのが、ほんの仮普請《かりぶしん》のようでした。黒木の鳥居のいくつかが、さすがに場所柄のせいか神々《こうごう》しく見渡されて、恋のための訪れは気が引けるような雰囲気です。神官たちが、庭のそこ、ここに立っていて、咳払《せきばら》いをしながら、お互いに何か話しあっている気配なども、重々しく感じられて、一般の場所とは変わった雰囲気に見えます。火焼屋《ひたきや》だけにほのかに灯火が光り、人気《ひとけ》が少なくひっそりとしていま

たまへ《え》らむほどを思《おぼ》しやるに、いといみじう《じゆう》あはれ《わ》に心苦《こころぐる》し。月《つき》ごろの積《つ》もりを、つきづきしう聞《しゆうき》こえたまは《わ》むもまばゆきほどになりにければ、榊《さかき》をいささか折《お》りて持《も》たまへ《え》りけるをさし入《い》れて、源氏「変《かわ》らぬ色《いろ》をしるべにてこそ、斎垣《いがき》も越《こ》えはべりにけれ。さも心憂《こころう》く」と聞《き》こえたまへ《え》ば、

神垣《かみがき》はしるしの杉《すぎ》もなきものを

す。ここに憂愁に沈んだ御息所が、長い月日をお過しになってこられたのかと、お思いやりになりますと、源氏の君はたまらないほど切なく、御息所をおいたわしくお思いになるのでした。

幾月にも亘《わた》る御無沙汰を、もっともらしく言い訳しますのも、気恥ずかしいほどになっていますので、源氏の君は榊《さかき》を少し手折《たお》って持っていらっしゃったのを、御簾《みす》の中にさし入れて、

「この榊の葉の色のように、変わらぬ心に導かれて、神の斎垣《いがき》も越えて参りました。それなのに、なんと冷たいお扱いでしょうか」とおっしゃいますと、

神垣はしるしの杉もなきものを

いかにまがへ《え》て折《お》れる榊《さかき》ぞ

と聞《き》こえたまへ《え》ば、

乙女子《おとめご》があたりと思へ《おもえ》ば榊葉《さかきば》の

香《か》をなつかしみとめてこそ折《お》れ

おほ《お》かたのけはひ《い》わづらは《わ》しけれど、御簾《みす》ばかりはひき着《き》て、長押《なげし》におしかかりてゐ《い》たまへ《え》り。

女《おんな》もえ心強《こころづよ》からず、なごりあは《わ》れにてながめたまふ《う》。ほの見《み》たてまつりたまへ《え》る月影《つきかげ》の御容貌《おんかたち》、なほ《お》とまれる匂《にお》

いかにまがへて折れる榊ぞ

（野の宮の神垣には、人を導く目じるしの、杉の木もないのに、どうまちがえて、折られた榊なのか）

と御息所はお答えになります。

源氏の君は、

乙女子《おとめご》があたりと思へば榊葉の

香《か》をなつかしみとめてこそ折れ

（神にお仕えする、清い乙女のいるあたりと、思えばこそ、榊葉の香がなつかしく、探して折ってきたもの）

と、おっしゃって、あたり一帯の神域らしい雰囲気に憚《はばか》られますけれど、それでも御簾をひきかぶるようにして、半身を内へお入れになり、長押《なげし》に寄りかかっていらっしゃいます。

ひ《い》など、若《わか》き人々《ひとびと》は身《み》にしめて、過《あやま》ちもしつべくめできこゆ。女房「いかばかりの道《みち》にてか、かかる御《おん》ありさまを見捨《みす》てては、別《わか》れきこえん」と、あいなく涙《なみだ》ぐみあへ《え》り。

院《いん》の御《おん》なやみ、神無月《かむなづき》になりては、いと重《おも》くおはします。世《よ》の中《なか》に惜《お》しみきこえぬ人《ひと》なし。内裏《うち》にも思《おぼ》し嘆《なげ》きて行幸《ぎょうごう》あり。弱《よわ》き御《み》心地《ここち》にも、春宮《とうぐう》の御《おん》事《こと》を、かへ《え》すがへ《え》す聞《き》こえさせたまひ《い》

御息所も、とうてい気強く堪えてはいらっしゃれず、源氏の君の立ち去られた後、名残惜しさに我を忘れ悲しみに放心していらっしゃいます。月影の中に、ほのかに浮かんでいたお姿や、まだあたりに漂っている残り香などを、若い女房たちは身にしみじみと慕わしく感じながら、たしなみも忘れ、はしたないことでも仕出かしかねないほどお讃《ほ》めしています。「どんなに大切な御旅行といっても、あんなにすばらしいお方をお見捨てして、お別れすることなどできるでしょうか」と言っては、わけもなく誰も涙ぐんでいます。

桐壺院の御病気が、十月に入ってか

て、次《つぎ》には大将《だいしょう》の御事《おんこと》、院「はべりつる世《よ》に変《かわ》らず、大小《だいしょう》のことを隔《へだ》てず何《なに》ごとも御後見《おんうしろみ》と思《おぼ》せ。齢《よわい》のほどよりは、世《よ》をまつりごたむにも、をさをさ憚《はばか》りあるまじう《じゅう》なむ見《み》たまふ《う》る。かならず世《よ》の中《なか》たもつべき相《そう》ある人《ひと》なり。さるによりて、わづらは《わ》しさに、親王《みこ》にもなさず、ただ人《うど》にて、朝廷《おおやけ》の御後《おんうしろ》見《み》をせさせむと思ひ《おもい》たまへ《え》しなり。その心違へ《こころたがえ》させたまふ《う》な」と、あは《わ》れな

らたいそう重くなられました。世をあげてすべての人々が御心痛申し上げております。帝も御心配のあまりお見舞いに行幸《ぎょうこう》あそばされました。院は御衰弱の中からも、東宮《とうぐう》の御ことをくれぐれも帝にお頼みあそばして、次には源氏の君の御ことを、「わたしの在世の時と変わらず、大小にかかわらず隠し隔てをせず、何につけても源氏の大将を御後見とお思いになって下さい。年齢のわりには、政治を執らせても、まず間違いは全くあるまいと思います。必ず世の中を治めてゆける相《そう》のある者です。そういう点からさし障りが多いので、わたしはわざと親王《みこ》にもせず、臣下にして、朝廷の補佐役をさせよう

る御遺言《おんゆいごん》ども多《おお》かりけれど、女《おんな》のまねぶべきことにしあらねば、この片《かた》はしだにかたはらいたし。

帝《みかど》も、いと悲《かな》しと思《おぼ》して、さらに違《たが》へきこえさすまじきよしを、かへ《え》すがへ《え》す聞《き》こえさせたまふ《う》。御容貌《おんかたち》もいときよらにねびまさらせたまへ《え》るを、うれしく頼《たの》もしく見《み》たてまつらせたまふ《う》。限《かぎ》りあれば急《いそ》ぎ帰《かえ》らせたまふ《う》にも、なかなかなること多《おお》くなん。

と考えたのです。そういうわたしの意向をたがえないで下さい」と、しみじみと心を打つ御遺言が多かったのですけれど、政治のことなど女が男の口真似をすることではございませんので、こうしたほんの片端だけでもお話しすることも気がひけます。

帝もたいそう悲しく思し召されて、決してお言葉には背《そむ》かない由を、繰り返しお誓いになります。帝は御容貌もたいそうお美しく、年ごとに御立派におなりあそばすのを、院も嬉しく頼もしく御覧あそばされます。帝の行幸には定まった時間の規則がありますので、急いで還御《かんぎょ》あそばすにつけても、なまじお会いしたばかりに、かえって

大后《おおきさき》も参《まい》りたまは《わ》むとするを、中宮《ちゅうぐう》のかく添《そ》ひ《い》おは《わ》するに御心《みこころ》おかれて、思《おぼ》しやすらふ《う》ほどに、おどろおどろしきさまにもおは《わ》しまさで隠《かく》れさせたまひ《い》ぬ。

宮《みや》は、三条宮《さんじょうのみや》に渡《わた》りたまふ《う》。御迎《おんむか》へ《え》に兵部卿宮《ひょうぶきょうのみや》参《まい》りたまへ《え》り。雪《ゆき》うち散《ち》り風《かぜ》はげしう《しゅう》て、院《いん》の内《うち》やう《よ》やう《よ》人《ひと》目離《めか》れゆきてしめやかなるに、大将殿《だいしょうどの》こなたに参《まい》りたまひ《い》て、古《ふる》き御物語聞《おんものがたりき》

お心残りのことも多いのでした。

弘徽殿《こきでん》の大后《おおきさき》も、お見舞いに上がろうとお思いになりながら、藤壺の中宮がこのようにお付き添いになっていらっしゃるのにこだわられて、ためらっておいでのうちに、院はそれほどひどくお苦しみになることもなくて、おかくれあそばされました。

藤壺の中宮は、三条の里宮にお帰りになります。お迎えに兄宮の兵部卿《ひょうぶきょう》の宮《みや》がいらっしゃいました。その日は雪が降りしきり、風も激しく吹き、院の御所は次第に人影も少なくなり、しんみりしていました。源氏の君も中宮のお部屋に参上なさって、故院の御在世の頃の思い出話をなさいます。

こえたまふ《う》。

御匣殿《みくしげどの》は、二月《きさらぎ》に尚侍《ないしのかみ》になりたまひ《い》ぬ。院《いん》の御思《おんおも》ひ《い》に、やがて尼《あま》になりたまへ《え》るかは《わ》りなりけり。やむごとなくもてなして、人柄《ひとがら》もいとよくおは《わ》すれば、あまた参《まい》り集《あつ》まりたまふ《う》中《なか》にもすぐれて時《とき》めきたまふ《う》。

帝《みかど》は、院《いん》の御遺言《ごゆいごん》たがへ《え》ずあは《わ》れに思《おぼ》したれど、若《わこ》うおは《わ》しますうちにも、御心《みこころ》なよびたる方《かた》に過《す》ぎて、強《つよ》き

あの朧月夜《おぼろづきよ》の御匣殿《みくしげどの》は、二月に尚《ないし》侍《のかみ》におなりになられました。桐壺院の御喪に服して、そのまま尼になられた、前《さき》の尚侍の後任なのでした。朧月夜の尚侍は、いかにも高貴の姫君らしくふるまわれ、お人柄も上品でいらっしゃいますので、たくさんお仕えしていられる女御や更衣方の中でも、帝の御寵愛が格別で、すぐれてときめいていらっしゃいます。

帝は院の御遺言をお守りになり、源氏の君を大切に思っていらっしゃいますけれど、まだお若い上に、御性格がおやさしすぎて、毅然《きぜん》としたところがおありにならないのでしょう。母君の大后や祖父の右大臣が、あれこれと勝

ところおは《わ》しまさぬなるべし、母后《ははきさき》、祖父大臣《おおじおとど》とりどりにしたまふ《う》ことはえ背《そむ》かせたまはず《わ》、世《よ》の政《まつりごと》御心《みこころ》にかなは《わ》ぬや《よ》うなり。

わづらは《わ》しさのみまされど、尚侍《かん》の君《きみ》は、人知《ひとし》れぬ御心《みこころ》し通《かよ》へば、わりなくてもおぼつかなくはあらず。

かや《よ》うのことにつけても、もて離《はな》れつれなき人《ひと》の御心《みこころ》を、かつはめでたしと思《おもい》ひきこえたまふ《う》ものから、わが心《こころ》

手にお計らいなさることに、反対なさることが出来ず、天下の政治も帝の御自由にはならないようです。

世の中は次第に源氏の君にとって、不愉快なことばかりが多くなってくるのですが、朧月夜の尚侍《かん》の君《きみ》とは、ひそかにお心を通わしていらっしゃるので、無理な首尾をなさりつつも長く、途絶えるようなことはありません。

こうしたことがあるにつけても、自分を寄せつけずどこまでも冷たくなさる藤壺の中宮のお心を、源氏の君はお心の一方では御立派だと感心なさるのでした。けれどもまた、一方の身勝手な気持からすれば、やはり辛く、恨めしくお思いになることが多いのです。

の引《ひ》く方《かた》にては、なほ《お》つら《ろ》う心憂《こころう》しとおぼえたまふ《う》をり多《おお》かり。内裏《うち》に参《まい》りたまは《わ》んことはうひ《い》うひ《い》しくところせく思《おぼ》しなりて、春宮《とうぐう》を見《み》たてまつりたまは《わ》ぬをおぼつかなく思《おも》ほえたまふ《う》。

また頼《たの》もしき人《ひと》ものしたまは《わ》ねば、ただこの大将《だいしょう》の君《きみ》をぞよろづに頼《たの》みきこえたまへ《え》るに、なほ《お》このにくき御心《みこころ》のやまぬに、ともすれば御胸《おんむね》をつ

藤壺の中宮は、この頃宮中に参られるのは、お若い時はじめて入内《じゅだい》された頃のように面映《おもは》ゆく、気づまりのようにお感じになられて、つい参内《さんだい》を怠《おこた》り、久しく東宮にお目にかからないことを、気がかりにも心許《こころもと》なくもお思いになっていらっしゃいます。

ほかに頼りにされる方もいらっしゃらないので、ひたすら源氏の君だけを、何かにつけて頼りになさいます。けれども、源氏の君のほうではまだあの困った御執心が消えてはいらっしゃらないので、中宮は、ともすればお胸のつぶれる思いをなさることがあるのです。

故院が、少しもこの秘密をお気づき

ぶしたまひ《い》つつ、いささかも気色《けしき》を御《ご》覧《らん》じ知《し》らずなりにしを思ふ《おもう》だにいと恐《おそ》ろしきに、今《いま》さらにまたさることの聞《き》こえありて、わが身《み》はさるものにて、春宮《とうぐう》の御《おん》ためにかならずよからぬこと出《い》で来《き》なんと思《おぼ》すに、いと恐《おそ》ろしければ、御祈禱《おんいのり》をさへ《え》せさせて、このこと思ひ《おもい》やませたてまつらむと、思《おぼ》しいたらぬことなくのがれたまふ《う》を、いかなるをりにかありけん、あさましう《しゅう》て近《ちか》

にならないまま、お亡くなりになられたことを思うのさえ、空恐ろしいのに、今さらまた、ふたりの間にそうした噂が立ったなら、自分の身はどうなってもいいとして、東宮のおために、きっと不吉なことが起こるだろうと御心配になります。もし、そうなればほんとうに恐ろしいので、御祈禱《ごきとう》までおさせになって、源氏の君にこの恋を思いあきらめていただこうとして、思いつく限りの手を尽くして、お避けになっていらっしゃいました。それなのに、どうした折をとらえられたものか、思いもかけず、源氏の君は中宮のお側近くまで忍んでいらっしゃったのでした。

づき参《まい》りたまへ《え》り。心深《こころふか》くたばかりたまひ《い》けんことを知《し》る人《ひと》なかりければ、夢《ゆめ》のやう《よ》にぞありける。

まねぶべきやう《よ》なく聞《き》こえつづけたまへ《え》ど、宮《みや》いとこよなくもて離《はな》れきこえたまひ《い》て、はてはては御胸《おんむね》をいた《と》うなやみたまへ《え》ば、近《ちこ》うさぶらひ《い》つる命《みよう》婦《ぶ》、弁《べん》などぞ、あさましう《しゅう》見《み》たてまつりあつかふ《う》。男《おとこ》は、うしつらしと思《おも》ひ《い》

慎重に御計画なさってのことなので、それに気づいた女房もいなくて、はかない逢瀬をただ夢のようにお思いになります。

源氏の君は、筆には書きつくせないほど、切々と思いのたけをお訴えになりますけれど、中宮はいよいよこの上もなく冷たくおあしらいになり、しまいにはお胸がたいそうさしこまれ、たまらなくお苦しみになられました。お側近くにひかえていた王命婦《おうみようぶ》や弁《べん》などが、いたましさに驚きあわてて御介抱申し上げます。

源氏の君は、あまりな中宮のつれなさを、情けなく恨めしいと、限りなくお嘆きになるにつれ、過去も未来も、

きこえたまふ《う》こと限《かぎ》りなきに、来《き》し方《かた》行《ゆ》く先《さき》かきくらす心地《ここち》して、うつし心《ごころ》失《う》せにければ、明《あ》けはてにけれど出《い》でたまは《わ》ずなりぬ。

世《よ》の中《なか》をいたう《と》思《おぼ》しなやめる気色《けしき》にて、のどかにながめ入《い》りたまへ《え》る、いみじう《じゅう》ら《ろ》うたげなり。髪《かん》ざし、頭《かしら》つき、御髪《みぐし》のかかりたるさま、限《かぎ》りなきにほ《お》は《わ》しさなど、ただかの対《たい》の姫君《ひめぎみ》に違《たが》ふ《う》ところなし。年《とし》ごろすこし思《おも》ひ《い》忘《わす》

ただもう真っ暗になったような気持がして、理性も失われてしまわれましたので、夜もすっかり明けきったのに、そのお部屋からお出になろうともなさいません。

源氏の君との仲を、たいそう思い悩まれる御様子で、ひっそりと物思いに沈んでいらっしゃるお姿が、とても痛々しく見えます。お髪《ぐし》の生え際や、頭のかたち、肩や背に黒髪がふりかかった御様子や、この上もない匂いやかなお美しさなど、ただもう、あの西の対の紫の上と、そっくりなのでした。ここ何年かは、少しは中宮への切ない思いを紫の上でまぎらし忘れていらっしゃったのですけれど、呆《あき》れるばかり

れたまへ《え》りつるを、あさましきまでおぼえたまへ《え》るかなと見たまふ《う》ままに、すこしもの思《おもい》ひのはるけどころある心《ここ》地《ち》したまふ《う》。

宮《みや》も、そのなごり例《れい》にもおは《わ》しまさず。か《こ》うことさらめきて籠《こも》りゐ《い》、おとづれたまは《わ》ぬを、命婦《みょうぶ》などはいとほ《お》しがりきこゆ。宮《みや》も、春宮《とうぐう》の御《おん》ためを思《おぼ》すには、御心《みこころ》おきたまは《わ》むことといとほ《お》しく、世《よ》をあぢきなきものに思《おもい》ひなり

お二人がよく似ていらっしゃるのを御覧になるにつけても、源氏の君は、あの紫の上がいらっしゃるのが、少しは物思いを晴らすよすがになるようなお気持がなさいます。

藤壺の中宮も、あの夜のお悩みが後をひいて、御気分がすぐれません。源氏の君がこうわざとらしく引き籠られ、お便りもなさらないのを、王命婦などは、お気の毒に存じ上げています。中宮も東宮のおためをお考えになりますと、源氏の君とお心を隔てるようになっては不都合だし、それが原因で源氏の君がこの世を厭《いと》わしく味気なく思われて、一途に出家をなさるようなことがあってはと、さすがに心苦し

たまはば、ひたみちに思《おぼ》し立《た》つこともや、とさすがに苦《くる》しう思《しゅうおぼ》さるべし。かかること絶《た》えずは、いとどしき世《よ》にうき名《な》さへ漏《え》り出《い》でなむ、大后《おおきさき》のあるまじきことにのたまふなる位《くらい》をも去《さ》りなん、とやうやう思《よよおぼ》しなる。宮《みや》はいみじううつくしうおとなびたまひて、めづらしううれしと思《じゅうしゅうおぼ》して睦《むつ》れきこえたまふを、かなしと見《みう》たてまつりたまふにも、思《うおぼ》し立《た》つ筋《すじ》はいと難《かた》

く御案じなさいます。

けれどもまた、源氏の君とのこうした関係がつづくなら、ただでさえうるさい世間に、いやな浮き名まで漏れ流されることになりかねないだろう。いつそのこと、弘徽殿の大后がけしからぬことだと怒っていらっしゃる中宮の位もこの際自分から降りてしまおうかと、しだいにお心を固めていらっしゃるのでした。

東宮はたいそう可愛らしく御成長あそばして、母君の御参内を珍しくも嬉しくもお思いになられて、まつわりついていらっしゃるのを、つくづくいとしくお思いになるにつけても、御出家のお覚悟は遂げられそうにも思われま

けれど、内裏《うち》わたりを見たまふにつけても、世《よ》のありさまあはれ《わ》にはかなく、移《うつ》り変《かわ》ることのみ多《おお》かり。大将《だいしょう》の君《きみ》は、宮《みや》をいと恋《こいし》う思《おも》ひきこえたまへ《え》ど、あさましき御心《みこころ》のほどを、時々《ときどき》は思《おも》ひ知《し》るさまにも見《み》せたてまつらむと念《ねん》じつつ過《す》ぐしたまふ《う》に、人《ひと》わろくつれづれに思《おぼ》さるれば、秋《あき》の野《の》も見《み》たまひがてら、雲林院《うりんいん》に詣《もう》でたまへ《え》り。故母御息所《こははみやすんどころ》の御兄弟《おんしょうと》の律師《りっし》の

せん。それでも宮中の様子を何かと御覧なさるにつけて、世の有り様がはかなく悲しく、何事も移り変わることばかりが多いのにお気づきになります。

源氏の君は、東宮をたいそう恋しく思ってはいらっしゃいますけれど、藤壺の中宮のあまりといえば情《つれ》ない冷淡さを、時々は、中宮御自身にも思い悟らせてさし上げようと、東宮にお逢いしたいのをつとめて我慢なさりながら過していらっしゃいます。

そんなふうで、人の手前も見苦しいほど、何事にも手がおつきになれないので、秋の野の風景を御覧になりがてら、雲林院《うりんいん》に御参詣になりました。亡き御母桐壺の御息所の御兄の律師《りっし》が、

籠《こも》りたまへ《え》る坊《ぼう》にて、法文《ほうもん》など読《よ》み、行《おこな》ひせむと思《おぼ》して、二三日《ふつかみか》おはす《わ》るに、あはれ《わ》なること多《おお》かり。

女君《おんなぎみ》は、日《ひ》ごろのほどに、ねびまさりたまへ《え》る心地《ここち》して、いといたうしづまりたまひて《い》、世《よ》の中《なか》いかがあらむと思《おもえ》へる気色《けしき》の、心苦《こころぐる》しう《しゅう》あはれ《わ》におぼえたまへ《え》ば、あいなき心《こころ》のさまざま乱《みだ》るるやしるからむ、「色《いろ》かはる《わ》」とありしもらうた《ろ》うおぼえて、常《つね》よりこ

お籠りになっておられる僧坊で、経典などを読み、勤行《ごんぎょう》をしようとお思いになり、二、三日御逗留《とうりゅう》なさる間にも、お心に深く感じ入られることが多いのでした。

二条の院の紫の上は、しばらく見ない間に、いっそう美しく大人になられた感じがして、たいそうしっとりと落ち着いていらっしゃり、源氏の君との仲はこの先どうなっていくのだろうとお案じになられる御様子が、可哀そうにも、いとしくもお思いになられます。道ならぬ恋に思い乱れる自分の心が、はっきり女君にはわかるのだろうか、「色かはる」と歌に怨じてこられたことも可愛く思いだされて、いつも

と語《かた》らひきこえたまふ《い》。

中宮《ちゆうぐう》は、院《いん》の御《おん》はてのことにうちつづき、御八講《みはこう》のいそぎをさまざまに心《こころ》づかひせさせたまひけり《い》。霜月《しもつき》の朔日《ついたち》ごろ、御国忌《みこき》なるに雪《ゆき》いたう降《ふ》りたり。大将殿《だいしようどの》より宮《みや》に聞《き》こえたまふ《う》。

十二月十余日《しわすとおかあまり》ばかり、中宮《ちゆうぐう》の御八講《みはこう》なり。いみじう尊《じゆうとうと》し。

初《はじめ》の日《ひ》は先帝《せんだい》の御料《ごりよう》、次《つぎ》の日《ひ》は母后《ははきさき》の御《おん》ため、またの日《ひ》は院《いん》の御料《ごりよう》、五巻《いつまき》

よりこまやかに、やさしくお話しなさるのでした。

藤壺の中宮は、故桐壺院の一周忌の御法要に引きつづいて、法華八講《ほつけはつこう》の御準備を、あれこれとお心づかいあそばすのでした。十一月の初めころ、故院の御命日の御国忌《みこき》の日には、雪がたいそう降りました。源氏の君から中宮にお手紙をさし上げます。

十二月十余日ごろ、中宮の御八講《みはつこう》が催されます。それはこれ以上ない荘厳《そうごん》さでございました。

初日は、中宮の父帝の御供養、第二日は母后の御ため、翌第三日は桐壺院の御追善。この日が法華経の第五巻を講ずる大切な日なので、上達部《かんだちめ》なども

の日《ひ》なれば、上達部《かんだちめ》なども、世《よ》のつつましさをえしも憚《はばか》りたまはで、いとあまた参《まい》りたまへ《え》り。最終《はて》の日《ひ》、わが御事《おんこと》を結願《けちがん》にて、世《よ》を背《そむ》きたまふ《う》よし仏《ほとけ》に申《もう》させたまふ《う》に、みな人々驚《ひとびとおどろ》きたまひ《い》ぬ。兵部卿《ひょうぶきょうの》宮《みや》、大将《だいしょう》の御心《みこころ》も動《うご》きて、あさましと思《おぼ》す。親王《みこ》は、なかばのほどに、立《た》ちて入《い》りたまひ《い》ぬ。心強《こころづよ》う思《おぼ》し立《た》つさまをのたまひ《い》て、果《は》つるほどに、山《やま》の座《ざ》

右大臣家へ気がねばかりもしていらっしゃれないで、まことに大勢の方々が参列なさいました。

　最後の日は、中宮御自身の祈願と立《りっ》願《がん》をなさり、御落飾《らくしょく》あそばすよしを、導師《どうし》の僧から御仏に申し上げました。それを聞いた人々は、誰も彼も驚愕《きょうがく》いたしました。兵部卿の宮や源氏の君の御心も動転なさり、これは一体どうしたことかと茫然自失なさいます。

　兵部卿の宮は、御法会の中途で座をお立ちになり、御簾《みす》のうちの中宮の御座所へお入りになりました。中宮は、固い御決意のほどを心強くお告げになられて、法要が終る頃に、比叡山のお座主《ざす》をお召しになられて、戒《かい》をお受け

主召《すめ》して、忌《い》むこと受《う》けたまふ《う》べきよしのたまは《わ》す。御《おん》をぢの横川《よかわ》の僧都《そうず》近《ちこ》う参《まい》りたまひ《い》て御髪《みぐし》おろしたまふ《う》ほどに、宮《みや》の内《うち》ゆすりてゆゆしう《しゅう》泣《な》きみちたり。

や《よ》うや《よ》う人静《ひとしず》まりて、女房《にようぼう》ども、鼻《はな》うちかみつつ、所《ところ》どころに群《む》れゐ《い》たり。月《つき》は隈《くま》なきに、雪《ゆき》の光《ひか》りあひ《い》たる庭《にわ》のありさまも、昔《むかし》のこと思《おも》ひ《い》やらるるに、いとたへ《え》がたう《と》思《おぼ》さるれど、い

になる由を仰せられました。

御伯父君の横川《よかわ》の僧都《そうず》が、お側近く参って、お髪《ぐし》をお削《そ》ぎになる時には、御殿のうちがどよめいて、不吉なまでに泣き声が満ちわたりました。

ようやく人の気配も静まって、女房たちが、鼻をかみながら、あちこちに群れ集まっています。折から月は隈《くま》無く照り渡り、月光が雪に照り映えている庭の景色を御覧になりましても、故院御在世の昔のことが偲《しの》ばれますので、源氏の君はたまらなく悲しくお思いになります。強いて何とかお心をお鎮めになって、「いったい、どのようにお考えあそばして、こうも急な御発《ごほっ》心《しん》を」と申し上げます。

とよう思《おぼ》ししづめて、源氏「いかや《よ》うに思《おぼ》し立《た》たせたまひ《い》て、か《こ》うには《わ》かには」と聞《き》こえたまふ《う》。藤壺「今《いま》はじめて思ひ《おもい》たまふ《う》ることにもあらぬを。もの騒《さわ》がしきや《よ》うなりつれば、心乱《こころみだ》れぬべく」など、例《れい》の命婦《みょうぶ》して聞《き》こえたまふ《う》。

参《まい》りたまふ《う》も、今《いま》はつつましさ薄《うす》らぎて、御《おん》みづから聞《き》こえたまふ《う》をりもありけり。思ひ《おもい》しめてしことは、さら

中宮は、「今はじめて思い立ったことでもございませんけれど、事前に発表すれば人々が騒ぎだしそうな様子でしたから、つい、覚悟もゆらぎはしないかと思って」などと、いつものように王命婦を通して仰せられます。

御出家の後は、源氏の君が尼宮のお邸に参上しても、御遠慮が薄らぎましたので、取り次ぎなしに尼宮御自身でお返事あそばす時もあるのでした。お心に深く秘めた恋は、決して消えはしませんけれど、御出家の後では以前にもまして、あってはならないことなのでした。

春の司召《つかさめ》しの頃になりました。ところがこの三条の宮にお仕えする人たち

に御心《みこころ》に離《はな》れねど、ましてあるまじきことなりかし。司召《つかさめし》のころ、この宮《みや》の人《ひと》は賜《たまわ》るべき官《つかさ》も得《え》ず、おほかたの道理《どうり》にても、宮《みや》の御賜《おんたまわ》りにても、かならずあるべき加《か》階《かい》などをだにせずなどして、嘆《なげ》くたぐひ《い》いと多《おお》かり。

大将《だいしょう》も、しか見《み》たてまつりたまひ《い》て、ことわりに思《おぼ》す。この殿《との》の人《ひと》どもも、また同《おな》じさまにからきことのみあ

は、当然いただける筈《はず》の官職も与えられず、普通の筋道から申しましても、また、中宮の年給としても、必ずある筈の位階昇進などさえ見過されたりして、がっかりして嘆く者がたくさんいたのでした。

源氏の大将も、尼宮のお心のうちを、充分拝察なさいまして、ごもっともなこととお考えになります。源氏の君のお邸に仕える人々も、中宮家の人々と同様に、辛い待遇ばかりを受けておりますので、源氏の君は世の中に嫌気がさし、近頃ではすっかり引き籠っていらっしゃいます。

左大臣も、公私ともに打って変わった世の有り様に、お気をふさがれて、

れば、世《よ》の中《なか》はしたなく思《おぼ》されて籠《こも》りおは《わ》す。

左大臣《さだいじん》も、公《おおやけ》私《わたくし》ひきかへ《え》たる世《よ》のありさまに、ものうく思《おぼ》して、致仕《ちじ》の表《ひょう》たてまつりたまふ《う》を、帝《みかど》は、故院《こいん》のやむごとなく重《おも》き御後見《おんうしろみ》と思《おぼ》して、長《なが》き世《よ》のかためと聞《き》こえおきたまひ《い》し御遺言《ごゆいごん》を思《おぼ》しめすに、捨《す》てがたきものに思ひ《おもい》きこえたまへ《え》るに、かひ《い》なきことと、たびたび用ゐ《もちい》させたまは《わ》ねど、

辞職の表をお出しになりましたが、帝は故院が、この左大臣を格別に大事な御後見と思し召されて、末長く国家の柱石《ちゅうせき》にするようにと御遺言あそばしましたことをお考えになりますと、手放しがたくお思いになられます。とても辞職など許すことは出来ないと、度々の申し出もお取りあげにはなりませんでした。それを左大臣は、強いて御辞退申し上げて、とうとう御引退になられたのでした。

その頃、朧月夜の尚侍《かん》の君は、宮中からお里に退出なさいました。瘧病《わらわやみ》を長くお悩みでしたので、呪《まじな》いなどをお里で気楽になさりたいおつもりなのでした。加持祈禱をはじめて、快方に

せめてかへ《え》さひ《い》申《もう》したまひ《い》て、籠《こも》りゐ《い》たまひ《い》ぬ。

そのころ尚侍《かん》の君《きみ》まかでたまへ《え》り。瘧病《わらわやみ》に久《ひさ》しう《しゅう》なやみたまひ《い》て、まじなひ《い》なども心《こころ》やすくせんとてなりけり。修法《ずほう》などはじめて、おこたりたまひ《い》ぬれば、誰《たれ》も誰《たれ》もうれしう《しゅう》思《おぼ》すに、例《れい》のめづらしき隙《ひま》なるをと、聞《き》こえかはしたまひ《い》て、わりなきさまにて夜《よ》な夜《よ》な対面《たいめ》したまふ《う》。いと盛《さか》りに、にぎはは《わわ》

向かわれましたので、右大臣家では誰も誰もほっとなさり喜んでいる折から、例によって、これはめったにない機会だからと、源氏の君とおふたり、しめし合わされて、無理な算段をつけ、夜毎夜毎に忍び逢いをなさいます。

尚侍の君は今まさに盛りのお年頃で、もともと豊満で華やかな感じのお方なのに、少し病におやつれになり、ほっそりとなさった御様子が何とも言えず、男心をそそる風情がおありでした。

姉君の弘徽殿の大后《おおきさき》も、同じ右大臣邸にお里帰りしていらっしゃる時でしたので、密会が見つかればとても恐ろ

しきけはひしたまへる人《ひと》の、すこしうちなやみて痩《や》せ痩《や》せになりたまへるほど、いとをかしげなり。

后《きさい》の宮《みや》も一所《ひとところ》におはするころなれば、けはひいと恐《おそ》ろしけれど、かかることしもまさる御癖《おんくせ》なれば、いと忍《しの》びて度重《たびかさ》なりゆけば、気色《けしき》見る人々《ひとびと》もあるべかめれど、わづらはしうて、宮《みや》にはさなむとは啓《けい》せず。

大臣《おとど》はた思《おも》ひかけたまはぬに、雨《あめ》に

しい筈ですけれど、源氏の君はこのような無理な逢瀬ほど、かえって情熱がつのる困ったお心癖なのです。こっそりと忍んで度々逢瀬を重ねていましたので、それとさとった女房たちもあるようですが、面倒にかかわりたくないので、誰も大后にはこのことを内緒にして、申し上げません。

右大臣はなおさら、夢にも御存じないことなのでした。そんなある夜、雨がにわかに恐ろしい勢いで降りつづけ、雷もはげしく鳴り騒いだ夜明け方、右大臣家の御子息たちや、宮司《みやづかさ》たちなどが立ち騒いで右往左往しますので、人目も多く、女房たちは怖《お》じ恐れてあわてふためき、尚侍の君のお側近

はかにおどろおどろしう降《ふ》りて、雷《かみ》いたう鳴《な》りさわぐ暁《あかつき》に、殿《との》の君達《きんだち》、宮司《みやづかさ》など立《た》ちさわぎて、こなたかなたの人目《ひとめ》しげく、女房《にようぼう》どもも怖《お》ぢまどひて近《ちこ》う集《つど》ひまゐ《い》るに、いとわりなく出《い》でたまはん《わ》方《かた》なくて、明《あ》けはてぬ。御帳《みちよう》のめぐりにも、人々《ひとびと》しげく並《な》みゐ《い》たれば、いと胸《むね》つぶらは《わ》しく思《おぼ》さる。心知《こころし》りの人二人《ひとふたり》ばかり、心《こころ》をまどはす《わ》。雷鳴《かみな》りやみ、雨《あめ》すこしをやみぬるほ

くに集まってきました。源氏の君は尚侍の君の御帳台の中に閉じこもったまま、お帰りになる方法もないまま、たいそう困りはてているうち、すっかり夜が明けはなれてしまいました。御帳台のまわりにも、女房たちが大勢つめかけていますので、源氏の君はほんとうに胸もつぶれそうな思いがしています。事情を知っている女房が二人いて、これもただおろおろするばかりです。

そのうち、ようやく雷がやみ、雨も少しおさまってきた頃、右大臣がこちらへお越しになりました。まず、大后のお部屋へお見舞いにいらっしゃったのを、俄《にわ》か雨の音に紛れて尚侍の君は

どに、大臣渡《おとどわた》りたまひて、まづ宮《みや》の御《おん》方《かた》におはし《わ》けるを、村雨《むらさめ》の紛《まぎ》れにて、え知《し》りたまはぬに、軽《かろ》らかにふと這《はい》ひ入《い》りたまひて、御簾《みす》ひき上《あ》げたまふさま《う》に、右大臣「いかにぞ。いとうたてありつる夜《よ》のさまに思《おもい》ひやりきこえながら参《まい》り来《こ》でなむ。中将《ちゆうじよう》、宮《みや》の亮《すけ》などさぶらひつや」などのたまふけはひ《い》《う》の舌疾《したど》にあはつ《わ》けきを、大将《だいしよう》はものの紛《まぎ》れにも、左大臣《さだいじん》の御《おん》ありさま、ふと

お気付きになれませんでした。右大臣は無造作にすっと尚侍の君のお部屋へお入りになって、御簾をお引き上げになるなり、

「いかがでしたか。なにしろすさまじい昨夜の天気に、どうしていらっしゃるかとお案じはしていたのですが、お見舞いにも伺えなかった。中将の君や宮の亮《すけ》などは、お側にいましたか」などとおっしゃる様子が、早口で落ち着きがないのを、源氏の君は、こんな密会のあわただしいさ中にも、左大臣の態度とふと比較なさって、ひどいちがいだと、思わず苦笑いなさいます。ほんとうに、お部屋にすっかりお入りになってから、おっしゃればおよろしい

思《おぼ》しくらべられて、たとしへ《え》な《の》うぞほほ笑《え》まれたまふ《う》。げに入《い》りはててものたまへ《え》かしな。

尚侍《かん》の君《きみ》いとわびしう《しゅう》思《おぼ》されて、やをらゐ《い》ざり出《い》でたまふ《う》に、面《おもて》のいた《と》う赤《あか》みたるを、なほ《お》なやましう《しゅう》思《おぼ》さるるにやと見《み》たまひ《い》て、右大臣「など御気《みけ》色《しき》の例《れい》ならぬ。物《もの》の怪《け》などのむつかしきを。修法《ずほう》延《の》べさすべかりけり」とのたまふ《う》に、薄二藍《うすふたあい》なる帯《おび》の御衣《おんぞ》にまつ

のに。

　尚侍の君はほとほとお困りになって、御帳台からそっとにじり出ていらっしゃいました。そのお顔がたいそう赫《あか》くなっていらっしゃるのを、まだ御気分がお悪いのかと、右大臣は御覧になって、「どうしてお顔色がいつものようでなく、そんなに赫いのでしょう。物《もの》の怪《け》などが憑《つ》いていると厄介だから、修法《ずほう》を続けさせるべきでしたね」とおっしゃりながら、ふと、目をやると薄二藍《うすふたあい》の男帯が、尚侍の君のお召物の裾にまつわって、御帳台から引き出されているではありませんか。これはあやしいとお思いになった上に、畳紙《たとうがみ》に何か手習いを書きつけたもの

はれて引《ひ》き出《い》でられたるを見《み》つけたまひてあやしと思《おぼ》すに、また畳紙《たとうがみ》の手習《てならい》などしたる、御几帳《みきちよう》のもとに落《お》ちたりけり。これはいかなる物《もの》どもぞと御心《みこころ》おどろかれて、右大臣「かれは誰《たれ》かぞ。けしき異《こと》なる物《もの》のさまかな。たまへ《え》。それ取《と》りて誰《たれ》がぞと見《み》はべらむ」とのたまふにぞ、うち見返《みかえ》りて、我《われ》も見《み》つけたまへ《え》る。紛《まぎ》らはす《わ》べき方《かた》もなければ、いかが

が、御几帳《みきちよう》の下に落ちているのを見つけました。

これは一体どうしたわけかと、お心も動転なさって、「それは誰のものです。見慣れないあやしい物ですね。こちらへお渡しなさい。それを見て誰の物か調べてやろう」とおっしゃるので、尚侍の君も、はっとふり返って、御自分も畳紙を見つけられました。

もう、どうとりつくろいようもないことなので、何とお答えが出来ましょう。度を失って茫然としていらっしゃるのを、わが子ながら、さぞ恥ずかしくて身の置きどころもないようにお思いだろうと、お察しして御遠慮なさるのが、右大臣ほどのお立場の人なら、

は答《いらえ》へきこえたまは《わ》む、我《われ》にもあらでおは《わ》するを、子《こ》ながらも恥《は》づかしと思《おぼ》すらむかしとさばかりの人《ひと》は思《おぼ》し憚《はばか》るべきぞかし。されどいと急《きゅう》に、のどめたるところおは《わ》せぬ大臣《おとど》の、思《おぼ》しもまは《わ》さずなりて、畳紙《たとうがみ》を取《と》りたまふ《う》ままに、几帳《きちょう》より見入《みい》れたまへ《え》るに、いとした《と》うなよびて、つつましからず添《そ》ひ《い》臥《ふ》したる男《おとこ》もあり。今《いま》ぞやをら顔《かお》ひき隠《かく》して、とか《こ》う紛《まぎ》らは《わ》す。あさましう《しゅう》

当然のことでしょう。ところが、日頃たいそう短気で寛大なところがおありでない大臣なので、前後の分別も失われて、畳紙をわしづかみにされるなり、御帳台の中をいきなりお覗《のぞ》きになりました。中には何とも言えず色っぽい様子で、臆面もなく横になっている男がいます。今になって、男はそっと顔をおし隠して、何とか身を隠そうととりつくろっています。右大臣はあまりのことに呆れはてて、腹も立つし、いまいましくてやりきれないものの、面と向かっては、どうしてそれが源氏の君だとあばきたてられましょう。目の前も真っ暗になる気持がして、この畳紙を手に掴《つか》んだまま、寝殿にお引き

めざましう《しゅう》心《こころ》やましけれど、直面《ひたおもて》には
いかでかはあらは《わ》したまは《わ》む。目《め》もくるる心地《ここち》すれば、この畳紙《たとうがみ》を取《と》りて、寝殿《しんでん》に渡《わた》りたまひ《い》ぬ。
尚侍《かん》の君《きみ》は、我《われ》かの心地《ここち》して死《し》ぬべく思《おぼ》さる。大将殿《だいしょうどの》も、いとほしう《おしゅう》、つひ《い》に用《よう》なきふるまひ《い》の積《つ》もりて、人《ひと》のもどきを負《お》は《わ》むとすることと思《おぼ》せど、女君《おんなぎみ》の心苦《こころぐる》しき御気色《みけしき》をとかく慰《なぐさ》めきこえたまふ《う》。

あげになりました。

　尚侍《かん》の君は、正気も失くされたような気持で、死ぬほどの思いでいらっしゃいます。源氏の君も、そんな尚侍の君が可哀そうでならず、とうとう軽率な振舞いが重なって、世間の非難を浴びることになったかとお思いになりながら、女君のいたいたしそうな御様子を、しきりに何かと慰めておあげになります。

　右大臣は直情径行《ちょくじょうけいこう》で、何事も胸に収めておけない御性分の上に、老いのひがみさえこの頃はとみに加わっておいでなので、何をためらわれることがありましょう。何もかもずけずけと、大后にすっかりお訴えになってしまい

大臣《おとど》は、思《おも》ひのままに、籠《こ》めたるところおは《わ》せぬ本性《ほんじょう》に、いとど老《おい》の御《おん》ひがみさへ《え》添《そ》ひ《い》たまひ《い》にたれば、何《なに》ごとにかはとどこほ《お》りたまは《わ》ん、ゆくゆくと宮《みや》にも愁《うれえ》へきこえたまふ《う》。右大臣「さは《わ》れ、しばしこのこと漏《も》らしはべらじ。内裏《うち》にも奏《そう》せさせたまふ《う》な。かくのごと罪《つみ》はべりとも、思《おぼ》し捨《す》つまじきを頼《たの》みにて、あまえてはべるなるべし。内々《うちうち》に制《せい》しのたまは《わ》むに、

ました。

「まあしかし、しばらくこのことは他に洩らさないようにしましょう。帝にも奏上なさらないで下さい。尚侍の君はこのような罪がありましても、帝がお見捨てあそばすことがあるまいと頼みにして、甘えていい気になっているのでしょう。大后から内々に御意見をされましても、聞き入れないようでございましたなら、その罪はただわたしが一身に負いましょう」などと、おとりなし申し上げますけれど、大后の御機嫌はさっぱりよくなられません。

　こんなふうに御自分が一つ邸に居て隙もない筈なのに、源氏の君は遠慮もしないで、大胆に忍び込んで来られる

聞《き》こえならずは、ただみづから当《あ》たりはべらむ」など、聞《き》こえなほしたまへど、ことに御気色《みけしき》もなほ《お》らず。かく一所《ひとところ》におはしても隙《ひま》もなきに、つつむところなくさて入《い》りものせらるらむは、ことさらに軽《かろ》め弄《ろう》ぜらるるにこそは、と思《おぼ》しなすに、いとどいみじうめ《じゅう》ざましく、このついでにさるべきことども構《かま》へ出《い》でむによきたよりなりと思《おぼ》しめぐらすべし。

というのは、わざと、こちらを軽んじ愚弄《ぐろう》なさっているのだと、お考えになりますと、ますます御立腹がひどくなり、この機会こそ、源氏の君を失脚させるような計《はか》りごとを企《くわだ》てるには、ちょうど都合がいいと、大后はあれこれ御思案をめぐらされるようでした。

重大な事件が盛りこまれた、息もつがせぬ面白い帖である。源氏二十三歳の秋から、二十五歳夏までのことが書かれている。賢木は榊《さかき》で、葵《あおい》と同様神事に使う植物である。「桐壺《きりつぼ》」から始まって、「賢木」は十帖めに当る。十帖まで読みすすんできて、物語は一つの波のうねりの頂点を見せる。この帖では大きく分けて、三つの重大な話の山がある。一つは、六条《ろくじょう》の御息所《みやすどころ》との野《の》の宮《みや》での別れ、二つには藤壺《ふじつぼ》の出家、三つめは、朧月《おぼろづき》夜《よ》との密会の現場の露見ということである。三場面ともスリリングで息もつがせない。

六条の御息所は、すっかりこじれてしまった源氏との仲に絶望して、伊勢下向《げこう》を決心する。斎宮は野の宮での一年間の潔斎《けっさい》ののち、九月には伊勢へ下る。斎宮と共に野の宮の潔斎所に居る御息所は、伊勢へ行く日が近づくにつれ心細く悲しくなる。

出発の日も間近になった九月七日ごろの一夜、源氏はさすがに名残惜しくなり、ついに野の宮へ訪ねてゆく。御息所はこのごろしきりに来る源氏の手紙でそれを知っていたが、複雑な気持で迷いながらも、物越しの対面ぐらいならと、心の底では待っていた。

「はるけき野辺を分け入りたまふより、いとものあはれなり」ではじまる嵯峨野《さがの》の風景描写は美しい。原文でもそのままわかるし、声に出して読めばいっそう美しく調子のいい文章である。かれがれの虫の音にまじり、楽の音がかすかに聞えてくる。黒木の鳥居も簡素な潔斎所は、小柴垣《こしばがき》に囲まれて、板屋《いたや》の仮普請《かりぶしん》めいた建物があちこちに見える。いかにも神々しい雰囲気でもの淋しい。この期《ご》に及んでまだ逢う決心がつきかねて迷っている御息所に、源氏は昔の、互いに恋の情熱に燃えていた頃を思い出させて、言葉の限りを尽くし、伊勢行きを思いとどまらせようとする。

十月になると、桐壺院の病気が重くなる。院は朱雀帝《すざくてい》に東宮《とうぐう》のことを頼み、源氏を、自分の生前の時と同じに大切に朝廷の後見役として扱うように遺言して崩御する。四十九日もすぎた年の瀬、藤壺の中宮は院の御所を出て、三条の里に移る。

諒闇《りょうあん》の新年、朧月夜の君は尚侍《ないしのかみ》になり、帝は他の誰よりも寵愛《ちょうあい》する。朧月夜の君はまだ源氏が忘れられず、相変らず内密に文通をつづけていた。権勢《けんせい》は急速に右大臣側に移り、弘徽殿《こきでん》の大后《おおきさき》は、これまでの屈辱の復讐《ふくしゅう》を露骨に遂げようとする。帝は気が弱く、強い母后や祖父右大臣の言いなりで源氏や左大臣家は目に見えて圧迫され、天下の権勢はすっかり右大臣に移る。

桐壺院の死によって、源氏はいっそう情熱的に藤壺に迫り、三条の宮邸でまた密会する。年末、桐壺院の一周忌の法要の後で、藤壺は突然出家得度し落飾《らくしょく》する。源氏を拒み、二人の不倫の子、東宮の身を守るために、選んだ藤壺の悲愴な決断であった。

夏、病気のため右大臣邸に里帰りしていた朧月夜と、源氏は大胆にも右大臣邸で毎夜のように密会をつづける。弘徽殿の大后もその頃同じ里邸にいたので、危険この上もない。そんなある夜、凄まじい豪雨と雷鳴があった。そこへ右大臣が突然見舞いに来て、いきなり部屋の中に入って来た。右大臣が帳台を覗きこむと、源氏が臆面もなく寝乱れた姿で横になっている。あまりの事態に逆上した右大臣は、前後の見境もなく、大后にすべてを告げてしまった。激怒した大后は、今度こそ、これを源氏の失脚の口実にして一挙に源氏を抹殺しようと計るのだった。

ドラマティックな事件が次々展開していくこの帖は、小説の醍醐味を味わわせてくれる。藤壺の出家は、この物語の中での、最初の女の出家で、重大な意味を持つ。藤壺は、表面源氏を拒みながら、心の底では、源氏を愛していることを、これまでに作者は読者に充分さとらせてきている。

慈父のような優しい夫を裏切り、しかもその相手が、夫の実の息子だという宿命は、藤壺にとって罪の意識をいっそう深める。その上、不貞《ふてい》の証しとして子供まで妊《みごも》ってしまう。その間の藤壺の苦悩については、作者はくだくだしい説明はしていない。

夫をあざむき通そうと決意した藤壺は、それを源氏には一言の相談もしなければ匂わせてもいない。子供が源氏の子だということさえ、源氏には全く告げてはいない。桐壺帝が、罪の子を抱き、源氏と瓜二つだと喜ぶところなどは、すべての事情を知っている読者にとっては滑稽である。しかし、将来、あざむいた父帝と同じ立場に源氏自身が立たされるなど、この時点で誰が予想出来よう。

この当時、仏教はまだ強い力を持っていた。仏教の戒律《かいりつ》に対して、人々は畏怖《いふ》を抱いていた。邪淫《じゃいん》戒の恐ろしさは活《い》きていた。物語が進むにつれ、源氏は恋の相手を見境なく手当り次第に獲得する。しかし、源氏は生涯の中で、二つの恋の禁忌《きんき》を守っている。一つは出家した女、つまり尼は犯していない。二つには、血の繋った母娘の場合、母親と通じたら、その娘には決して手をつけていない。また源氏自身も、出家したら色欲は断つべきものと考えていた。

藤壺が出家してしまえば、源氏はいくら藤壺に憧れていても、もはや藤壺と情交は結べないのである。出家した藤壺とは、これまでとちがって、割合自由に逢え、遠慮がとれた話をするようになるということを、さらりと書いてあるのも、こうした約束ごとを踏まえてのことである。藤壺は出家して以来、次第に強い、したたかな女に変貌する。ひとえにわが子を無事帝位につけることだけが生きる目的となり、そのためには源氏の後見を必要とするため、源氏の心情を惹きつけておくテクニックまで自然に具わるようになる。

朧月夜との危険な情事は、平常の安全な恋には魅力を感じず、困難の伴う恋に限って情熱が燃えるという源氏の困った性格を代表している。あえて危険極まりない密会を右大臣邸で重ねるというのは、すっかり右大臣一派に圧迫され、不遇と退屈をかこつ不如意《ふにょい》な身の上になった鬱屈《うっくつ》が、はけ口を求めた結果とも考えられよう。自分への加害者に対して、その鼻を明かしているという快感が、この情事にスパイスの役目を果していたことは否《いな》めないだろう。

明石《あかし》

なほ《お》雨風《あめかぜ》やまず、雷鳴《かみな》り静《しず》まらで日《ひ》ごろになりぬ。いとどものわびしきこと数知《かずし》らず、来《き》し方行《かたゆ》く先悲《さきかな》しき御《おん》ありさまに心強《こころづよ》うしもえ思《おぼ》しなさず、いかにせまし、かかりとて都《みやこ》に帰《かえ》らんこ とも、まだ世《よ》に赦《ゆる》されもなくては、人《ひと》笑《わらわ》はれなることこそまさらめ、なほ《お》こ

光源氏（二十七～二十八歳）

相変わらず雨風は止《や》みません。雷は鳴り静まらないままもう何日もたってしまいました。いよいよ心細く情けないことばかりが数知れず起こってくるのです。過ぎてきた日々といい、これから先もまた悲しいことばかりありそうなので、源氏の君はもう強気にもなれず、「いったいどうしたらいいものか。こんなひどい目にあったからといって、都に帰っていったところで、まだ勅勘《ちょっかん》もとけていないのだから、かえ

れより深《ふか》き山《やま》をもとめてや跡絶《あとた》えなまし、と思《おぼ》すにも、浪風《なみかぜ》に騒《さわ》がれてなど人《ひと》の言《い》ひ伝《つたえ》へんこと、後《のち》の世《よ》までいと軽々《かろがろ》しき名《な》をや流《なが》しはてん、と思《おぼ》し乱《みだ》る。

御夢《おんゆめ》にも、ただ同《おな》じさまなる物《もの》のみ来《き》つつ、まつはしきこゆと見《み》たまふ。雲間《くもま》もなくて明《あ》け暮《く》るる日《ひ》数《かず》にそへ《う》て、京《きょう》の方《かた》もいとどおぼつかなく、かくながら身《み》をはふらかしつるにやと心《こころ》

ってますます物笑いにされるのがおちだろう。だからやはり、ここよりもっと深い山奥に分け入って、消息を絶ってしまおうか」とお考えになってみても、「嵐や高潮におびえて逃げたなど と、人の口に言い伝えられたなら、後世までも情けない軽々しい名を残すことになるだろう」と、思い悩んでいらっしゃいます。

夢の中にも、先夜とそっくりの怪しい姿の者ばかりがいつも現れて、つきまとっているのを御覧になります。雨雲の晴れ間もなくて、明けては暮れる毎日が重なるにつれて、都の様子もどうなっていることやらと御心配でなりません。こうして流浪《るろう》のまま生涯が終

細《ぼそ》う思《おぼ》せど、頭《かしら》さし出《い》づべくもあらぬ空《そら》の乱《みだ》れに、出《い》で立《た》ち参《まい》る人《ひと》もなし。二《に》条院《じょうのいん》よりぞ、あながちに、あやしき姿《すがた》にてそぼち参《まい》れる。使「京《きょう》にも、この雨風《あめかぜ》、いとあやしき物《もの》のさとしなりとて、仁王会《にんのうえ》など行《おこな》はるべしとなむ聞《き》こえはべりし。内裏《うち》に参《まい》りたまふ《う》上達部《かんだちめ》なども、すべて道閉《みちと》ぢて、政《まつりごと》も絶《た》えてなむはべる」など、はかばかしう《しゅう》もあらず、かたくなしう《しゅう》語《かた》り

ってしまうのかと、心細くてなりませんけれど、家の外に頭を出すことも出来ないほどの荒れ放題の暴風雨なので、わざわざ京からお見舞いに参上する人もありません。

ただ二条の院からはお使いが、無理な旅をして、言いようもないほどひどい姿でずぶ濡れになって、やって来ました。お使いが、「京でも、この激しい嵐は、まことに奇怪な神仏のお告げであろうと申しまして、厄除《やくよ》けの仁王《にんのう》会《え》などが行われるようだという噂でございました。参内《さんだい》なさる上達部《かんだちめ》方も、どこも道が大水で塞《ふさ》がって参れませんので、政治《まつりごと》も中止になっておりま す」など、ぎごちなく、つかえつかえ

なせど、京《きよう》の方《かた》のことと思《おぼ》せばいぶかしうて、御前《おまえ》に召《め》し出《い》でて問《と》はせたまふ《う》。

かくしつつ世《よ》は尽《つ》きぬべきにやと思《おぼ》さるるに、そのまたの日《ひ》の暁《あかつき》より風《かぜ》いみじう吹《ふ》き、潮《しお》高《たこ》う満《み》ちて、浪《なみ》の音《おと》荒《あら》きこと、巌《いわお》も山《やま》も残《のこ》るまじきけしきなり。雷《かみ》の鳴《な》りひらめくさまさらに言《い》はむ方《かた》なくて、落《お》ちかかりぬとおぼゆるに、あるかぎりさかしき人《ひと》なし。

語るのですけれど、源氏の君は京のことだと思えば、何でも様子がお知りになりたくて、使いの者をお前に召しよせて、もっとお尋ねになります。

こうした天候のつづくうちに、世界は滅びてしまうのだろうかとお思いになっていらっしゃると、その翌日の明け方から、風が烈《はげ》しく吹き荒れ、潮が高くさか巻き、波の音の荒々しさは、岩も山も打ち砕かれてしまいそうな勢いです。雷鳴がとどろき、稲妻の光り走るさまは、何ともたとえようもなくて、今にも頭上に落ちかかってくるかと思われます。その場にいる人という人は、誰一人生きた心地もありません。

いろいろの幣帛《みてぐら》捧《ささ》げさせたまひて《い》、源氏「住吉《すみよし》の神《かみ》、近《ちか》き境《さかい》を鎮《しず》め護《まも》りたまふ《う》。まことに跡《あと》を垂《た》れたまふ《う》神《かみ》ならば助《たす》けたまへ《え》」と、多《おお》くの大願《だいがん》を立《た》てたまふ《う》。

また海《うみ》の中《なか》の龍王《りゅうおう》、よろづの神《かみ》たちに願《がん》を立《た》てさせたまふ《う》に、いよいよ鳴《な》りとどろきて、おはします《わ》に続《つづ》きたる廊《ろう》に落《お》ちかかりぬ。炎《ほのお》燃《も》えあがりて廊《ろう》は焼《や》けぬ。

さまざまな色の幣帛《みてぐら》を神にお供えになって、「住吉《すみよし》の明神《みょうじん》さまよ、あなたはこのあたり一帯を鎮《しず》め護《まも》っていらっしゃいます。まことにみ仏の現れました神ならば、どうかお助け下さいませ」と、祈られて、多くの大願《たいがん》をお立てになります。

また海の中の龍王や、その他のよろずの神々にも願をお立てさせになりますと、雷はますます鳴りとどろいて、源氏の君の御座所《ござしょ》につづいている廊下の屋根の上に落ちました。雷火が燃え上がって廊下の建物はたちまち焼けてしまいました。

ようやく風がおさまり、雨脚もおとろえ、空には星も見えてきました。源

やう《よ》やう《よ》風《かぜ》なほ《お》り、雨《あめ》の脚《あし》しめり、星《ほし》の光《ひかり》も見《み》ゆるに、この御座所《おましどころ》のいとめづらかなるも、いとかたじけなくて、寝殿《しんでん》に返《かえ》し移《うつ》したてまつらむとするに、焼《や》け残《のこ》りたる方《かた》も疎《うと》ましげに、そこらの人《ひと》の踏《ふ》みとどろかしまどへ《え》るに、御簾《みす》などもみな吹《ふ》き散《ち》らしてけり。夜《よ》を明《あ》かしてこそはとたどりあへ《え》るに

終日《ひねもす》にいりもみつる雷《かみ》の騒《さわ》ぎに、さ

氏の君がお移りになられた御座所があまりにもお粗末で畏《おそ》れ多いので、元の寝殿にお移し返そうとするのですが、落雷に焼け残ったあたりも気味が悪く思われるし、あれほど大勢の人々が踏み荒らしてありますので、御簾《みす》などもみな、風に吹き飛ばされてしまっていました。ここでひとまず夜を明かしてからお移し申し上げようと、人々は暗い中をうろうろしています。

終日、激しく荒れ狂った雷の騒ぎに、さすがに気を張っていらっしゃったものの、源氏の君はすっかりお疲れになられたので、つい我にもなくうとうとお眠りになりました。もったいない仮の御座所なので、ただそこにある

こそいへ《え》、いた《と》う困《こう》じたまひ《い》にければ、心《こころ》にもあらずうちまどろみたまふ《う》。かたじけなき御座所《おましどころ》なれば、ただ寄《よ》りゐ《い》たまへ《え》るに、故《こ》院《いん》ただおは《わ》しまししさまながら立《た》ちたまひ《い》て、院「などかくあやしき所《ところ》にはものするぞ」とて、御手《おんて》を取《と》りて引《ひ》き立《た》てたまふ《う》。

院「住吉《すみよし》の神《かみ》の導《みちび》きたまふ《う》ままに、はや舟出《ふなで》してこの浦《うら》を去《さ》りね」とのたまは《わ》す。いとうれしくて、源氏「かしこ

物に寄りかかって眠っていらっしゃいますと、亡き桐壺院《きりつぼいん》が、御生前そのままのお姿で、夢枕にお立ちになられました。「どうして、このようにむさくるしいところにいるのか」と仰せになり、源氏の君のお手を取って、お引き立てになられます。

「住吉の神のお導きになるままに、早く船出して、この浦を立ち去りなさい」と、仰せになります。源氏の君はたいそうな嬉しさに、「畏《おそ》れ多い父君のお姿にお別れ申し上げてこのかた、いろいろ悲しいことばかりが多うございましたので、今はもうこの浦の渚に命を捨てようかと思います」と申し上げますと、「とんでもないことを。今

き御影《おんかげ》に別《わか》れたてまつりにしこなた、さまざま悲《かな》しきことのみ多《おお》くはべれば、今《いま》はこの渚《なぎさ》に身《み》をや捨《す》てはべりなまし」と聞《き》こえたまへ《え》ば、院「いとあるまじきこと。これはただいささかなる物《もの》の報《むく》いなり。我《われ》は位《くらい》に在《あ》りし時《とき》、過《あやま》つことなかりしかど、おのづから犯《おか》しありければ、その罪《つみ》を終《お》ふ《う》るほど暇《いとま》なくて、この世《よ》をかへ《え》りみざりつれど、いみじき愁《うれ》へ《え》に沈《しず》むを見《み》るにたへ《え》

度のことはただほんの少しばかりの罪の報いなのだ。自分は、帝の位にあった時、これという失政もなかったが、自分で気づかずに犯した過失があったものだから、その罪をつぐなうのにゆとりがなくて、この世のことをかえりみなかった。しかしそなたがあまりにひどい苦しみに沈められているのを見ると、可哀そうでたまらず、海に入り、渚に上りして、はるばるここまでやってきた。ひどく疲れきってしまったが、それでもこうした機会に、帝にも申し上げておきたいことがあるので、これから急いで京へ上るつもりだ」と仰せになり、立ち去っておしまいになりました。

がたくて、海《うみ》に入《い》り、渚《なぎさ》に上《のぼ》り、いたく困《こう》じにたれど、かかるついでに内裏《だいり》に奏《そう》すべきことあるによりなむ急《いそ》ぎ上《のぼ》りぬる」とて立《た》ち去《さ》りたまひ《い》ぬ。

渚《なぎさ》に小《ちい》さやかなる舟寄《ふねよ》せて、人《ひと》二三人《ふたりみたり》ばかり、この旅《たび》の御宿《おんやどり》をさして来《く》。何人《なにびと》ならむと問《と》へ《え》ば、舟人「明石《あかし》の浦《うら》より、前《さき》の守《かみ》新発意《しぼち》の、御舟《みふね》よそひ《い》て参《まい》れるなり。源少納言《げんしょうなごん》さぶらひ《い》たまはば《わ》、対面《たいめ》して事《こと》の心《こころ》とり申《もう》さん」


渚に小さな船を漕《こ》ぎ寄せて、人が二、三人ばかり、この源氏の君の仮のお宿をさしてやって来ます。誰だろうと人々が訊ねますと、「明石の浦から、前《さき》の播磨《はりま》の国守《こくしゅ》の新入道が、お迎えのお船を支度して参ったものです。源《みなもとの》少納言良清《しょうなごんよしきよ》さまがお側にいらっしゃいますならば、お目にかかりまして、事情をご説明申し上げましょう」と言います。

源氏の君は、御夢の中の亡き院のお言葉などもお考え合わせになることもあって、「早く会え」とおっしゃいますので、良清は船まで出向いて行き、入道に会いました。あれほど烈しかった嵐の中を、入道はいつの間に船出し

と言《い》ふ。

君《きみ》の、御夢《おんゆめ》なども思《おぼ》しあは《わ》することもありて、源氏「はや会《あ》へ《え》」とのたまへ《え》ば、舟《ふね》に行《い》きて会《あ》ひ《い》たり。さばかりはげしかりつる波風《なみかぜ》に、いつの間《ま》にか舟出《ふなで》しつらむと心得《こころえ》がたく思《おも》へ《え》り。

源氏「知《し》らぬ世界《せかい》に、めづらしき愁《うれ》へ《え》の限《かぎ》り見《み》つれど、都《みやこ》の方《かた》よりとて、言《こと》問《と》ひ《い》おこする人《ひと》もなし。ただ行《ゆ》く方《え》なき空《そら》の月日《つきひ》の光《ひかり》ばかりを古里《ふるさと》の友《とも》とな

たのだろうと良清は不思議に思うのでした。

「見も知らぬ不案内な土地へ来て、世にもまれな辛く苦しい経験をし尽くしたけれど、都のほうからといって、見舞いを寄越す人もいない。ただ行方も知らぬはるかな空の月と日の光だけを、故郷《ふるさと》の友と眺めていましたが、そんなところへ、嬉しいお迎えの船をいただいたものです。明石の浦には、ひっそりと身を隠せるようなところがありましょうか」とおっしゃいます。

入道はこの上もなく喜んで、お礼を申し上げます。「何はともあれ、夜の明けきらぬ前に、お船にお乗り下さいますように」ということで、いつもの

がめはべるに、うれしき釣舟《つりぶね》をなむ。かの浦《うら》に静《しず》やかに隠《かく》ろふ《う》べき隈《くま》はべりなんや」とのたまふ《う》。

限《かぎ》りなくよろこびかしこまり申《もう》す。

従者「ともあれかくもあれ、夜《よ》の明《あ》けはてぬさきに御舟《おんふね》に奉《たてまつ》れ」とて、例《れい》の親《した》しきかぎり四五人《よたりいつたり》ばかりして奉《たてまつ》りぬ。例《れい》の風《かぜ》出《い》で来《き》て、飛《と》ぶや《よ》うに明石《あかし》に着《つ》きたまひ《い》ぬ。ただ這《は》ひ《い》渡《わた》るほどは片時《かたとき》の間《ま》といへ《え》ど、なほ《お》あやし

お側離れずお仕えする者四、五人だけをお供にして、船にお乗りになりました。例の不思議な風がまた吹いてきて、船は飛ぶように明石に着きました。須磨から明石へは、ほんの一またぎの近さなので、さして時間もかからないとはいえ、それにしましても、怪しいほどの不思議な風の働きでした。

明石の浦の景色は言うまでもなく、入道が邸宅の造作《ぞうさく》に凝らした趣向や、木立《こだち》、石組《いしぐみ》、植え込みなどの風情、何とも言いようもないほどすばらしい入り江の水の風景など、もし絵に描くとしても、修業の浅い絵師では、とても写しきれまいと思われます。これまでの須磨のお住まいよりは、この上もな

きまで見《み》ゆる風《かぜ》の心《こころ》なり。所《ところ》のさまをばさらにもいはず、作《つく》りなしたる心《こころ》ばへ《え》、木立《こだち》、立石《たていし》、前栽《せんざい》などのありさま、えもいは《わ》ぬ入江《いりえ》の水《みず》など、絵《え》に描《か》かば、心《こころ》のいたり少《すく》なからん絵師《えし》は描《か》き及《およ》ぶまじと見《み》ゆ。月《つき》ごろの御住《おんす》まひよりは、こよなく明《あき》らかになつかし。御《おん》しつらひなどえ《い》ならずして、住《す》まひけるさまなど、げに都《みやこ》のやむごとなき所《ところ》どころに異《こと》ならず、艶《えん》に

く明るい感じで、お気に召していらっしゃいます。お部屋の設備なども、申し分なく支度されていて、そうした入道の暮しぶりなどは、なるほど都の高貴な人々の邸宅と変わりなく、優雅できらびやかな様子などは、むしろこちらがすぐれているようにさえ見えます。少しお気持が落ち着かれてから、源氏の君は京へのお手紙をあちらこちらへお書きになります。

主人の入道は、ひたすら勤行《ごんぎょう》につとめて、俗念を払い去り、行いすましております。ただこの娘ひとりの身の末をどうしたものかと思い悩んでいて、その心中を、はた目にも見苦しいほど、時折愚痴をこぼしては、源氏の君

まばゆきさまはまさりざまにぞ見《み》ゆる。すこし御心《みこころ》静《しず》まりては、京《きょう》の御文《おんふみ》ども聞《き》こえたまふ《う》。明石《あかし》の入道《にゅうどう》、行《おこな》ひ勤《つと》めたるさまいみじう《じゅう》思《おもい》ひすましたるを、ただこのむすめ一人《ひとり》をもてわづらひ《い》たるけしき、いとかたは《わ》らいたきまで、時々《ときどき》もらし愁《うれ》へ《え》聞《き》こゆ。御心地《おんここち》にもをかしと聞《き》きおきたまひ《い》し人《ひと》なれば、かくおぼえなくてめぐりおは《わ》したるも、さるべき契《ちぎ》り

のお耳にまでお入れ申します。源氏の君もその娘のことは、良清の話に、かなりの美人だろうとお聞きになった記憶がおありなので、こうして思いがけず明石までめぐりめぐっていらっしゃったのも、娘との間に、そうした前世の因縁があるのだろうかとお思いになります。

それでもやはり、こうして落ちぶれた境涯《きょうがい》に沈んでいる間は、勤行よりほかのことは考えまい、都の紫の上も、無事に一緒に暮している時ならともかく、そんなことになったら約束に違《たが》うと恨むことだろうし、それも気恥ずかしく申しわけがないとお思いになりますので、娘に気のあるようなそぶりは

にあるにやと思《おぼ》しながら、なほか《おこ》う身《み》を沈《しず》めたるほどは、行《おこない》ひよりほかのことは思《おもわ》はじ、都《みやこ》の人《ひと》も、ただなるよりは、言《いい》ひしに違《たがう》ふと思《おぼ》さむも心恥《こころは》づかしう《しゅう》思《おぼ》さるれば、気色《けしき》だちたまふ《う》ことなし。

四月《うづき》になりぬ。更衣《ころもがえ》の御装束《おんそうぞく》、御帳《みちょう》の帷子《かたびら》などよしあるさまにしいづ。よろづに仕《つこ》うまつり営《いとな》むを、いとほしう《おしゅう》すずろなりと思《おぼ》せど、人《ひと》ざまのあく

お見せになりません。

四月になりました。一日からの衣更《ころもが》えの源氏の君の御衣裳や、お部屋の御《み》帳台《ちょうだい》の垂れ絹など、入道が万事につけて趣向を凝らして懸命にお世話申し上げますのを、源氏の君は気の毒で、そんなにしないでもよいのにとお思いになりますが、入道のあくまで気位高く持っている人柄の気品に免じて、ゆるしていらっしゃいます。京からも、ひっきりなしに次から次へとお見舞いの手紙がたくさん届きます。のどかな夕月夜に、

あはと見る淡路の島のあはれさへ
残るくまなく澄める夜の月

（あれは淡路島か、あわれと、昔の人の

まで思《おもい》ひあがりたるさまのあてなるに、思《おぼ》しゆるして見たまふ。京《きょう》よりも、うちしきりたる御《おん》とぶらひ《い》ども、たゆみなく多《おお》かり。のどやかなる夕月《ゆうづく》夜《よ》に、

あはと見《み》る淡路《あわじ》の島《しま》のあはれさへ
残《のこ》るくまなく澄《す》める夜《よ》の月《つき》

久《ひさ》しう手《ゆうて》ふれたまはぬ琴《きん》を袋《ふくろ》より取《と》り出《い》でたまひ《い》て、はかなく掻《か》き鳴《な》らしたまへ《え》る御《おん》さまを、見《み》たてまつる人《ひと》もや

眺めた島の風情まで、わたしの望郷の想いに重ねて、残るくまなく照らしている、澄み渡った今宵の月よ)

とお詠みになり、久しい間お手に触れなかった琴《きん》を、琴袋からお取り出しになられて、ほんのわずか掻き鳴らしていらっしゃる源氏の君のお姿を、お側でお見上げする人々もお気の毒でたまらず、切なく悲しく思い合うのでした。

その年、朝廷では、神仏のお告げがしきりにありまして、物騒な事ばかりが多くつづきました。三月十三日に、雷鳴が鳴りはためき、雨風が騒がしく吹き荒れた夜、帝の御夢に、亡き桐壺院が、清涼殿《せいりょうでん》の東庭の階段のもとにお

すからずあは《わ》れに悲《かな》しう《しゅう》思《おも》ひ《い》あへ《え》り。その年《とし》、朝廷《おおやけ》に物《もの》のさとししきりて、もの騒《さわ》がしきこと多《おお》かり。三月《やよい》十三日、雷鳴《かみな》りひらめき雨風《あめかぜ》騒《さわ》がしき夜《よ》、帝《みかど》の御夢《おんゆめ》に、院《いん》の帝《みかど》、御前《おまえ》の御階《みはし》の下《もと》に立《た》たせたまひ《い》て、御気色《みけしき》いとあしう《しゅう》て睨《にら》みきこえさせたまふ《う》を、かしこまりておは《わ》します。聞《き》こえさせたまふ《う》ことども多《おお》かり。源氏《げんじ》の御事《おんこと》なりけんかし。いと恐《おそ》ろしう《しゅう》いとほ《お》しと思《おぼ》し

立ちになって現れました。院はたいそう御機嫌がお悪くて、帝を睨《にら》みつけられたので、帝はすっかり恐縮なさいます。故院がその時、仰せになったことがたくさんございました。源氏の君のお身の上についてのことだったのでしょうか。帝はその夢をたいそう恐ろしく、また父院をおいたわしく思《おぼ》し召して、弘徽殿《こきでん》の大后《おおきさき》にその夢の話をなさいますと、「雨などが降り、天候の荒れ乱れている夜は、何かそういうように思いこんでいることが、夢に現れるものなのです。そう軽率にお驚きになってはいけません」とおっしゃいます。

帝は父院がお睨みになった時、御自

て、后《きさき》に聞《き》こえさせたまひければ、大后「雨《あめ》など降《ふ》り、空乱《そらみだ》れたる夜《よ》は、思《おもい》ひなしなることはさぞはべる。軽々《かろがろ》しきやうに、思《おぼ》し驚《おどろ》くまじきこと」と聞《き》こえたまふ。睨《にら》みたまひしに見合《みあ》はせたまふと見《み》しけにや、御目《おんめ》にわづらひたまひてたへがたう悩《なや》みたまふ。御《おん》つつしみ、内裏《うち》にも宮《みや》にも限《かぎ》りなくせさせたまふ。太政大臣《おおきおとどう》亡《う》せたまひぬ。ことわりの

分の目と父院のお目がはったと合ったと夢の中で御覧になったせいか、その後、お目を患われて、耐えがたいほどお苦しみになります。帝の御眼病平癒《へいゆ》のための御物忌《ものい》みを、宮中でも、大后の宮でも、数知れずお取り行いになります。

そういう折に、大后の御父、太政大臣がお亡くなりになりました。お年から言えば当然の御寿命でしたけれど、次々に自然に不穏なことがつづきます上に、大后も、どことということなくお加減がお悪くなって、日が経つにつれてご衰弱あそばすようなので、帝にはいろいろと御心痛の種がつきません。

「やはり、あの源氏の君が、無実の罪

御齢《おんよわい》なれど、次々《つぎつぎ》におのづから騒《さわ》がしきことあるに、大宮《おおみや》もそこはかとなうわづらひたまひて、ほど経《ふ》れば弱《よわ》りたまふやうなる、内裏《うち》に思《おぼ》し嘆《なげ》くことさまざまなり。

帝「なほこの源氏《げんじ》の君《きみ》、まことに犯《おか》しなきにてかく沈《しず》むならば、かならずこの報《むく》いありなんとなむおぼえはべる。いまはなほもとの位《くらい》を賜《たまい》ひてむ」とたびたび思《おぼ》しのたまふを、

で、ああしていつまでも逆境に沈んでいらっしゃるなら、必ずこの報《むく》いがあるにちがいないと思われます。この上はやはり源氏の君に、もとの位を与えましょう」と、お考えになってしきりに仰せられるのですが、

大后は、「そんなことを今しては、軽々しい処置だと世間の非難を受けるでしょう。罪を懼《おそ》れて都落ちをした人を、三年も過ぎないうちにお許しになられましたなら、世間の人々は何と言い触らすことでしょう」など、固くお諫《いさ》めなさいますので、帝がためらっていらっしゃるうちに、月日が重なっていき、お二方とも、だんだん御病気が重くなられるのでした。

大后「世《よ》のもどき軽々《かろがろ》しきやうなるべし。罪《つみ》に怖《お》ぢて都《みやこ》を去《さ》りし人《ひと》を、三年《みとせ》をだに過《す》ぐさず赦《ゆる》されむことは、世《よ》の人《ひと》もいかが言《い》ひ伝《つたえ》へはべらん」など、后《きさき》かたく諫《いさ》めたまふに、思《おぼ》し憚《はばか》るほどに月日《つきひ》重《かさ》なりて、御《おん》なやみどもさまざまに重《おも》りまさらせたまふ。

親《おや》たちは、ここらの年《とし》ごろの祈《いの》りのかなふべきを思《おもい》ひながら、ゆくりかに見《み》せたてまつりて思《おぼ》し数《かず》まへざらん

一方明石では、娘の親たちはこれまでの長年の祈りがいよいよ叶うことになるのだとは思うものの、不用意に娘をお会わせして、万一、人並みに扱っていただけなかった時には、どんな悲しい目にあうだろうと想像すると、心配でたまらず、

「源氏の君がどんなにすばらしいお方だと言っても、そんなことになったら、たいそう悲しくひどく辛い思いをするだろう。それなのに目に見えない神仏におすがりして、肝腎の源氏の君のお気持も、娘の運命の行く末についてもわからないまま、勝手な望みを抱いたりして」などと、改めてあれこれ反省すると、たいそう心配になり、思

時《とき》、いかなる嘆《なげ》きをかせんと思《おもい》ひやるにゆゆしくて、めでたき人《ひと》と聞《き》こゆとも、つらういみじうもあるべきかな、目《め》に見《み》えぬ仏神《ほとけかみ》を頼《たの》みたてまつりて、人《ひと》の御心《みこころ》をも宿世《すくせ》をも知《し》らで、などうち返《かえ》し思《おもい》ひ乱《みだ》れたり。

忍《しの》びてよろしき日《ひ》みて、母君《ははぎみ》のとかく思《おもい》ひわづらふを聞《き》きいれず、弟子《でし》どもなどにだに知《し》らせず、心《こころ》ひとつに立《た》ちゐ、輝《かがや》くばかりしつらひて、十三日

い悩むのでした。

入道は内々吉日を占わせて、母君がとかくあれこれ心配するのに耳もかさず、弟子たちにさえ知らせず、自分ひとりで事を運んで、娘の部屋を輝くばかりに美しく飾り整えています。十三日の月がはなやかにさし出た頃合に、〈あたら夜の月と花とを同じくはあはれ知れらむ人に見せばや〉の古歌から引用して、ただ「あたら夜の」とだけ申し上げます。今宵こそ、わが家の花を御覧下さいというつもりなのです。

源氏の君は、ずいぶん風流がっていることだとお思いになりますけれど、御直衣《おんのうし》をお召しになり、身だしなみを整えられて、夜が更けるのを待ってお

の月《つき》のはなやかにさし出《い》でたるに、ただ「あたら夜《よ》の」と聞《き》こえたり。

君《きみ》はすきのさまやと思《おぼ》せど、御直衣《おんのうし》奉《たてまつ》りひきつくろひて夜更《よふ》かして出《い》でたまふ《う》。御車《みくるま》は二《に》なく作《つく》りたれど、ところせしとて、御馬《みむま》にて出《い》でたまふ《う》。惟光《これみつ》などばかりをさぶらはせ《わ》たまふ《う》。

むすめ住《す》ませたる方《かた》は心《こころ》ことに磨《みが》きて、月入《つきい》れたる真木《まき》の戸口《とぐち》けしきことにおし開《あ》けたり。うちやすらひ何《なに》かと

出ましになります。お車はこの上なく立派に入道が用意してありましたけれど、大げさになるからと、馬でお出かけになります。お供には、惟光などだけをお連れになります。

娘を住まわせてあるほうの一棟は、格別念入りに磨きたてて、月光のさし入った槙《まき》の戸口を、ほんの少し押し開けてあります。内に入られた源氏の君が、ためらいがちに、あれこれとお話しかけなさいましても、娘はこれほどまで近々と親しくお目にかかりたくはないと深く思いこんでいましたので、ただ悲しくなって、少しも打ちとけようとはしません。

その娘のかたくなな心構えを、源氏

のたまふ《う》にも、かう《こ》までは見《み》えたてまつらじと深《ふこ》う思《おもう》ふに、もの嘆《なげ》かしう《しゅう》て、うちとけぬ心《こころ》ざまを、こよな《の》うも人《ひと》めきたるかな、さしもあるまじき際《きわ》の人《ひと》だに、かばかり言ひ《いい》寄《よ》りぬれば、心強《こころづよ》うしもあらずならひ《い》たりしを、いとかくやつれたるに悔《あなず》らは《わ》しきにや、とねたうさまざまに思《おぼ》しなやめり。

近《ちか》き几帳《きちょう》の紐《ひも》に、箏《そう》の琴《こと》のひき鳴《な》らされたるも、けはひ《い》しどけなく、うち

の君は、「何とまあ、ひどく上品ぶって気どっていることよ。もっと近づきがたい高貴な身分の人たちでも、ここまで近づいて言い寄れば、気強く拒みきれないのが普通だったのに、自分が今、こんなに零落《れいらく》しているので、侮《あなど》っているのだろうか」と、癪《しゃく》に障り、さまざまに思い悩まれるのでした。

女の身近にある几帳《きちょう》の紐《ひも》に、箏の琴の絃が触れて、かすかな音《ね》をたてたのも、無造作な様子でくつろぎながら琴を手なぐさみに弾いていたらしい女の様子が目に見えるようで、興が湧きますので、源氏の君は、「いつもお噂に聞いているあなたのお琴の音さえ、お聞かせ下さらないのですか」などと、

とけながら掻《か》きまさぐりけるほど見《み》えてをかしければ、源氏「この聞《き》きならしたる琴《こと》をさへ《え》や」などよろづにのたまふ《う》。

何心《なにごころ》もなくうちとけてゐ《い》たりけるを、かう《こ》ものおぼえぬに、いとわりなくて、近《ちか》かりける曹司《ぞうし》の内《うち》に入《い》りて、いかで固《かた》めけるにかいと強《つよ》きを、しひ《い》てもおし立《た》ちたまは《わ》ぬさまなり。されど、さのみもいかでかあらむ。人《ひと》ざま

さまざまに話しかけてごらんになります。

娘はなんの心の支度もなく、くつろいでいたところへ、こうして意外なことが起きてしまったので、困りはてたあげく、近くの部屋の中に逃げこんで、どう戸締まりしたものやら、こちらからはびくとも動きません。源氏の君は、それを御覧になり、無理にも思いを通そうとはなさらない御様子です。けれども、どうしていつまでも、そんな状態でいられましょう。とうとう部屋に押し入り逢ってみると、この娘の様子は、いかにも気品が高く、背もすらりとしていて、こちらが気恥ずかしくなるような奥ゆかしい風情なの

いとあてにそびえて、心恥《こころは》づかしきけはひ《い》ぞしたる。

か《こ》うあながちなりける契《ちぎ》りを思《おぼ》すにも、浅《あさ》からずあは《わ》れなり。御心《みこころ》ざしの近《ちか》まさりするなるべし、常《つね》は厭《いとわ》はしき夜《よ》の長《なが》さも、とく明《あ》けぬる心地《ここち》すれば、人《ひと》に知《し》られじと思《おぼ》すも心《こころ》あわたたしう《しゅう》て、こまかに語《かた》らひ《い》おきて出《い》でたまひ《い》ぬ。

御文《おんふみ》いと忍《しの》びてぞ今日《きょう》はある。あい

でした。

こうまでして無理にも結ばれた深い縁をお考えになるにつけても、源氏の君は、ひとしお娘をいとしくお思いになるのでした。お逢いになられてから、ご情愛もいっそう深まるのでしょう。いつもなら飽き飽きして恨めしく思われる秋の夜の長さも、今朝ばかりは早々と明けたような気がします。人に知られまいとお気遣いなさいますのも、気ぜわしくて、おやさしく心をこめたお言葉を残してお帰りになりました。

後朝《きぬぎぬ》のお手紙が、たいそう人目を忍んでこっそりと、今日は届けられました。あらずもがなの良心の呵責《かしゃく》のせい

なき御心《みこころ》の鬼《おに》なりや。ここにも、かかることいかで漏《も》らさじとつつみて、御《み》使《つかい》ことごとしう《しゅう》もてなさぬを、胸《むね》いたく思《おも》へり。かくて後《のち》は、忍《しの》びつつ時々《ときどき》おはす《わ》。

二条《にじょう》の君《きみ》の、風《かぜ》の伝《つ》てにも漏《も》り聞《き》きたまは《わ》むことは、戯《たわぶ》れにても心《こころ》の隔《へだ》てにありけると思《おも》ひ《い》疎《うと》まれたてまつらんは、心苦《こころぐる》しう《しゅう》恥《は》づかしう《しゅう》思《おぼ》さるるも、あながちなる御心《みこころ》ざしのほどなり

でしょうか。岡の邸でも、こういう成り行きが、なんとか世間に洩《も》れないようにと気を遣って、お使いを大げさにも接待出来ないことを、入道は残念に思っています。こうしてそれから後は、人目を忍びながら時々お越しになります。

二条の院の紫の上が、風の便りにでも、このことをお耳にされたりして、隠しだてをされたのだと冗談にもせよ、お感じになって、源氏の君をお疎《うと》みになるようなことがあっては、お気の毒ではあるし、どんなにか面目もないだろうとお案じなさいますのも、やはりよくよく御愛情が深いからなのでしょう。

かし。

かかる方《かた》のことをば、さすがに心《こころ》とどめて恨《うら》みたまへ《え》りしをりをり、などてあやなきすさび事《ごと》につけても、さ思《おも》はれ《わ》たてまつりけむ、など取《と》り返《かえ》さまほしう《しゅう》、人《ひと》のありさまを見《み》たまふ《う》につけても、恋《こい》しさの慰《なぐさ》む方《かた》なければ、例《れい》よりも御文《おんふみ》こまやかに書《か》きたまひ《い》て、奥《おく》に、

源氏「まことや、我《われ》ながら心より外《ほか》な

こうした浮気沙汰の件については、これまでも紫の上が、さすがにお気にかけてお恨みになられた折々もありましたが、どうしてあの時、つまらない気まぐれの忍び歩きをしては、あんな辛い思いをおさせしたのだろうと、昔を今に取り返したい思いです。入道の娘の様子を御覧になるにつけましても、なおさら、紫の上への恋しさがつのるばかりなので、いつもよりもいっそうお心をこめてお手紙をお書きになります。最後のほうに、

「そういえば、ほんとうに我ながら心にもないつまらない浮気をしては、あなたに嫌われた時々のことを思い出すだけでも、胸が痛むのに、またしても

るなほざりごとにて、疎《うと》まれたてまつりしふしぶしを、思《おも》ひ出《い》づるさへ胸《むね》いたきに、またあやしうものはかなき夢《ゆめ》をこそ見《み》はべりしか。かう聞《き》こゆる問《と》はず語《がた》りに、隔《へだ》てなき心《こころ》のほどは思《おぼ》しあはせよ。誓《ちか》ひしことも」など書《か》きて、源氏「何《なに》ごとにつけても」

しほしほとまづぞ泣《な》かるるかりそめの
　みるめは海人《あま》のすさびなれども

とある御返《おんかえ》り、何心《なにごころ》なくらうたげに書《か》

不思議なはかない夢を見てしまいました。でもこんなふうに訊《き》かれもしないのに、正直に告白するわたしの包み隠しをしない気持をどうかお察し下さい。あなたと誓ったことは忘れませんなどと書いて、言いわけにつとめていらっしゃいます。「何事につけても」

しほしほとまづぞ泣かるるかりそめの
　みるめは海人《あま》のすさびなれども

（恋しいあなたをしのべば、たちまち涙はとめどなくあふれ、かりそめに契った女は、旅の仮寝のほんのたわむれ、それでもあなたにすまなくて）

とお書きになります。紫の上のお返事は、さりげなく可憐な書きぶりで、そ

きて、はてに、紫の上「忍《しの》びかねたる御夢語《おんゆめがたり》につけても、思ひ《おもい》あは《わ》せらるること多《おお》かるを」

うらなくも思ひ《おもい》けるかな契《ちぎ》りしを
松《まつ》より波《なみ》は越《こ》えじものぞと

おいらかなるものから、ただならずかすめたまへ《え》るを、いとあは《わ》れにうち置《お》きがたく見《み》たまひ《い》て、なごり久しう《ひさしゅう》、忍《しの》びの旅寝《たびね》もしたまは《わ》ず。

年《とし》かは《わ》りぬ。内裏《うち》に御薬《おんくすり》のことあり

の終りに、「隠しきれずに打ち明けて下さった夢のお話を伺うにつけても、思い当たることが多いのですけれど」

うらなくも思ひけるかな契りしを
松より波は越えじものぞと

（正直に信じきっていたことよ、末の松山を波は越えないように、決して心変わりはしないと、誓ってくれたあなたを信じ、浮気をするなどつゆ思わずに）

と、鷹揚《おうよう》な書きぶりの中にも、怨んでいらっしゃる気持をほのめかしていられるのに、源氏の君はひどくしみじみと心にこたえて、いつまでもお手にとって読みかえされて、その後久しく、明石の君へのお忍び通いもなさいません。

て、世《よ》の中《なか》さまざまにののしる。当帝《とうだい》の御子《みこ》は、右大臣《うだいじん》のむすめ、承香《しょうきょう》殿女御《でんのにょうご》の御腹《おんはら》に男御子《おとこみこ》生《む》まれたまへ《え》る、二《ふた》つになりたまへ《え》ば、いといは《わ》けなし。春宮《とうぐう》にこそは譲《ゆず》りきこえたまは《わ》め、朝廷《おおやけ》の御後見《おんうしろみ》をし、世《よ》をまつりごつべき人を思《おぼ》しめぐらすに、この源氏《げんじ》のかく沈《しず》みたまふ《う》こといとあたらしう《しゅう》あるまじきことなれば、つひ《い》に后《きさき》の御《おん》諌《いさ》めをも背《そむ》きて、赦《ゆる》されたまふ《う》べき定《さだ》

年が改まりました。帝がご病気でいらっしゃいますので、世間では帝の御進退をめぐって、いろいろ取り沙汰しています。今の帝の御子《みこ》は、右大臣の姫君の承香殿《しょうきょうでん》の女御《にょうご》にお生まれになった男御子です。今、まだ二歳におなりになったばかりで、たいそう御幼少です。御位は今の東宮《とうぐう》にお譲りあそばすことになるでしょう。その場合、帝の御後見として政治をとり行うべき人物を、帝が思いめぐらせてごらんになりますと、この源氏の君が、今のような御境涯に沈み、不遇でいらっしゃるのは、たいそう惜しく、あってはならないことなのでした。帝はついに母后の御諌言《かんげん》にも背かれて、源氏の君を御赦《ごしゃ》

め出《い》で来《き》ぬ。

七月二十余日《ふづきはつかあまり》のほどに、また重《かさ》ねて京《きょう》へ帰《かえ》りたまふ《う》べき宣旨《せんじ》くだる。

そのころは夜離《よが》れなく語《かた》らひたまふ《う》。六月《みなづき》ばかりより心苦《こころぐる》しき気色《けしき》ありて悩《なや》みけり。かく別《わか》れたまふ《う》べきほどなれば、あやにくなるにやありけむ、ありしよりもあはれに思《おぼ》して、あやしうもの思《しゅう》《おもう》ふべき身《み》にもありけるかなと思《おぼ》し乱《みだ》る。

免《めん》になられるという評定をされました。

七月の二十日過ぎに、また重ねて、源氏の君に京へ帰られるようにとの宣《せん》旨《じ》を下されました。

その頃は、一夜も欠かさず源氏の君は明石の君とお逢いになります。六月頃から、女君は痛々しく懐妊の様子で、気分がすぐれず悪阻《つわり》で苦しんでいらっしゃいました。こうしてお別れなさらなければならない時になると、源氏の君は皮肉なことに愛情がいや増されるのでしょうか、以前よりも女君をいとおしくお思いになって、自分はどうして不思議にも、物思いの絶えぬ身の上なのだろうかと、悩まれ、お心を

明後日《あさて》ばかりになりて、例《れい》のやうに《よ》いたくも更《ふ》かさで渡《わた》りたまへり《え》。さやかにもまだ見《み》たまはぬ容貌《かたち》など、いとよしよししう気高《しゆうけだか》きさまして、めざましうもありけるかなと見捨《みす》てがたく口惜《くちお》しう思《しゆうおぼ》さる。さるべきさまにして迎《むか》へむと思《えおぼ》しなりぬ。さやうにぞ語《よかた》らひ慰《いなぐさ》めたまふ《う》。

この常《つね》にゆかしがりたまふ物《うもの》の音《ね》などさらに聞《き》かせたてまつらざりつる

お乱しになります。

御出立はいよいよ明後日《あさって》という日になって、いつものようにすっかり夜も更けてからではなくて、早々と源氏の君は岡の邸にお渡りになりました。はっきりともまだ御覧になったことのない女君の顔や姿などが、たいそう風情のある上品な感じで、気高く意外にもすばらしい器量の女だったので、いまさら見捨てがたく、名残惜しくお思いになります。いずれしかるべき扱いをして京へ呼び迎えようという気持になられました。そう話して将来の約束をしておなぐさめになります。

源氏の君は、いつも聞きたがっていられた明石の君の琴の音を、女君がと

を、いみじう《じゅう》恨《うら》みたまふ《う》。源氏「さらば、形見《かたみ》にも忍《しの》ぶばかりの一《ひと》ことをだに」とのたまひ《い》て、京《きょう》より持《も》ておは《わ》したりし琴《きん》の御琴《おんこと》取りに遣《つかわ》はして、心《こころ》ことなる調《しら》べをほのかに掻《か》き鳴《な》らしたまへ《え》る、深《ふか》き夜《よ》の澄《す》めるはたとへ《え》ん方《かた》なし。

入道《にゅうどう》、えたへ《え》で箏《そう》の琴《こと》取りてさし入《い》れたり。みづからもいと涙《なみだ》さへ《え》そそのかされて、とどむべき方《かた》なきにさそ

うとう今までどうしてもお聞かせ申し上げなかったことを、たいそうお恨みになられます。「それではお別れに、あなたの形見として思い出になるように、一節だけでも」とおっしゃって、京から持参された琴《きん》の琴《こと》を海辺の邸へ取りにおやりになり、まず御自分がとりわけ風情のある曲を、ほのかにお弾き鳴らしになります。深夜に響く澄みきった音色の美しさは、たとえようもありません。

入道はそれを聞いて感に堪えないで、箏《そう》の琴《こと》をとって御簾《みす》の内にさし入れました。女君も、ひとしお涙までもよおされて、止《と》めようもありませんので、自然と気持が誘われたのでしょ

はるるなるべし、忍《しの》びやかに調《しら》べたるほどいと上衆《じようず》めきたり。源氏「琴《きん》はまた掻《か》き合《あわ》はするまでの形《かた》見《み》に」とのたまふ。女《おんな》、

なほざりに頼《たの》め置《お》くめる一《ひと》ことを
尽《つ》きせぬ音《ね》にやかけてしのばむ

言《い》ふともなき口《くち》ずさびを恨《うら》みたまひて、

逢《あ》ふまでのかたみに契《ちぎ》る中《なか》の緒《お》の
しらべはことに変《かわ》らざらなむ

う。ひそやかに弾き鳴らすのが、たいそう気品高い演奏ぶりなのでした。源氏の君は、「この琴《きん》はまた逢う日に、ふたりで合奏するまでの形見にここへ残していきましょう」とおっしゃいます。女君は、

なほざりに頼め置くめる一ことを
尽きせぬ音《ね》にやかけてしのばむ

(どうせお口から出まかせの、軽い気休めの一ことを心の頼りに、つきせぬ悲しみに声をあげて、泣きながらいつまでも、お慕いしていましょう)

と、言うともなく口ずさむのを、源氏の君はお恨みになって、

逢ふまでのかたみに契る中の緒《お》の
しらべはことに変らざらなむ

「この音《ね》違《たがわ》はぬさきにかならずあひ《い》見《み》む」と頼《たの》めたまふ《う》めり。されど、ただ別《わか》れむほどのわりなさを思《おも》ひ《い》むせたるもいとことわりなり。

君《きみ》は難波《なにわ》の方《かた》に渡《わた》りて御祓《おんはらえ》したまひ《い》て、住吉《すみよし》にも、たひ《い》らかにていろいろの願《がん》はたし申《もう》すべきよし、御使《みつかい》して申《もう》させたまふ《う》。には《わ》かにところせう《しょう》て、みづからはこの度《たび》え詣《もう》でたまは《わ》ず、ことなる御逍遥《おんしょうよう》などなくて、急《いそ》ぎ入《い》りた

(また逢う日までの形見にと、残していくこの琴の、中の緒の調べは、ふたりの仲のしるしのように、その音をとくに変えないでほしい)

「この琴の絃《いと》の調子が狂《くる》わないうちに、必ず逢いましょう」と、それを頼みに約束されるようでした。けれども女君が、ただ目の前の別れの辛さに胸を一杯にして泣きむせぶのも、実にもっともなことなのでした。

源氏の君は、難波《なにわ》のほうにお渡りになって、御祓《おはら》いをなさって、住吉の明神にも、御加護のお蔭で、無事にこうして帰京できることになって、今までにいろいろな願《がん》を立てた願ほどきに改めて参詣することを、御使いをつかわ

まひ《い》ぬ。二条院《にじょうのいん》におは《わ》しましつきて、都《みやこ》の人《ひと》も、御供《おんとも》の人《ひと》も、夢《ゆめ》の心地《ここち》して行《ゆ》きあひ《い》、よろこび泣《な》きもゆゆしきまでたち騒《さわ》ぎたり。女君《おんなぎみ》も、かひ《い》なきものに思《おぼ》し捨《す》てつる命《いのち》、うれしう《しゅう》思《おぼ》さるらむかし。

　いとうつくしげにねびととのほ《お》りて、御《おん》もの思《おもい》ひのほどに、ところせかりし御髪《みぐし》のすこしへがれたるしもいみ

して御報告になります。俄《にわか》なことで、従者たちも大勢で自由もきかないので、今度の帰りの旅には御参詣は見合わされて、格別の御遊覧などもなくて、急いで京にお入りになりました。

　二条の院にお着きになると、都にとどまっていた人も、お供をして帰った人も、夢のような気持で再会し、嬉し泣きも、縁起でもないほど大騒ぎしています。紫の上も、生きていても甲斐のないものと、あきらめていらっしゃったお命でしたが、永らえてこそ、今の再会があったのだと、どんなに嬉しくお思いになられたことでしょう。

　三年の間に紫の上は、たいそう美しく御成人なさって、容姿もととのわ

じう《じゆう》めでたきを、いまはかくて見《み》るべきぞかしと御心《みこころ》落《お》ちゐるにつけては、またかの飽《あ》かず別《わか》れし人《ひと》の思へ《おもえ》りしさま心苦《こころぐる》しう《しゆう》思《おぼ》しやらる。なほ《お》世《よ》とともに、かかる方《かた》にて御心《みこころ》の暇《いとま》ぞなきや。

ほどなく、もとの御位《みくらい》あらたまりて、数《かず》より外《ほか》の権大納言《ごんだいなごん》になりたまふ《う》。次々《つぎつぎ》の人《ひと》も、さるべきかぎりは、もとの官還《つかさかえ》し賜《たまわ》り世《よ》にゆるさるるほ

れ、都に一人御心労をなさった時に、かつてはあまり多すぎてうるさかったほどの御髪《みぐし》が、少し落ち細っているのが、かえってたいそうお美しいと、源氏の君は御覧になります。もうこれからはずっとこうして一緒に暮せるのだと、御安心なさるにつけて、源氏の君はまた、あの飽かぬ別れを惜しんだ明石の君が、悲しみ沈んでいた様子を、痛々しくお心に思いやられるのでした。やはりいつになっても、こうした恋の道で、お心の休まる時といってはないお方なのでした。

ほどもなく元の官位から昇進なさって、源氏の君は定員外の、権大納言《ごんだいなごん》になられました。源氏の君に連座して罷《ひ》

ど、枯《か》れたりし木《き》の春《はる》にあへ《え》る心地《ここち》して、いとめでたげなり。

春宮《とうぐう》を見《み》たてまつりたまふ《う》に、こよなくおよすげさせたまひ《い》て、めづらしう思《しゅうおぼ》しよろこびたるを、限《かぎ》りなくあはれ《わ》と見《み》たてまつりたまふ《う》。御才《おんざえ》もこよなくまさらせたまひ《い》て、世《よ》をたもたせたまはむ《わ》に憚《はばか》りあるまじく賢《かしこ》く見《み》えさせたまふ《う》。入道《にゅうどう》の宮《みや》にも、御心《みこころ》すこし静《しず》めて、御対面《おんたいめ》のほどにもあはれ《わ》な

免《めん》されていたしかるべき人々も、皆、次々元の官職を返していただき、晴れて世間に許されたのは、枯れ木に春がたちかえったような心地がして、ほんとうにおめでたそうでした。

東宮にお逢いしますと、すっかり大きくなっていらっしゃり、源氏の君との再会を珍しがって、お喜びあそばされるのを、源氏の君は、限りない感慨で拝します。御学問もこの上なく御上達あそばして、天下をお治めになられても何のお気づかいもなさそうに、御聡明にお見えになります。藤壺の尼宮にも、少しお気持が落ち着かれてから御対面なさいましたが、その折にも、さぞしみじみとしたいろいろのお話が

ることどもあらむかし。

まことや、かの明石《あかし》には、返《かえ》る波《なみ》につけて御文遣《おんふみつかわ》はす。ひき隠《かく》してこまやかに書《か》きたまふ《う》めり。


あったことでしょう。

そういえば、あの明石には、帰って行く人にことづけて、お手紙をおやりになりました。人目につかぬようにして、こまごまとお書きになられたようでした。


これまで順調に進んできた明るい光源氏の運命に、突然暗い翳《かげ》りが生じ、思いがけない人生の落とし穴に投げこまれる。光源氏もすでに二十六歳になっている。異母兄である朱雀《すざく》帝の最愛の朧月夜《おぼろづきよ》の尚侍《ないしのかみ》との密通現場が、朧月夜の父右大臣に押さえられた事件から、源氏の身辺は不穏になってくる。

政権も移って、源氏の舅《しゅうと》で後見者《こうけん》である左大臣家の勢力が落ち、それまで源氏に追従《ついじゅう》していた人々も右大臣や弘徽殿《こきでん》の大后《おおきさき》を怖れて、源氏に背を向けてしまう。右大臣側は、朧月夜との不倫を利用して、源氏の官位を剝奪《はくだつ》する。次に待つのは流罪《るざい》である。それを察して、源氏はそんな恥を見るより、自分から進んで都落ちしようと、須磨《すま》へ落ちて行く。源氏が自分から流謫《るたく》していくというのは、そうすることによって、東宮《とうぐう》の安全を守るという、源氏の意志がこめられていたのだ。

須磨の閑居《かんきょ》のわびしさは、想像以上で、訪ねる人もない。京からの女君たちの便りだけが唯一の慰めだが、それもひどく日数がかかる。文字通り島流しにあったようなわびしい月日がすぎていく。須磨に近い明石《あかし》には、明石の入道《にゅうどう》という変り者が住んでいた。もとは都の人で、父は大臣まで上り、父方の叔父の娘が、あの桐壺《きりつぼ》の更衣《こうい》という関係だった。娘が一人いたが、入道はこの娘だけは田舎で朽ちさせるにはしのびず、何とかして都の高貴の人と結婚させたいと望んでいた。そこへ源氏が流謫してきたので、これこそ前世の因縁だと喜び、源氏と娘を逢わせたいと考えていた。

須磨のわび住まいもいつのまにか一年をすごし、源氏は二十七歳になっていた。源氏は明石で、入道の海辺の邸に住み、別邸に住んでいる入道の姫と逢う。明石の姫はたいそう気位が高く、自分が田舎育ちなので源氏の気に入る筈《はず》はないと思い、かたくななまでに心を開かない。それでも、入道の取りなしもあり、やがてふたりは結ばれる。明石の姫はやがて源氏の子を妊《みごも》る。そんな時、都から赦免《しやめん》の宣旨《せんじ》が下り、源氏は二年半ぶりで、都へ帰ることになった。入道や明石の君の悲嘆はたとえようもなかった。

紫の上には、もし明石の女のことがよそから耳に入ったら悩むだろうと思い、それとなく明石から手紙で知らせてあった。このところの源氏のやり方は大変うまい。紫の上の耳に入る前に、自分から白状し、謝ってしまう。今の世でも同じこと。先に謝られては女は許さざるをえない。男と女の微妙なかけひきをちゃんと心得ている。

都で源氏を待ち受けていたのは、より美しく成熟した紫の上であり、桐壺院在世当時以上の、華々しい政界での復権であった。官位は権大納言に昇進し、政界の中枢に返り咲く。問題の朧月夜の君は尚侍として、源氏の須磨時代、早々と許されて、朱雀帝のお傍に仕えていた。

いくら君寵《くんちよう》を得ても、朧月夜の君の心の底には、源氏の俤《おもかげ》が宿っていることを朱雀帝は承知しながら、この不貞な女をもまだ愛さずにはいられないのである。紫式部は様々なユニークな人間の性格と、それのもたらす悲劇を書きわけていく。

関屋《せきや》

伊予介《いよのすけ》といひしは、故院崩《こいんかく》れさせたまひて《い》またの年《とし》、常陸《ひたち》になりて下《くだ》りしかば、かの帚木《ははきぎ》もいざなはれ《わ》にけり。須磨《すま》の御旅居《おんたびい》もはるかに聞《き》きて、人知《ひとし》れず思《おも》ひ《い》やりきこえぬにしもあらざりしかど、伝《つた》へ《え》きこゆべきよすがだになく、筑波嶺《つくばね》の山《やま》を吹《ふ》き越《こ》す風《かぜ》も浮《う》きた

光源氏（二十九歳）

伊予《いよ》の介《すけ》といった人は、桐壺院《きりつぼいん》がお崩《かく》れになりましたその翌年、常陸《ひたち》の介《すけ》になって任国へ下《くだ》りました。あの空蟬《うつせみ》も一緒に伴われて行ったのでした。源氏の君の須磨《すま》でのお気の毒なお暮しの噂も、空蟬ははるかな常陸で風の便りに聞き、人知れずお案じ申し上げないでもなかったのですけれど、その思いをお伝えするつてさえなくて、筑波山《つくばやま》の峰を吹き越えてくる風に言伝《ことづて》を託しますのも、いかにもはかない気がし

る心地《ここち》して、いささかの伝《つたえ》へだになくて年月《としつきかさ》重なりにけり。限《かぎ》れることもなかりし御旅居《おんたびい》なれど、京《きょう》に帰《かえ》り住《す》みたまひて、またの年《とし》の秋《あき》ぞ常陸《ひたち》は上《のぼ》りける。

関入《せきい》る日《ひ》しも、この殿《との》、石山《いしやま》に御願《ごがん》はたしに詣《もう》でたまひけり。京《きょう》より、かの紀伊守《きのかみ》などいひし子《こ》ども、迎《むかえ》へに来《き》たる人々《ひとびと》、この殿《との》かく詣《もう》でたまふべしと告《つ》げければ、道《みち》のほど騒《さわ》がしかりな

て、全く何の音信もしないままに歳月が過ぎ重なってしまいました。いつまでという期限のあったわけでもない源氏の君の流浪の御生活も終って、やがて京にお帰りになり、その翌年の秋に、常陸の介も帰京してきたのでした。

常陸の介の一行が、逢坂《おうさか》の関に入るちょうどその日、たまたま大臣になられた源氏の君は石山寺《いしやまでら》に願《がん》ほどきに御参詣になりました。京から、あの紀伊《き》の守《かみ》といった息子たちや、迎えに来た人々が、「今日は源氏の君が石山寺に御参詣になります」と、報《しら》せましたので、それでは道中がさぞ混雑することだろうと、まだ夜明け前から道を急ぎ

むものぞとて、まだ暁《あかつき》より急《いそ》ぎける を、女車多《おんなぐるまおお》く、ところせうゆるぎ来《く》るに、日《ひ》たけぬ。打出《うちいで》の浜来《はまく》るほどに、「殿《との》は粟田山《あわたやま》越《こ》えたまひぬ」とて、御前《ごぜん》の人々《ひとびと》、道《みち》も避《さ》りあへ《え》ず来《き》こみぬれば、関山《せきやま》にみな下《お》りゐ《い》て、ここかしこの杉《すぎ》の下《した》に車《くるま》どもかきおろし、木隠《こがく》れにゐ《い》かしこまりて過《す》ぐしたてまつる。

車《くるま》などかたへ《え》は後《おく》らかし、前《さき》に立《た》て

ましたが、女車《おんなぐるま》が多くて道一杯にゆらりゆらりと練り歩いて来ましたので、日も高くなってしまいました。

大津の打出《うちで》の浜《はま》を通る頃には、「もう大臣は粟田山《あわたやま》をお越えになった」と触れながら、前駆《ぜんく》の人々が道も避けきれないほど大勢、乗り込んで来ました。そこで常陸の介の一行は関山《せきやま》でみんな車から降りて、あちらこちらの杉の木の下に車を引き入れ、轅《ながえ》を下ろして木蔭にかしこまって隠れるように坐り、源氏の君のお行列をお通し申し上げます。

常陸の介の一行の車は、一部はわざと遅らせたり、あるいは先に出発させたりしたのですが、それでも一族の数

などしたれど、なほ《お》類《るい》ひろく見《み》ゆ。車《くるま》十《とお》ばかりぞ、袖口《そでぐち》、物《もの》の色《いろ》あひ《い》なども漏《も》り出《い》でて見《み》えたる。田舎《いなか》びずよしありて、斎宮《さいぐう》の御下《おんくだ》り何《なに》ぞやう《よ》のをりの物見車《ものみぐるま》思《おぼ》し出《い》でらる。殿《との》もかく世《よ》に栄《さか》え出《い》でたまふ《う》めづらしさに、数《かず》もなき御前《ごぜん》ども、みな目《め》とどめたり。

九月晦日《ながつきつごもり》なれば、紅葉《もみじ》のいろいろこきまぜ、霜枯《しもが》れの草《くさ》むらむらをかしう《しゅう》見《み》えわたるに、関屋《せきや》よりさとはづれ出《い》

がいかにも多いように見えます。十台ほど並んだ車の中から、女の衣裳の袖口や襲《かさね》の色合いなどがこぼれ出ているのが見えます。その色合いが田舎びず洗練されていますので、お目をとめられた源氏の君は、斎宮《さいぐう》の御下向《げこう》かなにかの折の物見車をお思い出しになります。源氏の君もこうして久々に世に返り咲かれ、華々しく御栄進になられましたので、数知れないほど前駆の者たちがお供していますが、みな、この女車に目をとめました。

九月の末のことですから、紅葉のさまざまな色がまざりあい、霜枯れの草が濃く淡く一面に美しく見渡されるところに、関所の建物から源氏の君の御

でたる旅姿《たびすがた》どもの、いろいろの襖《あお》のつきづきし縫物《ぬいもの》、括《くく》り染《ぞめ》のさまもさる方《かた》にをかしう《しゅう》見《み》ゆ。

御車《おんくるま》は簾《すだれ》おろしたまひ《い》て、かの昔《むかし》の

「関屋」の挿絵
『源氏物語』慶安本（国文学研究資料館蔵）

一行が、さっと離れ出て来ました。その人々の旅装束の色とりどりの裏のついた狩衣《かりぎぬ》に、それぞれふさわしい刺繍《ししゅう》や、絞《しぼ》り染《ぞめ》をほどこしてあるのも、場所柄いかにもしっくりして趣があります。


源氏の君はお車の簾《すだれ》をお下ろしになったまま、今は右衛門《うえもん》の佐《すけ》になっているあの昔の小君《こぎみ》を、お呼び寄せになられて、「今日、わたしがわざわざ関までお迎えに来たことを、よもや無視なさるわけにはいかないでしょう」などと、空蟬へお伝言《ことづけ》なさいます。

お心のうちにはさまざまな思い出がどっとあふれてくるのですが、一通りの御伝言しかお出来にならないので、

小君《こぎみ》、今《いま》は衛門佐《えもんのすけ》なるを召《め》し寄《よ》せて、
源氏「今日《きょう》の御関迎《おんせきむかえ》へは、え思《おも》ひ捨《す》てたまは《わ》じ」などのたまふ《う》。
御心《みこころ》の中《なか》いとあは《わ》れに思《おぼ》し出《い》づること多《おお》かれど、おほ《お》ぞうにてかひ《い》なし。
女《おんな》も、人知《ひとし》れず昔《むかし》のこと忘《わす》れねば、とり返《かえ》してものあは《わ》れなり。

行《ゆ》くと来《く》とせきとめがたき涙《なみだ》をや
絶《た》えぬ清水《しみず》と人《ひと》は見《み》るらむ

え知《し》りたまは《わ》じかしと思《おも》ふに、いとか

どうしようもないのでした。女も、人知れず昔のことを忘れかねていますから、あの頃を思い出してたまらなく、胸にこみあげます。

　行くと来《く》とせきとめがたき涙をや
　絶えぬ清水《しみず》と人は見るらむ

（逢坂の関越えて、往った昔も帰る今も、堰《せ》きとめかねるとめどないわたしの涙、あなたはそれをただあふれて止まぬ、関《せき》の清水と見るだけでしょうに）

こうした歌を心ひそかに詠んだところで、源氏の君にはおわかりいただけないのだと思うと、空蝉はほんとうに侘《わび》しくてなりません。

源氏の君が石山寺からお帰りになる時は、空蝉の弟の右衛門の佐がお迎え

《い》ひなし。石山《いしやま》より出《い》でたまふ《う》御迎《おんむかえ》へに衛門佐《えもんのすけ》参《まい》れり。一日《ひとひ》まかり過《す》ぎしかしこまりなど申《もう》す。昔《むかし》、童《わらわ》にていと睦《むつ》ましう《しゅう》ら《ろ》うたきものにしたまひ《い》しかば、か《こ》うぶりなど得《え》しまで、この御徳《おんとく》に隠《かく》れたりしを、おぼえぬ世《よ》の騒《さわ》ぎありしころ、ものの聞《き》こえに憚《はばか》りて常陸《ひたち》に下《くだ》りしをぞ、すこし心《こころ》おきて年《とし》ごろは思《おぼ》しけれど、色《いろ》にも出《い》だしたまは《わ》ず。

にまいりました。先日、逢坂の関でお供申し上げないまま行き過ぎてしまったおわびなどを申し上げます。昔、少年のころには、お身近においてたいそう可愛がっておやりで、五位に叙していただくまでは何から何まで源氏の君のおかげを被っておりましたのに、思いがけないあの大事件が起こった頃には、世間の取り沙汰を気にして恐れ、義兄に従って常陸へ下ってしまいました。源氏の君はそのことを今までいくらか御不快にお思いでしたけれど、それをお顔色にもお出しになりません。昔のようではないまでも、やはり親しい家来のうちには数えていらっしゃるのでした。紀伊《き》の守《かみ》だった者も、今

昔《むかし》のやうにこそあらねど、なほ親《した》しき家人《いえびと》の中《うち》には数《かぞえ》へたまひけり。紀伊《きの》守《かみ》といひしも、今《いま》は河内守《かわちのかみ》にぞなりにける。

その弟《おとうと》の右近将監《うこんのぞう》解《と》けて御供《おとも》に下《くだ》りしをぞ、とりわきてなし出《い》でたまひければ、それにぞ誰《たれ》も思《おも》ひ知《し》りて、などてすこしも世《よ》に従《したが》ふ心《こころ》をつかひけんなど思《おも》ひ出《い》でける。

佐《すけめ》召《よ》し寄せて御消息《おんしょうそこ》あり。今《いま》は思《おぼ》し

は河内《かわち》の守《かみ》になっています。

その弟で右近《うこん》の将監《ぞう》を解任されて須磨へお供して下った者を、源氏の君はとりわけお引き立てになりましたので、それを見て誰もが思い当たり、どうしてあの時、少しでも時勢におもねる気持になったのだろうなどと、当時の自分の態度に後悔するのでした。

源氏の大臣は右衛門の佐をお呼び出しになって、空蟬にお手紙をお伝言《ことづけ》になりました。「もう忘れておしまいになっていそうなことなのに、よくまあ、いつまでもお気持のお変わりにならないことだ」と、佐は思いながらひかえております。

「先日は、思いがけない再会に、あな

忘《わす》れぬべきことを、心長《こころなが》くもおは《わ》する
かなと思《おも》ひ《い》ゐ《い》たり。
源氏「一日《ひとひ》は契《ちぎ》り知《し》られしを、さは《わ》思《おぼ》
し知《し》りけむや。
　わくらばに行《ゆ》きあふ《う》みちを頼《たの》みしも
　なほ《お》かひ《い》なしや潮《しお》ならぬ海《うみ》
関守《せきもり》の、さもうらやましく、めざまし
かりしかな」とあり。
源氏「年《とし》ごろの途絶《とだ》えもうひ《い》うひ《い》しく
なりにけれど、心《こころ》にはいつとなく、た

たとの前世からの深い宿縁を思い知らされました。あなたもそうお感じにはならなかったでしょうか。

　わくらばに行きあふみちを頼みしも
　なほかひなしや潮ならぬ海

（たまたま恋しいあなたに、行き逢いめぐり逢った路は、その名も頼もしい近江《おうみ》路《じ》、けれども塩もない湖は貝もなく、逢う望みさえ甲斐なくて）

あなたにかしずく関守《せきもり》が、この上なく羨ましく、妬《ねた》ましく思われて」とあります。

「あれからあまりにも長い間途絶えていましたので、お便りをするのも何だか気恥ずかしい気がしますが、心の中ではいつも変わりなくあなたを思いつ

だ今《いま》の心地《ここち》するならひ《い》になむ。すきずきしう《しゅう》、いと憎《にく》まれむや」とてたまへ《え》れば、かたじけなくて持《も》て行《い》きて、衛門佐「なほ聞《おき》こえたまへ《え》。昔《むかし》にはすこし思《おぼ》し退《の》くことあらむと思《おもい》ひたまふ《う》るに、同《おな》じやう《よ》なる御心《みこころ》のなつかしさなむいとどありがたき。すさびごとぞ用《よう》なきことと思《おもえ》へど、えこそすくよかに聞《き》こえかへ《え》さね。女《おんな》にては負《ま》けきこえたまへ《え》らむに、罪《つみ》ゆるされぬべし」

づけ、あの頃をつい昨日今日のことのように思うのが癖になっています。また色めいた振舞いだと、ひどく嫌われそうだけれど」と言伝《ことづて》を添えてお手紙をお渡しになりましたので、右衛門の佐はもったいなく思い、姉のところに持って行きました。

「とにかくお返事をさし上げてください。昔より少しはわたしに冷たくなさるかと思っていたのに、全く昔と変わらないお心のそのおやさしさといったら、ほんとに世にも珍しいことです。こんなお取り次ぎは無用のことと思いますけれど、わたしとしてはとてもすげなくお断りは出来ません。女の身として情にほだされてお返事をさし上げ

など言《い》ふ。

今《いま》はましていと恥《は》づかしう、よろづのことうひうひしき心地《ここち》すれど、めづらしきにやえ忍《しの》ばれざりけむ、

逢坂《おうさか》の関《せき》やいかなる関《せき》なれば
繁《しげ》きなげきの中《なか》を分《わ》くらむ

「夢《ゆめ》のやうに《よ》なむ」と聞《き》こえたり。あはれもつらさも忘《わす》れぬふしと思《おぼ》しおかれたる人《ひと》なれば、をりをりはなほのたまひ動《いうご》かしけり。

たところで、誰も咎めだてはしないでしょう」などと、言います。

空蟬は今は昔よりなおさら気がひけて、何もかも恥ずかしい気持ですが、それでも久々のお便りに、とてもこらえきれなくなったのでしょうか、

逢坂の関やいかなる関なれば
繁きなげきの中を分くらむ

(逢坂の関とは、逢うという名なのに、いったいどういう関所なのか、生い茂る木々の下草分けいって、こうも深い嘆きを重ねるとは)

「夢のように思われまして」と、お返事をさし上げました。恋しいにつけ恨めしいにつけ、忘れられない女と、お心に深く留《とど》めていらっしゃったので、

かかるほどに、この常陸守《ひたちのかみ》、老《おい》の積《つ》もりにや、なやましくのみして、もの心細《こころぼそ》かりければ、子《こ》どもに、ただこの君《きみ》の御事《おんこと》をのみ言《い》ひおきて、「よろづのこと、ただこの御心《みこころ》にのみまかせて、ありつる世《よ》に変《かわ》らで仕《つこ》うまつれ」とのみ明《あ》け暮《く》れ言《い》ひけり。

女君《おんなぎみ》、心憂《こころう》き宿世《すくせ》ありて、この人《ひと》にさへ後《おく》れて、いかなるさまにはふれまどふべきにかあらんと思《おも》ひ嘆《なげ》きたまふ

源氏の君はそれから後も折々は、やはりお便りをされ女の心を惹こうとなさるのでした。

そうこうする間に常陸の介は年老いたせいか病気がちになり、何かと心細くなってきましたので、息子たちにただもう空蟬のことばかりを遺言して、「どんなこともすべて、この方のお好きなままにさせて、わたしが生きていた時と変わらないようにお仕えせよ」とだけ、明け暮れに言いつづけていました。

女君も、もともと悲しい運命のために、常陸の介の後妻になったのですが、今またこの夫にまで先立たれて、終りはどんなみじめな身の上に落ちぶ

を見《み》るに、

命《いのち》の限《かぎ》りあるものなれば、惜《お》しみとどむべき方《かた》もなし、いかでか、この人《ひと》の御《おん》ために残《のこ》しおく魂《たましい》もがな、わが子《こ》どもの心《こころ》も知《し》らぬを、とうしろめたう悲《かな》しきことに言《い》ひ思《おも》へど、心《こころ》にえとどめぬものにて、亡《う》せぬ。

しばしこそ、さのたまひしものをなど情《なさけ》づくれど、うはべこそあれ、つらきこと多《おお》かり。とあるもかかるも世《よ》の

れ、路頭《ろとう》に迷うことになるのだろうと、嘆き悲しんでいます。それを見た常陸の介が、

「人の命は限りがあるのだから、もっと長生きしたいと願ってもどうするすべもない。何とかして、この人のために自分の魂魄《こんぱく》だけでも、せめてこの世に残しておけないものか。息子とはいえ、その本心はわからないのだから」と、心配で辛くてならないと口にもし、心に思いもしましたが、やはり寿命は思うにまかせず、常陸の介はとうとう亡くなってしまいました。

しばらくの間は、「亡き父上があのようにおっしゃいましたから」などと、息子たちはいかにも親切らしくし

道理《ことわり》なれば、身《み》ひとつのうきことにて嘆《なげ》き明《あ》かし暮《く》らす。ただこの河内守《かわちのかみ》のみぞ、昔《むかし》よりすき心《ごころ》ありてすこし情《なさけ》がりける。

河内守「あは《わ》れにのたまひ《い》おきし、数《かず》ならずとも、思《おぼ》し疎《うと》までのたまは《わ》せよ」など追従《ついそう》し寄《よ》りて、いとあさましき心《こころ》の見えければ、うき宿世《すくせ》ある身《み》にて、かく生《い》きとまりて、はてはてはめづらしきことどもを聞《き》き添《そ》ふ《う》るかなと

ましたけれど、うわべはともかく次第に何かと冷たい仕打ちが多くなります。それもこれも、世間によくあることですから、何もかも自分が不幸な運命に生れあわせたせいなのだと思って、空蟬は嘆きながら暮しています。ただこの河内の守だけが、前々から継母に対して好色な野心があり、少しやさしそうな態度を見せるのでした。

「父上がくれぐれも御遺言なさったのですから、至らぬわたしですが、他人行儀になさらず何なりとお申しつけ下さい」など、機嫌をとり近づいてきたものの、そのうち何ともあきれはてた浅ましい横恋慕《よこれんぼ》の下心が見えてきました。自分のような不運な因縁を負った

人《ひと》知《し》れず思《おも》ひ知《し》りて、人《ひと》にさなむとも知《し》らせで尼《あま》になりにけり。ある人々《ひとびと》、いふ《う》かひ《い》なしと思《おも》ひ嘆《なげ》く。守《かみ》もいとつら《ろ》う、「おのれを厭《いと》ひたまふ《う》ほどに、残《のこ》りの御齢《おんよわい》は多《おお》くものしたまふ《う》らむ、いかでか過《す》ぐしたまふ《う》べき」などぞ。あいなのさかしらやなどぞはべるめる。

身の上で、こんなふうに夫より後に生き残り、あげくの果てには何という浅ましいことまで聞かされることかと、人知れず悟ることがありまして、誰にも打ち明けず出家して尼になってしまいました。

お仕えしていた女房たちは、何という情けないことかと落胆《らくたん》しています。

河内の守もたいそう恨めしく思って、「わたしをお嫌いになってこんなことをなさったのでしょうが、まだまだ将来も長いお年なのに、これから先、どのようにしてお暮しになるのでしょう」などと尼になった継母に言ったりしたようです。それこそ余計なお節介だと、世間では噂しましたとやら。

あの空蟬《うつせみ》の夫の伊予《いよ》の介《すけ》は、桐壺院の崩御した翌年、常陸《ひたち》の介になって任国へ行った。妻の空蟬も伴われて行く。源氏の痛ましい流離のことも聞いてはいたが、便りをするような便宜《べんぎ》もなく、音信不通の歳月が過ぎ去っていた。源氏が都に返り咲いた翌年の秋、常陸の介は任期を終え帰京する。一行が大津までたどりつき、逢坂《おうさか》の関《せき》にさしかかった時、たまたま石山寺《いしやまでら》へ願ほどきに参詣するため大津まで来た源氏の一行と出逢う。

空蟬は抵抗の強さで、十七歳の源氏に忘れがたい強い印象を残したまま、舞台から消えていた。その後、源氏の身の上にも様々な変転があり、今は二十九歳になって、位も内大臣に昇っている。「関屋」はそんな背景の上に描かれた、最も短い帖の一つである。それでいて、絵巻物を見るような華やかで美しい場面となり、印象に残る。「源氏物語絵巻」の中にも、決まってこの場面は選ばれている。本書では、この帖のみ全文を収録した。

伊予へは単身赴任したのに、常陸へは妻を伴ったのは、空蟬の希望ではなかったか。源氏のいる京から離れることで、空蟬は源氏への想いを断ち切ろうとし、またいつ強引に襲われるかしれない源氏の誘惑から、身を守ろうとしたのだろう。息子の紀伊の守《きかみ》は今は河内《かわち》の守になっていて、父の出迎えに来たので、源氏の一行とかち合うようだと父たちに告げる。源氏もまた、常陸の介一行と逢うことを、前もって聞き及んでいた。

源氏は道ばたに並ぶ十輛ほどの女車《おんなぐるま》に目をとめ、その中にいる筈《はず》の薄情だった忘れられない女をなつかしむ。往年の女の弟小君《こぎみ》が、右衛門《うえもん》の佐《すけ》になっているのを呼びよせ、空蟬へ伝言させる。小君はあれほど源氏に可愛がられたのに、源氏の失脚事件の時、世間の思惑《おもわく》をはばかって、須磨《すま》へお供しようともしなかった。そのことで源氏は内心この男を不快に思っているが顔には出さない。源氏はあの事件の時、自分に好意を寄せ忠誠を尽くした者たちには、復権後、つとめて栄達《えいたつ》をはかってやり、報いている。同時に自分に冷たい態度をとった者たちは忘れず、徹底的に復讐《ふくしゅう》の態度に出ている。

「今日の関までのわたしの出迎えは、いくら冷たいあなたでもかりそめには思えないでしょう」という伝言に、空蟬は恋しさで胸が一杯になる。もともと嫌いで情《つれ》ない態度をとったわけでない源氏を、空蟬はどこにいても忘れた日がないからであった。それをきっかけに、源氏はまた、折々便りを寄せ、女の心をひこうとするのだった。

常陸の介は、もともと妻にふさわしくない程老齢だったので、程なく病にかかる。原文は「老《おい》の積もりにや」と書いてある。老衰が重なったからということだろう。死の予感の前に、老夫は残される若い妻の身の上を心配する。彼は妻の不貞の過ちなど夢にも知らない。息子の河内の守に、しきりに自分の死後の空蟬の面倒を見てくれと頼む。

紫式部は空蟬の容貌を不美人のように書いているけれど、老夫の心をこれほどひき、源氏に忘れられない想いを与え、継息子の河内の守にも執拗な恋慕《れんぼ》の想いをおこさせているのだから、よほど男の心をそそる何かが具《そな》わった女として、紫式部は空蟬という個性を造形したのだろう。身分に似合わずこの女もプライドが高い。

老夫の死んだ後、空蟬は唐突に出家をとげてしまう。寡婦《かふ》になった継母に継息子の河内の守がしきりに言い寄るのがうるさかったのである。空蟬は表面華奢《きやしや》で嫋々《じようじよう》とした、ひかえめな感じがし、男は思わずかばってやりたくなるような可憐な雰囲気を持っている。ところが内心は外見と似合わず理智的で、プライド高く、強い芯をかくしていた。最初の夜の空蟬の思いがけない抵抗の強さを、なよ竹のしなうような強さと評した源氏だけがそれを知っていて、老夫も、継息子も、それを知らなかった。源氏は空蟬の、その外観と内面の差に魅力を感じたのだろう。

「うき宿世《すくせ》ある身にて、かく生きとまりて、はてはてはめづらしきことどもを聞き添ふるかなと人知れず思ひ知りて、人にさなむとも知らせで尼になりにけり」。悲しい前世の因縁のある身のため、こうして夫には先立たれ、あげくの果てには継息子に言いよれるなど、浅ましい目を見るものだと思うと、この世が厭《いや》になり、人にもそうとは知らせず、こっそり出家してしまった、という意である。河内の守は自分を嫌って出家なんかしたのだろうと言い、将来どうして暮すのかとなじる。

空蟬出家への源氏の感想は見えないが、後に源氏は尼になった空蟬を、末摘花《すえつむはな》と同じく二条の東の院に引きとり、生涯の生活の面倒を見つづけている。空蟬は、源氏の誘惑を防ぎきれない自分の恋心を自覚していたので、出家の道を選んだのであろうし、そうすることによって、かえって、源氏の胸に、自分の 俤《おもかげ》 を永遠に強くやきつけることを知っていたのだろう。

蛍《ほたる》

今《いま》はかく重々《おもおも》しきほどに、よろづのどやかに思《おぼ》ししづめたる御《おん》ありさまなれば、頼《たの》みきこえさせたまへ《え》る人々《ひとびと》、さまざまにつけて、みな思《おもう》ふさまに定《さだ》まり、ただよはしから《わ》で、あらまほしくて過《す》ぐしたまふ《う》。対《たい》の姫君《ひめぎみ》こそ、いとほ《お》しく、思《おもい》ひの

光源氏（三十六歳）

今はこうして太政大臣《だいじょうだいじん》という重々しい地位になられた、源氏の君は、何事にものどやかに落ち着いたお暮しぶりなので、お世話になっていられる女君たちもそれぞれのお身の上に応じて、皆思い通りにお暮しも安定され、何の不安もなく、満ち足りた日々を送っていらっしゃいます。

西の対《たい》の玉鬘《たまかずら》の姫君だけは、お気の毒なことに、思いもかけなかった心配事が加わって、どうしたらいいのかと

ほかなる思《おもい》ひ添《そい》ひて、いかにせむと思《おぼ》し乱《みだ》るめれ。かの監《げん》がうかりしさまにはなずらふ《う》べきけはひ《い》ならねど、かかる筋《すじ》に、かけても人《ひと》の思《おもい》ひよりきこゆべき事《こと》ならねば、心《こころ》ひとつに思《おぼ》しつつ、さま異《こと》に疎《うと》ましと思《おもい》ひきこえたまふ《う》。大臣《おとど》も、うち出《い》でそめたまひ《い》ては、なかなか苦《くる》しく思《おぼ》せど、人目《ひとめ》を憚《はばか》りたまひ《い》つつ、はかなきことをもえ聞《き》こえたまはず《わ》。兵部卿宮《ひょうぶきょうのみや》などは、まめや

お悩みの御様子です。あの大夫《たいふ》の監《げん》のうとましかった有り様とは比べものにならないけれど、まさか仮にも娘となった者に懸想《けそう》するようなことを源氏の君がなさろうとは、全く誰ひとり考えつく筈《はず》もありません。それで姫君は、そういう目にあう度ごとに、御自分の胸ひとつにいつもお悩みになって、源氏の君のなさり方に、とんでもない異様な厭《いや》らしさをお感じになるのでした。

源氏の君も、一度恋心をお洩《も》らしになってからというもの、心が慰《なぐさ》むどころか、かえって苦しく悩まれましたが、人目を気がねなさって、ちょっとしたお言葉さえ姫君におかけになれま

かに責《せ》めきこえたまふ。

正身《そうじみ》は、かくうたてあるもの嘆《なげ》かしさの後《のち》は、この宮《みや》などはあはれ《わ》げに聞《き》こえたまふ時《とき》は、すこし見入《みい》れたまふ時《とき》もありけり。何《なに》かと思《おもう》ふにはあらず、かく心憂《こころう》き御気色《みけしき》見ぬわざもがなと、さすがにされたるところつきて思《おぼ》しけり。

殿《との》は、あいなく、おのれ心《こころ》げさう《そ》して、宮《みや》を待《ま》ちきこえたまふ《う》も、知《し》りた

せん。兵部卿《ひょうぶきょう》の宮《みや》などは、真剣になってしきりに恋文をお届けになります。

姫君御本人は、源氏の君に恋を打ち明けられるなどというういやらしく嘆かわしい心配事が起こってからのちは、この兵部卿の宮などが、情《じょう》のこもったお手紙をさし上げた時は、少しは心をとめて御覧になる時もあるのでした。特に宮をどうお思いになるというのではないのです。こうした源氏の君のうとましい御態度を見ないですむ方法はないものかと、さすがに女らしい世馴れた思案も生れて、宮との結婚もお考えになるのでした。

源氏の君はどうだっていいのに、勝手にひとり力んで兵部卿の宮を待ち構

まはで、よろしき御返《おんかえ》りのあるをめづらしがりて、いと忍《しの》びやかにおはしま《わ》したり。妻戸《つまど》の間《ま》に御茵《おんしとね》まゐ《い》らせて、御《み》几帳《きちょう》ばかりを隔《へだ》てにて近《ちか》きほどなり。いといたう《と》心《こころ》して、そらだきもの心《こころ》にくきほどに匂《におわ》はして、つくろひお《い》はす《わ》るさま、親《おや》にはあらで、むつかしきさかしら人《びと》の、さすがにあはれ《わ》に見《み》えたまふ《う》。

姫君《ひめぎみ》は、東面《ひむがしおもて》にひき入《い》りて大殿籠《おおとのごも》

えていらっしゃいます。そんなこととは、兵部卿の宮は御存知なくて、少しは色よいお返事があったことを珍しいと喜ばれて、ほんとうにこっそりと忍びやかにお越しになりました。妻戸《つまど》の内の廂《ひさし》の間《ま》に座蒲団をさし上げて、御《み》几帳《きちょう》だけを隔てにした、姫君のお近くにお通しします。源氏の君が大変な気配りをなさり、お部屋に薫物《たきもの》を奥ゆかしく匂わせて、あれこれお世話をなさる御様子は、実の親でもないのに、うるさいおせっかいをするものです。それでもやはり、ことの真相を知らない者は、よくもこれほどまで御面倒をみるものと感心させられます。

玉鬘の姫君は、東の廂の間に引き籠《こも》

りにけるを、宰相《さいしょう》の君《きみ》の御消息《おんしょうそこ》つたへ《え》にゐ《い》ざり入《い》りたるにつけて、源氏「いとあまり暑《あつ》かはし《わ》き御《おん》もてなしなり。よろづのことさまに従《したが》ひ《い》てこそめやすけれ。ひたぶるに若《わか》びたまふ《う》べきさまにもあらず。この宮《みや》たちをさへ《え》、さし放《はな》ちたる人《ひと》づてに聞《き》こえたまふ《う》まじきことなりかし。御声《おんこえ》こそ惜《お》しみたまふ《う》とも、すこしけ近《ちか》くだにこそ」など、諫《いさ》めきこえたまへ《え》ど、いと

ってお寝《やす》みになっていらっしゃいました。そこへ宮のお言葉をお取り次ぎににじりながら入ってゆく宰相の君に、源氏の君はことづけられて、「これではあんまりもったいぶった気の利《き》かないお扱いです。何事も、その場に応じて振舞うのが見苦しくないのです。むやみに子供じみたふりをされるお年でもありません。この兵部卿の宮にまで、他人行儀に人伝《ひとづて》の御返事などなさるものではありませんよ。直接お声をお聞かせにならないにしても、せめてもう少しお近くにお寄りになっては」など、おさとしになりますけれど、姫君はほとほと困ってどうしていいかわかりません。こんな御意見にか

わりなくて、ことつけても這《は》ひ《い》入《い》りたまひ《い》ぬべき御心《みこころ》ばへ《え》なれば、とざまか《こ》うざまにわびしければ、すべり出《い》でて、母屋《もや》の際《きわ》なる御《み》几帳《きちょう》のもとに、かたは《わ》ら臥《ふ》したまへ《え》る。

何《なに》くれと言長《ことなが》き御答《おんいらえ》へ聞《き》こえたまふ《う》こともなく思《おぼ》しやすらふ《う》に、寄《よ》りたまひ《い》て、御《み》几帳《きちょう》の帷子《かたびら》を一重《ひとえ》うちかけたまふ《う》にあは《わ》せて、さと光《ひか》るもの、紙燭《しそく》をさし出《い》でたるかとあきれたり。蛍《ほたる》を

こつけてでも側近く入りこんでいらっしゃりかねない源氏の君のお気持とも思われるので、あれやこれやと思い迷うと辛《つら》くてたまらなく、そっとその場を抜け出して、母屋《もや》との境に立ててある御几帳の陰に、横におなりになりました。

　何やかやと宮のお話が長くつづくのに、お返事もなさらないで、姫君は思いためらっていらっしゃいます。そこへ源氏の君が近寄ってこられるなり、御几帳の帷子《かたびら》を一枚、いきなりお上げになります。と、同時に、さっと光るものがあたりに散乱して、紙燭《しそく》をさし出したのかと、姫君はびっくりなさいます。この夕方、源氏の君は蛍をたく

薄《うす》きかたに、この夕《ゆう》つ方《かた》いと多《おお》くつつみおきて、光《ひかり》をつつみ隠《かく》したまへ《え》りけるを、さりげなく、とかくひきつくろふやう《うよ》にて。にはか《わ》にかく掲焉《けちえん》に光《ひか》れるに、あさましくて、扇《おうぎ》をさし隠《かく》したまへ《え》るかたはら《わ》目《め》いとをかしげなり。

おどろかしき光見《ひかりみ》えば、宮《みや》ものぞきたまひなむ、わがむすめと思《おぼ》すばかりのおぼえに、かくまでのたまふなめり、人《ひと》ざま容貌《かたち》など、いとかくしも具《ぐ》

さん薄い布に包んでおいて、光が洩《も》れないように隠してお置きになったものを、さりげなく、姫君のお世話をなさるふりをよそおって、いきなり、さっと放し撒《ま》かれたのでした。突然のきらめく光に、姫君がはっと驚き、あわてて扇をかざしてお隠しになった横顔は、息を呑《の》むほど妖《あや》しく美しく心をそそられました。

源氏の君は、「おびただしい光が突然見えたら、宮もお覗《のぞ》きになられるだろう。玉鬘の姫君をこのわたしの実の娘とお思いになっているだけで、こうまで熱心に言い寄られるのだろう。姫君の人柄や器量などが、これほど非の打ちどころもなく具《そな》わっていようと

したらむとは、え推《お》しはかりたまは《わ》じ、いとよくすきたまひぬ《い》べき心《こころ》などはさむ《わ》、と構《かまえ》へ歩《あり》きたまふ《う》なりけり。まことのわが姫君《ひめぎみ》をば、かくしももて騒《さわ》ぎたまは《わ》じ、うたてある御心《みこころ》なりけり。他方《ことかた》より、やをらすべり出《い》でて渡《わた》りたまひ《い》ぬ。

宮《みや》は、人《ひと》のおはす《わ》るほど、さばかりと推《お》しはかりたまふ《う》が、すこしけ近《ちか》きけはひ《い》するに、御心《みこころ》ときめきせられた

は、とても想像もお出来になるまい。実際、色ごとには熱心にちがいない宮のお心を、惑《まど》わしてあげよう」と、あれこれたくらんで趣向をめぐらしていらっしゃるのでした。ほんとうの御自分の御娘であったなら、これほどまでに、おせっかいを焼かれて大騒ぎはなさらないでしょう。ほんとうに困った御性分なのでした。源氏の君は、別の戸口からこっそり脱け出してお帰りになりました。

兵部卿の宮は、姫君のいらっしゃるのはあのあたりだろうと、見当をおつけになりましたが、それが思っていたより間近な様子なので、お心がときめかれて、言いようもなく美しい羅《うすもの》の

まひ《い》て、えならぬ羅《うすもの》の帷子《かたびら》の隙《ひま》より見入《みい》れたまへ《え》るに、一間《ひとま》ばかり隔《へだ》てたる見《み》わたしに、かくおぼえなき光《ひかり》のうちほのめくををかしと見《み》たまふ《う》。はかなく聞《き》こえなして、御《おん》みづからはひき入《い》りたまひ《い》にければ、いとはるかにもてなしたまふ《う》愁《うれわ》はしさを、いみじく恨《うら》みきこえたまふ《う》。

五日には、馬場殿《むまばのおとど》に出《い》でたまひ《い》けるついでに渡《わた》りたまへ《え》り。

帷子の隙間からお覗きになりますと、一間《ひとま》ほど隔てた見通しのきくあたりに、思いもかけない光がこうしてほのかに姫君を照らしているのを、何という心憎い情景かとお目にとめられます。

わざとさりげなくお返事をして、姫君御自身は奥へ入っておしまいになりましたので、宮は、いかにもよそよそしいお扱いを受ける辛さを、たいそうお恨みになります。

五月五日には、源氏の君は、花散里《はなちるさと》の君《きみ》の馬場御殿《うまばのおとど》にお出かけになったついでに、西の対の玉鬘の姫君のところへお越しになりました。

「いかがでした。兵部卿の宮は夜おそくまでいらっしゃいましたか。あの宮

源氏「いかにぞや。宮《みや》は夜《よ》や更《ふ》かしたまひ《い》し。いたくも馴《な》らしきこえじ。わづらは《わ》しき気《け》添《そ》ひ《い》たまへ《え》る人《ひと》ぞや。人《ひと》の心《こころ》やぶり、ものの過《あやま》ちすまじき人《ひと》は難《かた》くこそありけれ」など、活《い》けみ殺《ころ》しみいましめおは《わ》する御《おん》さま、尽《つ》きせず若《わか》くきよげに見《み》えたまふ《う》。

未《ひつじ》の刻《とき》に、馬場殿《むまばのおとど》に出《い》でたまひ《い》て、げに親王《みこ》たちおは《わ》し集《つど》ひ《い》たり。手結《てつがい》の、公事《おおやけごと》にはさま変《かわ》りて、次将《すけ》たち

とはあまりお親しくなさらないほうがいいですよ。宮はあれで厄介《やっかい》なところがおありになる方なのですよ。女の心を傷つけたり、情事で過《あやま》ちをおかしたりしないような人は、めったにいないものですよ」などと、宮について生殺《せいさつ》自在《じざい》に、ほめたり、けなしたりなさって、姫君に警戒するように注意なさる源氏の君の御様子は、どこまでも若々しくおきれいにお見えになるのでした。

午後二時頃に、馬場御殿に源氏の君がお出ましになりますと、ほんとうに親王《みこ》たちもお集まりになりました。競技も宮中での競射《きょうしゃ》とは様子が違って、中将や少将などが連れ立って来て、風

かき連《つ》れ参《まい》りて、さまことにいまめかしく遊《あそ》び暮《く》らしたまふ。大臣《おとど》はこなたに大殿籠《おおとのごも》りぬ。今《いま》はただおほかたの御睦《おんむつ》びにて、御座《おまし》なども別々《ことごと》にて大殿籠《おおとのごも》る。床《ゆか》をば譲《ゆず》りきこえたまひて、御几帳《みきちょう》ひき隔《へだ》てて大殿籠《おおとのごも》る。け近《ちか》くなどあらむ筋《すじ》をば、いと似《に》げなかるべき筋《すじ》に思《おも》ひ離《はな》れはてきこえたまへれば、あながちにも聞《き》こえたまはず。

変わりな趣向を華やかに凝《こ》らして遊び暮されました。

源氏の君はその夜、花散里の君の御殿にお泊まりになりました。花散里の君との間は、今ではただ表面は御夫婦らしいだけで、御寝所なども別々にお寝《やす》みなさいます。

御自分の御帳台《みちょうだい》は源氏の君にお譲りになって、几帳を間に隔ててお寝《やす》みになります。君のお側に夫婦として共寝をなさるようなことは、まったく不似合いなことと、すっかりあきらめきっていらっしゃるので、源氏の君も無理に共寝をお誘いなさることもありません。

長い梅雨が例年よりしつこく降りつ

長雨《ながあめ》例《れい》の年《とし》よりもいたくして、晴《は》るる方《かた》なくつれづれなれば、御方々《おんかたがた》絵《え》、物語《ものがたり》などのすさびにて明《あ》かし暮《く》らしたまふ《う》。明石《あかし》の御方《おんかた》は、さやう《よ》のことをもよしありてしなしたまひ《い》て、姫君《ひめぎみ》の御方《おんかた》に奉《たてまつ》りたまふ《う》。

殿《との》も、こなたかなたにかかる物《もの》どもの散《ち》りつつ、御目《おんめ》に離《はな》れねば、

源氏「あなむつかし。女《おんな》こそものうるさがらず、人《ひと》に欺《あざむ》かれむと生《む》まれたる

づき、空も心も晴れる間もなく退屈なので、六条の院の女君たちは、絵物語などを慰みに読んで明かし暮していらっしゃいます。明石《あかし》の君《きみ》は、そうした物語も趣向を凝らして見事に絵巻物にお仕立てになり、明石の姫君にさし上げます。

源氏の君も、どちらに行かれても、こうした物語が取り散らかしてあるのが、お目につきますので、「ああ、厄介だね。女というものは、すすんでわざわざ人にだまされるように、この世に生れついているものと見えるね。たくさんのこうした物語のなかには、ほんとうの話などは、いたって少ないだろうに、一方ではそれをわかっていな

ものなれ。ここらの中《なか》にまことはいと少《すく》なからむを、かつ知《し》る知《し》る、かかるすずろごとに心《こころ》を移《うつ》し、はかられたまひて、暑《あつ》かはしき五月雨《さみだれ》の、髪《かみ》の乱《みだ》るるも知《し》らで書《か》きたまふ《う》よ」とて、笑《わら》ひ《い》たまふ《う》ものから、また、

源氏「かかる世《よ》の古事《ふるごと》ならでは、げに何《なに》をか紛《まぎ》るることなきつれづれを慰《なぐさ》めまし。さてもこのいつは《わ》りどもの中《なか》に、げにさもあらむとあは《わ》れを見《み》せ、

がら、こんなたわいもない話に心を奪われ、体《てい》よくだまされて、暑苦しい五月雨時《さみだれどき》に、髪の乱れるのも構わず、書き写していらっしゃるとは」と、お笑いになるものの、また、

「もっともこうした昔の物語でも見なければ、実際、どうにもほかに気のまぎらわしようもないこの所在なさは、慰めるすべもないですね。それにしてもこの数々の嘘《うそ》八百の作り話の中にも、なるほど、そんなこともあろうかと読者を感動させ、いかにも真実らしく書きつづけているところには、一方ではどうせたわいもない作り話とはわかっていながら、暇にまかせて興味をそそられ、物語の中の痛々しい姫君

つきづきしくつづけたる、はた、はかなしごとと知《し》りながら、いたづらに心《こころ》動《うご》き、らうたげなる姫君《ひめぎみ》のもの思《おもえ》へる見《み》るにかた心《ごころ》つくかし。またいとあるまじきことかなと見《み》る見《み》る、おどろおどろしくとりなしけるが目《め》おどろきて、静《しず》かにまた聞《き》くたびぞ、憎《にく》けれどふとをかしきふしあらはなるなどもあるべし。このごろ幼《おさな》き人《ひと》の、女房《にようぼう》などに時々読《ときどきよ》ますを立《た》ち聞《き》けば、ものよ

が、悲しみに沈んでいるのを見れば、やはり少しは心が惹《ひ》かれるものですよ。また、とてもそんな話はあり得ないことだと思いながらも、読んでいるうちに、仰々しく誇張《こちよう》した書きぶりに目がくらまされたりして、改めて落ち着いて聞いてみる時は、なんだつまらないと癪《しやく》にさわるけれど、そんな中にも、ふっと感心させられるようなところが、ありあり描かれていることもあるでしょう。この頃、明石の姫君が、女房などに時々物語を読ませているのを立ち聞きしますと、何と話のうまい者が世間にはいるものだとつくづく感心します。こんな話は嘘を言い馴れた人の口から出るのだろうと思うけれ

く言《い》ふ《う》者《もの》の世《よ》にあるべきかな。そらごとをよくし馴《な》れたる口《くち》つきよりぞ言《い》ひ出《い》だすらむとおぼゆれどさしもあらじや」とのたまへ《え》ば、
玉鬘「げにいつは《わ》り馴《な》れたる人《ひと》や、さまざまにさも酌《く》みはべらむ。ただいとまことのこととこそ思《おも》うたまへ《え》られけれ」とて、硯《すずり》を押《お》しやりたまへ《え》ば、
源氏「骨《こち》なくも聞《き》こえおとしてけるかな。神代《かみよ》より世《よ》にあることを記《しる》しおき

ど、そうばかりとも限らないのかな」と仰せになりますので、
玉鬘の姫君は、「おっしゃるように、いつも嘘をつき馴れたお方は、いろいろとそんなふうに御推量もなさるのでしょう。わたしなどにはただもうほんとうの話としか思えませんわ」と、今まで使われていた硯《すずり》を脇へ押しやって、物語を写すのをやめようとなさるので、
源氏の君は、「気をそぐようなぶしつけな悪口を言って、物語をけなしてしまったね。物語というものは、神代《かみよ》の昔から、この世の中に起こった出来事を書き残したものだと言われます。正史《せいし》と言われる日本紀《にほんぎ》などは、そのほ

けるなり。日本紀《にほんぎ》などはただかたそばぞかし。これらにこそ道々《みちみち》しくくは《わ》しきことはあらめ」とて笑ひ《わらい》たまふ《う》。

紫《むらさき》の上《うえ》も、姫君《ひめぎみ》の御《おん》あつらへ《え》にことつけて、物語《ものがたり》は捨《す》てがたく思《おぼ》したり。くまの物語《ものがたり》の絵《え》にてあるを、

紫の上「いとよく描《か》きたる絵《え》かな」とて御覧《ごらん》ず。

源氏「姫君《ひめぎみ》の御前《おまえ》にて、この世馴《よな》れたる物語《ものがたり》などな読《よ》み聞《き》かせたまひ《い》そ。み

んの一面しか書いてないのです。こうした物語の中にこそ、細かいことがくわしく書いてあるのでしょう」とおっしゃってお笑いになります。

紫の上も、明石の姫君のための御注文にかこつけて、物語を手放しがたく思っていらっしゃいます。くま野の物語が絵に描かれているのを、「たいそうよく描いてある絵だこと」とおっしゃって御覧になります。

源氏の君は、「姫君の御前で、こうした世間ずれした色恋沙汰《ざた》の物語などは、読んでお聞かせしないのがいいでしょう。ひそかに恋心を持った物語の娘などは、面白いとは思わぬまでも、こんなことが世間にはあるものだと、

そか心《ごころ》つきたるもののむすめなどは、をかしとにはあらねど、かかること世《よ》にはありけりと見馴《みな》れたまはむぞゆゆしきや」とのたまふもこよなしと、対《たい》の御方《おんかたき》聞きたまはば、心《こころ》おきたまひつべくなむ。

中将《ちゆうじよう》の君《きみ》を、こなたにはけ遠《どお》くもてなしきこえたまへれど、姫君《ひめぎみ》の御方《おんかた》には、さしもさし放《はな》ちきこえたまはず馴《な》らはしたまふ。あまたおはせぬ御仲《おんなか》

姫君が当たり前のように思われたら大変です」とおっしゃいます。こんな話を、もし西の対の玉鬘の姫君がお聞きになられたら、自分に対する扱いとは、ずいぶん分け隔てのあることと、お気を悪くされることでしょう。

源氏の君は、御長男の夕霧《ゆうぎり》の中将《ちゆうじよう》を、こちらの紫の上にはお近づけにならないようにしていらっしゃいますが、明石の姫君のほうには、それほど遠ざけることのないように、今からお躾けになっていらっしゃいます。多くはいらっしゃらないお子たちの御仲なので、源氏の君はお二人のお子を、それは大切にお世話申し上げていらっしゃいます。

らひにて、いとやむごとなくかしづききこえたまへ《え》り。

おほかたの心用ゐなども、いとものものしくまめやかにものしたまふ君《きみ》なれば、うしろやすく思《おぼ》しゆづれり。まだいはけたる御雛遊《おんひいなあそ》びなどのけはひの見《み》ゆれば、かの人《ひと》のもろともに遊《あそ》びて過《す》ぐしし年月《としつき》の、まづ思《おも》ひ出《い》でらるれば、雛《ひいな》の殿《との》の宮仕《みやづかえ》いとよくしたまひ《い》て、をりをりにうちしほたれたまひ《い》け

夕霧の中将の性質は、大体が重々しく、生真面目一方に考えるお方なので、源氏の君は安心して姫君をお任《まか》せになっていらっしゃいます。明石の姫君はまだあどけないお人形遊びなどがお好きな御様子が見えますので、中将にはあの雲居《くもい》の雁《かり》の姫君と一緒に遊び過した歳月が、まず思い出さずにはいられなくて、明石の姫君のお雛《ひな》さまの御殿遊びのお守りをまめまめしくなさっては、時折涙ぐんでいらっしゃるのでした。

夕霧の中将は、姫君御本人にだけは、並々でない恋心の思いのたけを、ひそかにお手紙で残りなくお知らせしてあります。それでいて表向きは焦《あせ》っ

り。

正身《そうじみ》ばかりには、おろかならぬあはれを尽《つ》くし見《み》せて、おほかたには焦《い》られ思《おもえ》へらず。

対《たい》の姫君《ひめぎみ》の御《おん》ありさまを、右中将《みぎのちゅうじょう》はいと深《ふか》く思《おもい》ひしみて、言《い》ひ寄《よ》るたよりもいとはかなければ、この君《きみ》をぞかこち寄《よ》りけれど、夕霧「人《ひと》の上《うえ》にては、もどかしきわざなりけり」とつれなく答《いらえ》へてぞものしたまひ《い》ける。昔《むかし》の

たふうは一向に見せずおっとりと構えていらっしゃいます。

西の対の玉鬘の姫君の御様子を、内大臣の御長男の柏木《かしわぎ》の中将はたいそう深く心にかけて、言い寄るために仲立ちにした女童《めのわらわ》のみるこも頼りないので、この中将の君に泣きつきましたけれど、「他人《ひと》のこととなると、恋愛沙汰などは、つい悪口を言いたくなるものですよ」と、そっけない返事をなさるのでした。このお二人は昔の父大臣たちの御間柄に似ていらっしゃいます。

内大臣は、夢を御覧になって、夢占いの上手な者を呼ばれて、判断させてごらんになりますと、「もしかしまし

父大臣《ちちおとど》たちの御仲《おんなか》らひ《い》に似《に》たり。夢見《ゆめみ》たまひ《い》て、いとよく合《あ》は《わ》する者《もの》召《め》して合《あ》は《わ》せたまひ《い》けるに、「もし年《とし》ごろ御心《みこころ》に知《し》られたまは《わ》ぬ御子《みこ》を、人《ひと》のものになして、聞《き》こしめし出《い》づることや」と聞《き》こえたりければ、内大臣「女子《おんなご》の人《ひと》の子《こ》になることはをさをさなしかし。いかなる事《こと》にかあらむ」など、このごろぞ思《おぼ》しのたまふ《う》べかめる。

たら、長年お気づきでいらっしゃらなかったお子さまが、誰かの養女になっていて、そのことでお耳になさっていることがございませんでしょうか」と申し上げましたので、「女の子が、人の養女になることはめったにあるものではない。一体どういうことなのだろうか」などと、この頃は、何かにつけてそのことをお考えになったり、話題にもなさるようです。

「関屋」の帖は、源氏二十九歳、この「蛍《ほたる》」の帖は、三十六歳の夏五月からはじまる。この間誰よりも強力な味方であった葵の上《あおいうえ》の父、太政大臣《だいじょうだいじん》が他界し、引きつづき永遠の恋人藤壺《ふじつぼ》の宮《みや》も病死する。二人は源氏にとっては、精神的にも物質的にも何より強力な支えであっただけに、源氏の悲嘆は大きい。父、桐壺院《きりつぼいん》の死以来の辛い死別の経験であった。

又、収録していないが「薄雲《うすぐも》」の帖には、明石《あかし》の君《きみ》との間の姫君を二条の邸に引き取り、紫《むらさき》の上《うえ》を母として育てさせることになり、明石の君とその姫君との哀切《あいせつ》な子別れの場面がある。小説でも芝居でも、子別れは人の涙をしぼる得な見せ場だが、下手をすると、通俗に堕し、陳腐《ちんぷ》になってしまう。しかし「薄雲」の子別れは実によく出来ていて、哀切さ極まりない。紫式部は子供を書くと、実に天才的にうまい。夫の宣孝《のぶたか》との間に賢子《けんし》という女の子を生んでいるため、幼い女の子を書くと筆がいきいきしてくるのだろう。雪の日の子別れの場面は、姫君の可憐さと明石の君の哀切《あいせつ》さのため、読者の涙をしぼらせる名場面である。

こういうむごいことをあえてする源氏の心の内は、姫君の将来の幸福というより、自分の地位や権力の安定を望んでいる男の野心と利己心《りこ》である。源氏は決して情事だけに惑溺している軟派の好色な男ではなく、政治家としても、なかなかしたたかな面を持っている男として描かれている。

不思議なめぐりあいから、夕顔《ゆうがお》の遺児に出逢い、源氏は自分のよそに生ませてあった娘だと世間には触れて、この娘を六条の院に引き取る。事実は紫の上にだけ話し、姫君の身柄は花散里《はなちるさと》に預けて、後見《うしろみ》を頼む。源氏がこの娘に逢った感想を紫の上に告げた時に詠んだ、「恋ひわたる身はそれなれど玉かづら　いかなる筋を尋ね来つらむ」という歌から、この姫君を、玉鬘《たまかずら》と呼ぶようになる。

玉鬘への求婚譚《きゅうこんたん》がいよいよ本格的に展開していくのが「蛍」の帖である。思いもかけず源氏に道ならぬ恋心を打ち明けられて以来、玉鬘は思い悩む。源氏は一たん意中を打ち明けてからは、人目を憚《はばか》りながらも、ますます西の対《たい》に訪ねてきて、折を見ては言い寄ろうとする。玉鬘は分別のつく年頃だけに、露骨《ろこつ》にそれを拒否し、源氏に恥をかかす態度もとれず、困惑しきっている。源氏はそんな怪《け》しからぬ態度を見せる一方、弟の兵部卿《ひょうぶきょう》の宮《みや》との交際をそそのかしたりする。

五月雨《さみだれ》の晩、兵部卿の宮が訪れてきた。源氏が玉鬘の女房に書かせた返事の手紙を、いつもより色よく感じたので、宮は期待にいそいそしている。源氏はまるで母親のように気をつかって、宮を迎えるあらゆる支度の指図《さしず》をした上、夕方からひそかに集めて薄絹に包んでかくしていた蛍を、暗くなってから、いきなり、玉鬘のいるそばの几帳《きちょう》の一枚を上げ、さっと放った。

玉鬘は何が起ったかわからず、あわてて扇で顔をかくすが、兵部卿の宮はおびただしい蛍の光の飛びかう中に見てしまった玉鬘の横顔の美しさに魂を奪われてしまった。蛍の光で女を一瞬見せ、いっそう宮を迷わせようという源氏のいたずら心が企《たくら》んだ趣向だと説明されている。はたして宮は蛍の光に見た玉鬘にますます恋心をつのらせていく。この宮を蛍兵部卿と呼ぶのはこの場面による。源氏物語には数々の名場面や印象的な場面が用意されているが、この蛍の夢幻《むげん》的な美しい場面もそのひとつである。

この帖には、有名な源氏の物語論が展開される。つまり文学論であり、それは作者紫式部の文学論と思っていいだろう。六条の院の女君たちは長い梅雨《つゆ》の無聊《ぶりょう》を慰めるため、物語を読みふけったり写したりしている。ある日、源氏が訪ねて行くと、玉髪は物語に熱中していて、それを書き写していた。源氏はその様子を見て、玉鬘を相手に自分の物語論を話す。

「物語は作りもので根も葉もないこととわかっていても、上手な作者の手になると本当のように思って感動する。日本紀《にほんぎ》などの歴史書はほんの一部にすぎず、物語こそ神代《かみよ》からこの世に起ったあらゆることが書いてあり、善悪いずれも、この世に生きていく人の有り様の、見逃しに出来ないことや、聞き流しに出来ない、心に残ったことを書いてある。善人ばかり書いたり、あまり誇張《こちょう》した表現はかえって興をそぐ」という見解《けんかい》を示している。虚構《きょこう》と見せかけた小説のほうが、事実を書いたという歴史書よりも人生の真実を書いているという意見である。

紫の上とも、明石の姫君に読ませる物語について功罪《こうざい》を語り、あまり色恋沙汰ばかり書いたものは教育上見せないほうがいいなどと話す。姫君に読ませるものを源氏が厳選《げんせん》して、それを清書させたり、絵に描かせたりする。

(『すらすら読める源氏物語(中)』に続く)

☆本書は二〇〇五年七月に小社より刊行された『すらすら読める源氏物語（上）』を文庫化したものです（全三巻）。
☆本書に収録の「源氏物語」は、『新編日本古典文学全集』（小学館）の「源氏物語」を基本的には用い、『新日本古典文学大系』（岩波書店）「源氏物語」、『新潮日本古典集成』（新潮社）「源氏物語」、『有朋堂文庫　源氏物語』（有朋堂書店）なども参考にしました。
☆省略したところは、区切りのよいところで切り、やむをえず途中で切らざるをえなかった場合は、句読点をつけず改行しました。
☆現代語訳、解説は瀬戸内寂聴訳『源氏物語　巻一〜巻十』（講談社文庫）のものを再構成し、加筆したものです。

|著者|瀬戸内寂聴　1922年、徳島県生まれ。東京女子大学卒。'57年「女子大生・曲愛玲」で新潮社同人雑誌賞、'61年『田村俊子』で田村俊子賞、'63年『夏の終り』で女流文学賞を受賞。'73年に平泉・中尊寺で得度、法名・寂聴となる（旧名・晴美）。'92年『花に問え』で谷崎潤一郎賞、'96年『白道』で芸術選奨文部大臣賞、2001年『場所』で野間文芸賞、'11年『風景』で泉鏡花文学賞を受賞。'98年『源氏物語』現代語訳を完訳。'06年、文化勲章受章。近著に『生きることば あなたへ』『死に支度』『いのち』『寂聴 九十七歳の遺言』『はい、さようなら。』『97歳の悩み相談 17歳の特別教室』『悔いなく生きよう』『笑って生ききる』『寂聴 残された日々』『愛に始まり、愛に終わる 瀬戸内寂聴108の言葉』『瀬戸内寂聴全集』『その日まで』『99年、ありのままに生きて』『寂聴 源氏物語』など。2021年11月に逝去。

すらすら読《よ》める源氏物語《げんじものがたり》(上)

瀬戸内寂聴《せとうちじゃくちょう》

2023年 1 月17日第 1 刷発行
2024年10月16日第 3 刷発行

発行者――篠木和久
発行所――株式会社　講談社
東京都文京区音羽2-12-21　〒112-8001
電話　出版 (03) 5395-3510
　　　販売 (03) 5395-5817
　　　業務 (03) 5395-3615

Printed in Japan

講談社文庫
定価はカバーに
表示してあります

KODANSHA

デザイン―菊地信義
本文データ制作―講談社デジタル製作
印刷―――株式会社KPSプロダクツ
製本―――株式会社KPSプロダクツ

ISBN978-4-06-530314-6

講談社文庫刊行の辞

二十一世紀の到来を目睫に望みながら、われわれはいま、人類史上かつて例を見ない巨大な転換期をむかえようとしている。

世界も、日本も、激動の予兆に対する期待とおののきを内に蔵して、未知の時代に歩み入ろうとしている。このときにあたり、創業の人野間清治の「ナショナル・エデュケイター」への志を現代に甦らせようと意図して、われわれはここに古今の文芸作品はいうまでもなく、ひろく人文・社会・自然の諸科学から東西の名著を網羅する、新しい綜合文庫の発刊を決意した。

激動の転換期はまた断絶の時代である。われわれは戦後二十五年間の出版文化のありかたへの深い反省をこめて、この断絶の時代にあえて人間的な持続を求めようとする。いたずらに浮薄な商業主義のあだ花を追い求めることなく、長期にわたって良書に生命をあたえようとつとめるところにしか、今後の出版文化の真の繁栄はあり得ないと信じるからである。

同時にわれわれはこの綜合文庫の刊行を通じて、人文・社会・自然の諸科学が、結局人間の学にほかならないことを立証しようと願っている。かつて知識とは、「汝自身を知る」ことにつきていた。現代社会の瑣末な情報の氾濫のなかから、力強い知識の源泉を掘り起し、技術文明のただなかに、生きた人間の姿を復活させること。それこそわれわれの切なる希求である。

われわれは権威に盲従せず、俗流に媚びることなく、渾然一体となって日本の「草の根」をかたちづくる若く新しい世代の人々に、心をこめてこの新しい綜合文庫をおくり届けたい。それは知識の泉であるとともに感受性のふるさとであり、もっとも有機的に組織され、社会に開かれた万人のための大学をめざしている。大方の支援と協力を衷心より切望してやまない。

一九七一年七月

野間省一

下村敦史　白医
九把刀／阿井幸作／泉京鹿 訳　あの頃、君を追いかけた
神護かずみ　ノワールをまとう女
四戸俊成／芹沢政信　神在月のこども
篠原悠希　霊獣紀〈獲麟《かくりん》の書(上)〉
篠原悠希　霊獣紀〈獲麟《かくりん》の書(下)〉
篠原悠希　霊獣紀〈蛟龍《こうりゅう》の書(上)〉
篠原悠希　霊獣紀〈蛟龍《こうりゅう》の書(下)〉
篠原悠希　霊獣紀〈鳳雛《ほうすう》の書(上)〉
篠原美季　古都妖異譚〈玉手箱～シール オブ ザ ゴッデス～〉
潮谷験　スイッチ〈悪意の実験〉
潮谷験　時空犯
潮谷験　エンドロール
潮谷験　あらゆる薔薇のために
島口大樹　鳥がぼくらは祈り、
島口大樹　若き見知らぬ者たち
杉本苑子　孤愁の岸(上)(下)
鈴木光司　神々のプロムナード
鈴木英治　大江戸監察医

鈴木英治　望みの薬種〈大江戸監察医〉
杉本章子　お狂言師歌吉うきよ暦
杉本章子　大奥二人道成寺〈お狂言師歌吉うきよ暦〉
ジョン・スタインベック／齊藤昇 訳　ハツカネズミと人間
諏訪哲史　アサッテの人
菅野雪虫　天山の巫女《みこ》ソニン(1)　黄金の燕
菅野雪虫　天山の巫女《みこ》ソニン(2)　海の孔雀
菅野雪虫　天山の巫女《みこ》ソニン(3)　朱鳥《あけがらす》の星
菅野雪虫　天山の巫女《みこ》ソニン(4)　夢の白鷺
菅野雪虫　天山の巫女《みこ》ソニン(5)　大地の翼
菅野雪虫　天山の巫女《みこ》ソニン　巨山《コザン》外伝〈予言の娘〉
菅野雪虫　天山の巫女《みこ》ソニン　江南《カンナム》外伝〈海竜の子〉
鈴木みき　日帰り登山のススメ〈あした、山へ行こう！〉
砂原浩太朗　いのちがけ〈加賀百万石の礎〉
砂原浩太朗　高瀬庄左衛門御留書
砂原浩太朗　黛家の兄弟
ラトナ・サリ・デヴィ・スカルノ　選ばれる女におなりなさい〈デヴィ夫人の婚活論〉
砂川文次　ブラックボックス
瀬戸内寂聴　新寂庵説法　愛なくば

瀬戸内寂聴　人が好き［私の履歴書］
瀬戸内寂聴　白道
瀬戸内寂聴　寂聴相談室人生道しるべ
瀬戸内寂聴　瀬戸内寂聴の源氏物語
瀬戸内寂聴　愛する能力
瀬戸内寂聴　藤壺
瀬戸内寂聴　生きることは愛すること
瀬戸内寂聴　寂聴と読む源氏物語
瀬戸内寂聴　月の輪草子
瀬戸内寂聴　新装版　寂庵説法
瀬戸内寂聴　死に支度
瀬戸内寂聴　新装版　蜜と毒
瀬戸内寂聴　新装版　花《か》怨《えん》
瀬戸内寂聴　新装版　祇《ぎ》園女御《おんにょうご》(上)(下)
瀬戸内寂聴　新装版　かの子撩乱
瀬戸内寂聴　新装版　京まんだら(上)(下)
瀬戸内寂聴　いのち
瀬戸内寂聴　花のいのち
瀬戸内寂聴　ブルーダイヤモンド〈新装版〉

講談社文庫　目録

高杉　良　指　名　解　雇
高杉　良　燃ゆるとき
高杉　良　銀　行　大　合　併〈短編小説全集(上)〉
高杉　良　エリートの反乱〈短編小説全集(中)〉
高杉　良　金融腐蝕列島(上)(下)
高杉　良　勇　気　凜　々
高杉　良　混沌《こんとん》 新・金融腐蝕列島(上)(下)
高杉　良　乱　気　流(上)(下)
高杉　良　小説 会　社　再　建
高杉　良　新装版 懲　戒　解　雇
高杉　良　新装版 大　逆　転！〈小説 三菱・第一銀行合併事件〉
高杉　良　新装版 バンダルの塔
高杉　良　第　四　権　力〈巨大メディアの罪〉
高杉　良　巨大外資銀行
高杉　良　最強の経営者〈アサヒビールを再生させた男〉
高杉　良　リベンジ〈巨大外資銀行〉
高杉　良　新装版 会　社　蘇　生
竹本健治　新装版 匣《はこ》の中の失楽
竹本健治　囲碁殺人事件
竹本健治　将棋殺人事件
竹本健治　トランプ殺人事件
竹本健治　狂い壁　狂い窓
竹本健治　涙《るい》香《こう》迷《めい》宮《きゅう》
竹本健治　新装版 ウロボロスの偽書(上)(下)
竹本健治　ウロボロスの基礎論(上)(下)
竹本健治　ウロボロスの純正音律(上)(下)
高橋源一郎　日本文学盛衰史
高橋源一郎　5と34時間目の授業
高橋克彦　写楽殺人事件
高橋克彦　総　門　谷
高橋克彦　炎《ほむら》立つ　壱　北の埋み火
高橋克彦　炎立つ　弐　燃える北天
高橋克彦　炎立つ　参　空への炎
高橋克彦　炎立つ　四　冥き稲妻
高橋克彦　炎立つ　伍　光彩楽土〈全五巻〉
高橋克彦　火　怨(上)(下)〈北の燿星アテルイ〉
高橋克彦　水　壁〈アテルイを継ぐ男〉
高橋克彦　天を衝く(1)〜(3)
高橋克彦　風の陣　一　立志篇
高橋克彦　風の陣　二　大望篇
高橋克彦　風の陣　三　天命篇
高橋克彦　風の陣　四　風雲篇
高橋克彦　風の陣　五　裂心篇
髙樹のぶ子　オライオン飛行
田中芳樹　創竜伝1〈超能力四兄弟《ドラゴン》〉
田中芳樹　創竜伝2〈摩天楼の四兄弟《ドラゴン》〉
田中芳樹　創竜伝3〈逆襲の四兄弟《ドラゴン》〉
田中芳樹　創竜伝4〈四兄弟《ドラゴン》脱出行〉
田中芳樹　創竜伝5〈蜃気楼都市《ミラージュ・シティ》〉
田中芳樹　創竜伝6〈染血の夢《ブラッディ・ドリーム》〉
田中芳樹　創竜伝7〈黄土のドラゴン〉
田中芳樹　創竜伝8〈仙境のドラゴン〉
田中芳樹　創竜伝9〈妖世紀のドラゴン〉
田中芳樹　創竜伝10〈大英帝国最後の日〉
田中芳樹　創竜伝11〈銀月王伝奇〉
田中芳樹　創竜伝12〈竜王風雲録〉
田中芳樹　創竜伝13〈噴火列島〉

高田崇史　QED　〈源氏の神霊〉
高田崇史　QED　〈神鹿《しんろく》の棺《ひつぎ》〉
高田崇史　試験に出るパズル　〈千葉千波の事件日記〉
高田崇史　試験に敗けない密室　〈千葉千波の事件日記〉
高田崇史　試験に出ないパズル　〈千葉千波の事件日記〉
高田崇史　パズル自由自在　〈千葉千波の事件日記〉
高田崇史　麿の酩酊事件簿　〈花に舞〉
高田崇史　麿の酩酊事件簿　〈月に酔〉
高田崇史　クリスマス緊急指令　〈〜きよしこの夜、事件は起こる!〜〉
高田崇史　カンナ　飛鳥の光臨
高田崇史　カンナ　天草の神兵
高田崇史　カンナ　吉野の暗闘
高田崇史　カンナ　奥州の覇者
高田崇史　カンナ　戸隠の殺皆
高田崇史　カンナ　鎌倉の血陣
高田崇史　カンナ　天満の葬列
高田崇史　カンナ　出雲の顕在
高田崇史　カンナ　京都の霊前
高田崇史　軍神の血脈　〈楠木正成秘伝〉

高田崇史　神の時空《とき》　鎌倉の地龍
高田崇史　神の時空　倭《やまと》の水霊
高田崇史　神の時空　貴船の沢鬼
高田崇史　神の時空　三輪《みわ》の山祇《やまつみ》
高田崇史　神の時空　嚴島《いつくしま》の烈風
高田崇史　神の時空　伏見稲荷の轟雷
高田崇史　神の時空　五色不動の猛火
高田崇史　神の時空　京の天命
高田崇史　神の時空　前紀　〈女神の功罪〉
高田崇史　鬼棲む国、出雲　〈古事記異聞〉
高田崇史　オロチの郷、奥出雲　〈古事記異聞〉
高田崇史　京の怨霊、元出雲　〈古事記異聞〉
高田崇史　鬼統べる国、大和出雲　〈古事記異聞〉
高田崇史　源平の怨霊　〈小余綾《こゆるぎ》俊輔の最終講義〉
高田崇史　試験に出ないQED異聞　〈高田崇史短編集〉
高田崇史ほか　読んで旅する鎌倉時代
団鬼六　悦楽王　〈鬼プロ繁盛記〉
高野和明　13階段
高野和明　グレイヴディッガー

高野和明　6時間後に君は死ぬ
大道珠貴　ショッキングピンク
高木徹　ドキュメント　戦争広告代理店　〈情報操作とボスニア紛争〉
田中啓文　件《くだん》　〈もの言う牛〉
田中啓文　誰が千姫を殺したか　〈蛇身探偵豊臣秀頼〉
高嶋哲夫　メルトダウン
高嶋哲夫　命の遺伝子
高嶋哲夫　首都感染
高野秀行　西南シルクロードは密林に消える
高野秀行　アジア未知動物紀行　ベトナム・奄美・アフガニスタン
高野秀行　イスラム飲酒紀行
高野秀行　移民の宴　〈日本に移り住んだ外国人の不思議な食生活〉
高野秀行　角幡唯介　地図のない場所で眠りたい
田牧大和　花合せ　〈濱次お役者双六〉
田牧大和　質草破り　〈濱次お役者双六　二ます目〉
田牧大和　翔ぶ梅　〈濱次お役者双六　三ます目〉
田牧大和　半可心中　〈濱次お役者双六〉
田牧大和　長屋狂言　〈濱次お役者双六〉
田牧大和　錠前破り、銀太

辻村深月　ぼくのメジャースプーン
辻村深月　スロウハイツの神様(上)(下)
辻村深月　名前探しの放課後(上)(下)
辻村深月　ロードムービー
辻村深月　ゼロ、ハチ、ゼロ、ナナ。
辻村深月　V.　T.　R.
辻村深月　光待つ場所へ
辻村深月　ネオカル日和
辻村深月　島はぼくらと
辻村深月　家族シアター
辻村深月　図書室で暮らしたい
辻村深月　噛みあわない会話と、ある過去について
新川直司 漫画／辻村深月 原作　コミック 冷たい校舎の時は止まる(上)(下)
津村記久子　ポトスライムの舟
津村記久子　カソウスキの行方
津村記久子　やりたいことは二度寝だけ
津村記久子　二度寝とは、遠くにありて想うもの
恒川光太郎　竜が最後に帰る場所
月村了衛　神子上《みこがみ》典膳《てんぜん》

月村了衛　悪の五輪
辻堂　魁《かい》　落暉《ゆうひ》に燃ゆる〈大岡裁き再吟味〉
辻堂　魁　山桜花〈大岡裁き再吟味〉
辻堂　魁　うつし絵〈大岡裁き再吟味〉
フランソワ・デュボワ　太極拳が教えてくれた人生の宝物〈中国・武当山90日間修行の記〉
手塚マキと歌舞伎町ホスト80人 from Smappa! Group　ホスト万葉集〈文庫スペシャル〉
土居良一　海翁伝
鳥羽　亮　金貸し権兵衛〈鶴亀横丁の風来坊〉
鳥羽　亮　提灯《ちょうちん》斬り〈鶴亀横丁の風来坊〉
鳥羽　亮　京危うし〈鶴亀横丁の風来坊〉
鳥羽　亮　狙われた横丁〈鶴亀横丁の風来坊〉
東郷　隆／上田　信 絵　【絵解き】雑兵足軽たちの戦い〈歴史・時代小説ファン必携〉
堂場瞬一　八月からの手紙
堂場瞬一　壊れる心〈警視庁犯罪被害者支援課〉
堂場瞬一　邪心〈警視庁犯罪被害者支援課2〉
堂場瞬一　二度泣いた少女〈警視庁犯罪被害者支援課3〉
堂場瞬一　身代わりの空(上)(下)〈警視庁犯罪被害者支援課4〉
堂場瞬一　影の守護者〈警視庁犯罪被害者支援課5〉
堂場瞬一　不信の鎖〈警視庁犯罪被害者支援課6〉

堂場瞬一　空白の家族〈警視庁犯罪被害者支援課7〉
堂場瞬一　チェンジ〈警視庁犯罪被害者支援課8〉
堂場瞬一　誤《あやま》ちの絆〈警視庁総合支援課〉
堂場瞬一　最後の光〈警視庁総合支援課2〉
堂場瞬一　昨日への誓い〈警視庁総合支援課3〉
堂場瞬一　傷
堂場瞬一　埋れた牙
堂場瞬一　Killers(上)(下)
堂場瞬一　虹のふもと
堂場瞬一　ネタ元
堂場瞬一　ピットフォール
堂場瞬一　ラットトラップ
堂場瞬一　ブラッドマーク
堂場瞬一　焦土の刑事
堂場瞬一　動乱の刑事
堂場瞬一　沃野の刑事
堂場瞬一　ダブル・トライ
土橋章宏　超高速！参勤交代
土橋章宏　超高速！参勤交代 リターンズ

戸谷洋志　Jポップで考える哲学〈自分を問い直すための15曲〉
富樫倫太郎　信長の二十四時間
富樫倫太郎　スカーフェイス〈警視庁特別捜査第三係・淵神律子〉
富樫倫太郎　スカーフェイスII デッドリミット〈警視庁特別捜査第三係・淵神律子〉
富樫倫太郎　スカーフェイスIII ブラッドライン〈警視庁特別捜査第三係・淵神律子〉
富樫倫太郎　スカーフェイスIV デストラップ〈警視庁特別捜査第三係・淵神律子〉
豊田　巧　警視庁鉄道捜査班〈鉄血の警視〉
豊田　巧　警視庁鉄道捜査班〈鉄路の牢獄〉
砥上《とがみ》裕將《ひろまさ》　線は、僕を描《えが》く
遠田潤子　人でなしの櫻
夏樹静子　新装版二人の夫をもつ女
中井英夫　新装版虚無への供物(上)(下)
中村敦夫　狙われた羊
中島らも　僕にはわからない
中島らも　今夜、すべてのバーで〈新装版〉
鳴海　章　フェイスブレイカー
鳴海　章　謀略航路
鳴海　章　全能兵器AiCO《アイコ》
中嶋博行　新装版 検察捜査

中村天風　運命を拓く〈天風瞑想録〉
中村天風　叡智のひびき〈天風哲人 箴言註釈《しんげんちゅうしゃく》〉
中村天風　真理のひびき〈天風哲人 新箴言註釈《しんげんちゅうしゃく》〉
中山康樹　ジョン・レノンから始まるロック名盤
梨屋アリエ　でりばりぃAge
梨屋アリエ　ピアニッシシモ
中島京子　妻が椎茸だったころ
中島京子ほか　黒い結婚　白い結婚
奈須きのこ　空の境界(上)(中)(下)
中村彰彦　乱世の名将　治世の名臣
長野まゆみ　簞笥のなか
長野まゆみ　チマチマ記
長野まゆみ　レモンタルト
長野まゆみ　冥途あり
長野まゆみ　45°〈ここだけの話〉
長嶋　有　夕子ちゃんの近道
長嶋　有　佐渡の三人
長嶋　有　もう生まれたくない
永嶋恵美　擬態

永井　均 内田かずひろ 絵　子どものための哲学対話
なかにし礼　戦場のニーナ
なかにし礼　生きる力〈心でがんに克《か》つ〉
なかにし礼　夜の歌(上)(下)
中村文則　最後の命
中村文則　悪と仮面のルール
中田整一 編／解説　真珠湾攻撃総隊長の回想〈淵田美津雄自叙伝〉
中田整一　四月七日の桜〈戦艦「大和」と伊藤整一の最期〉
中村江里子　女四世代、ひとつ屋根の下
中野美代子　カスティリオーネの庭
中野孝次　すらすら読める方丈記
中野孝次　すらすら読める徒然草
中山七里　贖罪の奏鳴曲《ソナタ》
中山七里　追憶の夜想曲《ノクターン》
中山七里　恩讐の鎮魂曲《レクイエム》
中山七里　悪徳の輪舞曲《ロンド》
中山七里　復讐の協奏曲《コンチェルト》
長島有里枝　背中の記憶
長浦　京　赤刃《セキジン》

長浦　京　リボルバー・リリー
長浦　京　マーダーズ
中脇初枝　世界の果てのこどもたち
中脇初枝　神の島のこどもたち
中村ふみ　天空の翼　地上の星
中村ふみ　砂の城　風の姫
中村ふみ　月の都　海の果て
中村ふみ　雪の王　光の剣
中村ふみ　永遠《とわ》の旅人　天地の理《ことわり》
中村ふみ　大地の宝玉　黒翼《こくよく》の夢
中村ふみ　異邦の使者　南天の神々
夏原エヰジ　Ｃｏｃｏｏｎ〈修羅の目覚め〉
夏原エヰジ　Ｃｏｃｏｏｎ２〈蠱惑の焰〉
夏原エヰジ　Ｃｏｃｏｏｎ３〈幽世の祈り〉
夏原エヰジ　Ｃｏｃｏｏｎ４〈宿縁の大樹〉
夏原エヰジ　Ｃｏｃｏｏｎ５〈瑠璃の浄土〉
夏原エヰジ　連理の宝〈Ｃｏｃｏｏｎ外伝〉
夏原エヰジ　Ｃｏｃｏｏｎ〈京都・不死篇―蠢《しゅん》―〉
夏原エヰジ　Ｃｏｃｏｏｎ〈京都・不死篇２―疼《とう》―〉
夏原エヰジ　Ｃｏｃｏｏｎ〈京都・不死篇３―愁《しゅう》―〉
夏原エヰジ　Ｃｏｃｏｏｎ〈京都・不死篇４―嗄《か》―〉
夏原エヰジ　Ｃｏｃｏｏｎ〈京都・不死篇５―巡《めぐる》―〉
長岡弘樹　夏の終わりの時間割
ナガノ　ちいかわノート
西村京太郎　華麗なる誘拐
西村京太郎　寝台特急「日本海」《メモリー・トレイン》殺人事件
西村京太郎　十津川警部　帰郷・会津若松
西村京太郎　特急「あずさ」《アリバイ・トレイン》殺人事件
西村京太郎　十津川警部の怒り
西村京太郎　宗谷本線殺人事件
西村京太郎　奥能登に吹く殺意の風
西村京太郎　特急「北斗１号」《スーサイド・トレイン》殺人事件
西村京太郎　十津川警部　湖北の幻想
西村京太郎　九州特急「ソニックにちりん」殺人事件
西村京太郎　東京・松島殺人ルート
西村京太郎　新装版　殺しの双曲線
西村京太郎　新装版　名探偵に乾杯
西村京太郎　南伊豆殺人事件
西村京太郎　十津川警部　青い国から来た殺人者
西村京太郎　新装版　天使の傷痕
西村京太郎　新装版　Ｄ機関情報
西村京太郎　十津川警部　猫と死体はタンゴ鉄道に乗って
西村京太郎　韓国新幹線を追え
西村京太郎　北リアス線の天使
西村京太郎　十津川警部　長野新幹線の奇妙な犯罪
西村京太郎　上野駅殺人事件
西村京太郎　京都駅殺人事件
西村京太郎　沖縄から愛をこめて
西村京太郎　十津川警部「幻覚」
西村京太郎　函館駅殺人事件
西村京太郎　内房線の猫たち〈異説里見八犬伝〉
西村京太郎　東京駅殺人事件
西村京太郎　長崎《ナガサキ・レディ》駅殺人事件
西村京太郎　十津川警部　愛と絶望の台湾新幹線
西村京太郎　西鹿児島駅殺人事件
西村京太郎　札幌駅殺人事件
西村京太郎　十津川警部　山手線の恋人

西尾維新　掟上今日子《おきてがみきょうこ》の備忘録
西尾維新　掟上今日子の推薦文
西尾維新　掟上今日子の挑戦状
西尾維新　掟上今日子の遺言書
西尾維新　掟上今日子の退職願
西尾維新　掟上今日子の婚姻届
西尾維新　掟上今日子の家計簿
西尾維新　掟上今日子の旅行記
西尾維新　掟上今日子の裏表紙
西尾維新　新本格魔法少女りすか
西尾維新　新本格魔法少女りすか2
西尾維新　新本格魔法少女りすか3
西尾維新　新本格魔法少女りすか4
西尾維新　人類最強の初恋
西尾維新　人類最強の純愛
西尾維新　人類最強のときめき
西尾維新　人類最強の sweetheart
西尾維新　りぽぐら！
西尾維新　悲鳴伝
西尾維新　悲痛伝
西尾維新　悲惨伝
西尾維新　悲報伝
西尾維新　悲業伝
西尾維新　悲録伝
西尾維新　悲亡伝
西尾維新　悲衛伝
西尾維新　悲球伝
西村賢太　どうで死ぬ身の一踊り
西村賢太　夢魔去りぬ
西村賢太　藤澤清造追影
西村賢太　瓦礫の死角
西川善文　ザ・ラストバンカー〈西川善文回顧録〉
西川司　向日葵《ひまわり》のかっちゃん
西加奈子　舞台
丹羽宇一郎　民主化する中国〈習近平がいま本当に考えていること〉
似鳥鶏　推理大戦
貫井徳郎　新装版 修羅の終わり(上)(下)
貫井徳郎　妖奇切断譜
額賀澪　完パケ！
A・ネルソン　「ネルソンさん、あなたは人を殺しましたか？」
法月綸太郎　法月綸太郎の冒険
法月綸太郎　新装版 密閉教室
法月綸太郎　怪盗グリフィン、絶体絶命
法月綸太郎　怪盗グリフィン対ラトウィッジ機関
法月綸太郎　キングを探せ
法月綸太郎　名探偵傑作短篇集　法月綸太郎篇
法月綸太郎　新装版 頼子のために
法月綸太郎　誰《たそ》彼《がれ》〈新装版〉
法月綸太郎　法月綸太郎の消息
法月綸太郎　雪密室〈新装版〉
乃南アサ　不発弾
乃南アサ　地のはてから(上)(下)
乃南アサ　チーム・オベリベリ(上)(下)
野沢尚　破線のマリス
野沢尚　深紅
野村克也・宮本慎也　師弟
乗《のり》代《しろ》雄《ゆう》介《すけ》　十《じゅう》七《しち》八《はち》より

講談社文庫　目録

葉室　麟　星火瞬く
葉室　麟　陽炎《かげろう》の門
葉室　麟　紫匂う
葉室　麟　山月庵茶会記
葉室　麟　津軽双花
長谷川　卓　嶽《がく》〈上・白銀《しろがね》渡り〉〈下・湖底の黄金〉神《じん》
長谷川　卓　嶽神伝《がくじんでん》　鬼哭《きこく》(上)(下)
長谷川　卓　嶽神列伝　逆渡《さかわた》り
長谷川　卓　嶽《がく》神《じん》伝《でん》　血路
長谷川　卓　嶽《がく》神《じん》伝《でん》　死地
長谷川　卓　嶽神伝　風花(上)(下)
原田マハ　夏を喪くす
原田マハ　風のマジム
原田マハ　あなたは、誰かの大切な人
畑野智美　海の見える街
畑野智美　南部芸能事務所 season5　コンビ
早見和真　東京ドーン
はあちゅう　半径5メートルの野望
はあちゅう　通りすがりのあなた

早坂　吝《やぶさか》　○○○○○○○○殺人事件
早坂　吝　虹の歯ブラシ〈上木《かみき》らいち発散〉
早坂　吝　誰も僕を裁けない
早坂　吝　双《そう》蛇《じゃ》密室
浜口倫太郎　22年目の告白〈—私が殺人犯です—〉
浜口倫太郎　廃校先生
浜口倫太郎　AI崩壊
原田伊織　明治維新という過ち〈日本を滅ぼした吉田松陰と長州テロリスト〉
原田伊織　列強の侵略を防いだ幕臣たち〈続・明治維新という過ち〉
原田伊織　〈明治維新という過ち・完結編〉虚像の西郷隆盛　虚構の明治150年
原田伊織　三流の維新　一流の江戸〈明治は「徳川近代」の模倣に過ぎない〉
葉真中《はまなか》　顕《あき》　ブラック・ドッグ
原　雄一　宿命〈國松警察庁長官を狙撃した男・捜査完結〉
濱野京子　with you《ウイズユー》
橋爪駿輝　スクロール
パリュスあや子　隣人X
平岩弓枝　花嫁の日
平岩弓枝　はやぶさ新八御用旅(一)〈東海道五十三次〉
平岩弓枝　はやぶさ新八御用旅(二)〈中仙道六十九次〉

平岩弓枝　はやぶさ新八御用旅(三)〈日光例幣使道の殺人〉
平岩弓枝　はやぶさ新八御用旅(四)〈北前船の事件〉
平岩弓枝　はやぶさ新八御用旅(五)〈諏訪の妖狐〉
平岩弓枝　はやぶさ新八御用旅(六)〈紅花染め秘帳〉
平岩弓枝　新装版　はやぶさ新八御用帳(一)〈大奥の恋人〉
平岩弓枝　新装版　はやぶさ新八御用帳(二)〈江戸の海賊〉
平岩弓枝　新装版　はやぶさ新八御用帳(三)〈又右衛門の女房〉
平岩弓枝　新装版　はやぶさ新八御用帳(四)〈鬼勘の娘〉
平岩弓枝　新装版　はやぶさ新八御用帳(五)〈御守殿おたき〉
平岩弓枝　新装版　はやぶさ新八御用帳(六)〈春月の雛〉
平岩弓枝　新装版　はやぶさ新八御用帳(七)〈寒椿の寺〉
平岩弓枝　新装版　はやぶさ新八御用帳(八)〈春怨　根津権現〉
平岩弓枝　新装版　はやぶさ新八御用帳(九)〈王子稲荷の女〉
平岩弓枝　新装版　はやぶさ新八御用帳(十)〈幽霊屋敷の女〉
東野圭吾　放課後
東野圭吾　卒業
東野圭吾　学生街の殺人
東野圭吾　魔球
東野圭吾　十字屋敷のピエロ

講談社文庫　目録

2024年9月13日現在